Jan Beinßen

Die Meisterdiebe von Nürnberg

PIPER

Zu diesem Buch

Der Fotograf und Hobbydetektiv Paul Flemming steckt in der Klemme: Niemand will ihm glauben, dass er nichts mit dem Tod des Models Bea Meinefeld zu tun hat. Und sogar er selbst hegt Zweifel, kann er sich doch – nach einem ausschweifenden Abend – kaum noch an die fragliche Nacht erinnern. Hat er wirklich etwas mit dem Verbrechen zu tun, oder will ihn jemand in ein perfides Spiel verwickeln? Mit Hilfe seiner Freunde versucht Paul Flemming, die Vorwürfe gegen ihn zu entkräften. Birgt das Lochgefängnis unter dem Alten Rathaus, wo die junge Frau zu Tode kam, womöglich den entscheidenden Hinweis? Und ist es nur Zufall, dass ausgerechnet dort die sensationelle Ausstellung der Reichskleinodien eröffnet werden soll, der ganz Nürnberg entgegenfiebert? Pauls Nachforschungen führen ihn weit in die Stadtgeschichte zurück, während sich im Hier und Jetzt die Ereignisse überschlagen.

Jan Beinßen, geboren 1965 in Stadthagen, arbeitet als Journalist und Autor in Nürnberg und war viele Jahre leitender Redakteur der Abendzeitung. Er ist verheiratet und hat drei Kinder. Jan Beinßen hat Drehbücher und Theaterstücke veröffentlicht sowie zahlreiche Kriminalromane, unter anderem seine beliebten Nürnberg-Krimis rund um den Fotografen Paul Flemming. Weiteres zum Autor: www.janbeinssen.de

Jan Beinßen

Die Meisterdiebe von Nürnberg

Paul Flemmings vierter Fall

Piper München Zürich

Mehr über unsere Autoren und Bücher:
www.piper.de

Von Jan Beinßen liegen bei Piper vor:
Dürers Mätresse
Pikante Sünden
Hausers Bruder
Die Meisterdiebe von Nürnberg

FSC
www.fsc.org
MIX
Papier aus verantwortungsvollen Quellen
FSC® C083411

Ungekürzte Taschenbuchausgabe
Piper Verlag GmbH, München
September 2011

Umschlag: semper smile, München
Umschlagmotiv: Michael Weber / mauritius images / imagebroker, plainpicture / whatapicture
Papier: Munken Print von Arctic Paper Munkedals AB, Schweden
Druck und Bindung: CPI – Clausen & Bosse, Leck
Printed in Germany ISBN 978-3-492-25479-3

Für Philip

Nürnberg, 18. April 1945

Wilhelm Galster ist siebenundvierzig, Anton Schmidbauer fünfzig und Franz Kleinlein einunddreißig Jahre alt, als sie sich zwei Tage vor der Siegesparade der US-Army auf den Weg zu einem geheimen Treffen machen.

Es ist der 18. April 1945, der Tag, an dem die US-Infanteristen nach blutigen Kämpfen im Stadtteil Mögeldorf in Richtung des Reichsparteitaggeländes vordringen. Vereinzelt stellen sich ihnen noch deutsche Soldaten in den Weg. An der Siedlerstraße stehen zwei italienische Gebirgsgranatwerfer. Doch niemand setzt sie mehr gegen die zahlenmäßig überlegenen Invasoren ein. Die provisorischen Straßensperren knicken unter den Panzern der US-Army ein wie Streichhölzer.

Heckenschützen feuern in der Wodanstraße aus zerbombten Wohnungen auf die US-Soldaten. Einer der amerikanischen Tanks geht in Flammen auf. Nahe dem Dutzendteich liefern sich deutsche und amerikanische Soldaten vereinzelte Schusswechsel. Doch die Entscheidung ist längst gefallen: Als die Dämmerung einbricht, sind das Reichsparteitaggelände, die SS-Kasernen an der Frankenstraße sowie der Stadtteil Lichtenhof in der Hand der US-Army.

Im Graben neben der Münchner Straße liegen am Abend die Leichen von drei Zivilisten: Wilhelm Galster, Anton Schmidbauer und Franz Kleinlein. Eine Woche lang kümmert sich niemand um die Toten. Dann lassen die Amerikaner das Bergen der Leichname zu. Ihre Familien nehmen in aller Stille Abschied von ihnen.

1

Paul Flemming erwachte mit dröhnendem Kopf. Seine Schläfen pochten. Das Klingeln an seiner Wohnungstür hörte sich ungewöhnlich schrill an und schmerzte in seinen Ohren. Er musste sich zwingen, die Augen zu öffnen. Widerwillig blinzelte er in die grelle Sonne, die durch das ovale Oberlicht seines Ateliers hereinschien und ihn blendete.

»O Mann«, stieß er hervor und raffte sich mühsam auf. Wieder schellte es an der Tür. Erst jetzt bemerkte Paul, dass er bis auf die Schuhe komplett angezogen war. »O Mann«, wiederholte er leise.

Auf unsicheren Beinen schwankte er zur Tür. Er versuchte sich daran zu erinnern, wie er nach Hause gekommen war. Und vor allem auch daran, was er gestern Abend als letztes getrunken hatte.

Paul drückte die Klinke herunter. Keine Ahnung, wer das um diese Zeit sein konnte. Genau genommen hatte er keinen blassen Schimmer, wie spät es überhaupt war. Er öffnete langsam die Tür.

»Grüß Gott«, sagte einer der vier Männer, die sich vor seiner Wohnungstür aufgebaut hatten. Paul kannte sie nicht. Aber da zwei von ihnen die Uniform von Polizeibeamten trugen und alle vier sehr ernste Gesichter machten, hatte er kein besonders gutes Gefühl bei der Sache.

»Guten Tag«, brachte Paul heraus und fasste sich an den Kopf. Dieses Dröhnen war kaum auszuhalten.

»Sind Sie Herr Flemming? Paul Flemming?«, fragte der Mann, der ihn gegrüßt hatte. Das Jackett seines Anzugs war an der linken Seite leicht ausgebeult. Paul konnte sich denken, was er darunter verborgen hielt. Wahrscheinlich war der Typ von der Kripo. Aber was wollten diese Männer von ihm?

Paul wurde es mit einem Mal ganz anders: Hatte er gestern Nacht womöglich irgendwelchen Blödsinn angestellt? War er betrunken Auto gefahren? Aber nein, beruhigte er sich selbst. Den Wagenschlüssel hatte er gestern nicht angerührt. Er war ja nach der Arbeit nur noch zu Fuß unterwegs gewesen.

Genau, jetzt fiel es ihm wieder ein: Da waren diese Models gewesen. Ziemlich aufdringlich, aber letztlich doch ganz nett. Er hatte einen unterhaltsamen Abend in Jan-Patricks *Goldenem Ritter* verbracht. Nichts Besonderes, aber amüsant. Und ein wenig Ablenkung konnte er gut gebrauchen, gerade jetzt, da Katinka weit weg von ihm in Berlin war und sich so selten meldete. Ja, dachte Paul, es war ein netter Abend gewesen – wenn er nur nicht so viel getrunken hätte ...

»Paul Flemming, wohnhaft am Weinmarkt in Nürnberg«, stellte der Polizist in Zivil sachlich fest. »Waren Sie gestern Abend in den Lochgefängnissen im Kellergeschoss des Alten Rathauses?«

Paul spürte seine trockene Kehle. Was redete dieser Mann da? Im Lochgefängnis? Ja, dort war er vor seinem Besuch im *Goldenen Ritter* tatsächlich gewesen. So ziemlich den ganzen Tag hatte er sich in den düsteren Folterkammern aufgehalten. Ihm kamen die Probleme in den Sinn, die er damit gehabt hatte, die engen und niedrigen Gänge und Zellen auszuleuchten. Und wie schwer sich seine beiden Models anfangs damit getan hatten, sich in dem kalten und grusligen Ambiente des mittelalterlichen Kerkers für seine Modeaufnahmen zu entspannen.

»Ja«, sagte Paul schließlich. Seine eigene Stimme hallte in seinem Kopf wider und verursachte den nächsten Anflug von Kopfschmerzen.

»Ist Ihnen eine gewisse Beate Meinefeld bekannt?«

Was sollten diese Fragen? Paul fühlte sich mit seinem ausgewachsenen Kater auch ohne ein Kreuzverhör schlecht genug. Auf ein sinnloses Frage-und-Antwort-Spiel hatte er jetzt ganz bestimmt keine Lust.

»Ja«, sagte er unwirsch. »Sie hat gestern für mich als Model gearbeitet.«

Paul kamen sehr verschwommene Bilder vom Ende des Abends in den Sinn. Beate – oder Bea, wie sie sich nannte – war an ihm sehr interessiert gewesen. Um nicht zu sagen: Sie hatte sich ihm an den Hals geworfen. Etwas zu direkt und fast schon plump, wie Paul es empfand. Andererseits war ihm ein wenig Trost und Zuspruch von weiblicher Seite zur Zeit ja auch höchst willkommen. Und überhaupt: Er war momentan sozusagen ungebunden und niemandem verpflichtet. Warum also nicht?

»Frau Meinefeld ist heute früh von Reinigungskräften des Rathauses im Lochgefängnis aufgefunden worden. Tot«, stellte ihn der Zivilbeamte vor vollendete Tatsachen.

Paul war viel zu baff, um darauf etwas sagen zu können. Stattdessen konfrontierte ihn der Kriminalpolizist mit der nächsten schockierenden Neuigkeit: »Die Leiche von Frau Meinefeld befand sich in einer der historischen Folterzellen.«

»Sie lag auf den Steinstufen unter einer Streckbank«, ergänzte der andere nach einem Blick in seine Unterlagen. Der Beamte hob die rechte Braue: »Sie war nackt bis auf einen leichten Sommermantel. Sandfarben. Der Mantel eines Mannes.«

»In der Tasche steckte ein Portemonnaie«, redete der erste Polizist weiter. »Darin fanden wir Ihren Personalausweis und Visitenkarten mit dem Namen Ihres Fotostudios.«

»Mein Mantel?«, fragte Paul verblüfft und schaute sich nach seinem Garderobenständer um. Er war leer.

»Ja. Wie es aussieht, handelt es sich um Ihren Mantel«, bestätigte der Beamte. »Würden Sie uns bitte aufs Revier in der Rathauswache begleiten? Wir hätten da ein paar Fragen an Sie.«

2

Bea Meinefeld tot? Paul hatte noch immer starke Kopfschmerzen. Es fiel ihm schwer, sich zu konzentrieren. Doch der Nachricht vom Tod des Fotomodells musste er mit klarem Verstand begegnen.

Er saß in einem kahlen Verhörzimmer in der Rathauswache, der Kripomann von vorhin ihm gegenüber. Zwischen ihnen stand nur ein schlichter Tisch, der Kollege des Beamten wartete im Hintergrund.

Es war ganz wie im Fernsehen, nur dass es sich bei dem armen Teufel, den die Polizisten gleich in die Mangel nehmen würden, nicht um einen gut bezahlten Schauspieler handelte, sondern um Paul, und er sich nicht einfach entspannt als Zuschauer zurücklehnen konnte.

»Beginnen wir mit der nächstliegenden Frage«, setzte der Kriminalbeamte an, der ihm gegenüber saß. Paul schien es, als würde ein Lächeln die schmalen Lippen des Ermittlers umspielen. »Warum haben Sie dieses Mädchen getötet?«

»Ich habe was?« Paul sprang von seinem Stuhl auf und schnappte nach Luft. »Wie kommen Sie denn darauf?«

Der Beamte blieb ruhig sitzen und wiegte den Kopf. »Nun – Sie haben bereits zugegeben, dass Sie sich gestern im Lochgefängnis aufgehalten haben. Sie sind mit der Getöteten bekannt. Und sie trug Ihren Mantel, in dem immer noch der Schlüssel zum Lochgefängnis steckte. Da drängt sich uns der Verdacht auf, dass Sie für den Tod dieser Frau verantwortlich sind.«

Paul versuchte das nach wie vor starke Hämmern in seinen Schläfen zu ignorieren und setzte sich wieder hin. Er senkte den Blick, rieb sich die Augen. Er musste aufpassen. Denn das hier war kein Spaß.

Was genau war gestern Abend vorgefallen?, fragte er sich besorgt und klopfte sich mit den Fingerkuppen gegen die Stirn.

Okay, zwang er sich zur Raison, wie war der Tag verlaufen? Sie hatten sich nachmittags vorm Rathaus getroffen: er selbst, Bea Meinefeld, ein anderes Model und die Visagistin. Paul hatte den Schlüssel fürs Lochgefängnis vom Presseamt der Stadt bekommen. Sie sollten freie Hand für ihre Fotoaufnahmen haben, denn wegen der Vorbereitungen für eine große Ausstellung im Rathaussaal, einen Stock höher, waren die alten Folterkeller für den Publikumsverkehr gesperrt worden ...

Alles harmlose Dinge – Pauls Berufsalltag. Wie konnte das mit einem Mord in Verbindung gebracht werden?

»Warten Sie«, sammelte Paul seine geschwächten Kräfte zum Selbstschutz. »Sie überfallen mich zu Hause, nehmen mich mit aufs Revier und konfrontieren mich mit einem ungeheuerlichen Vorwurf. Sie haben mir ja noch nicht einmal die Todesursache von Frau Meinefeld genannt. Wie ist sie denn gestorben?«

»Erstaunlich, dass Sie erst jetzt danach fragen«, stellte sein Gegenüber mit zusammengekniffenen Augen fest.

Der andere Polizist hingegen fragte: »Wissen Sie das denn nicht selbst am besten?«

Paul ballte die Fäuste. Er war bereit zu rebellieren. Warum nur gingen diese beiden Männer so aggressiv gegen ihn vor und traten seine Würde mit Füßen?

Er zwang sich zur Ruhe. »Wie ist sie gestorben?« fragte er nochmals.

Die Beamten verständigten sich mit einem Blick. »Genickbruch«, sagte der eine knapp.

»Sie haben sie richtig hart angefasst«, sagte der andere.

Schon wieder so ein Vorwurf. Paul hätte am liebsten laut aufgeschrien. Doch dann fühlte er sich an etwas erinnert. Für eine Fotoreportage hatte er einmal den Kriminaldauerdienst begleitet und dabei gelernt, dass die Chancen, einen Mörder zu überführen, in den ersten Stunden nach der Tat am größten waren. Dann nämlich waren die Täter selbst noch angespannt und ihre Nerven lagen blank. In dieser psychologischen Extremsituation konnten ein paar energisch vorgebrachte Beschuldigungen reichen, um dem Schuldigen ein Geständnis zu entlocken.

Auf dieselbe Weise versuchten nun offenbar die beiden Polizisten, Paul zum Reden zu bringen. Plötzlich sah er ein, dass die Kriminalbeamten nichts weiter machten als ihren Job – und wahrscheinlich machten sie ihn sogar gut. Aber – verflucht! – er hatte ihnen nichts zu sagen! Wann würden sie das akzeptieren?

»Also?«, forderte ihn der Kripomann ihm gegenüber auf. »In welchem Verhältnis standen Sie zu dem Opfer?«

»Wir haben Fotos gemacht«, brachte Paul stockend hervor.

Der Beamte sah ihn wenig mitfühlend an. »Soso, Fotos. Natürlich. Sie machen Fotos. Denn Sie sind ja Fotograf.« Er führte seinen Zeigefinger an die dünnen Lippen. »Was waren denn das für Fotos?«

Paul kamen bei dieser Frage die Bilder von gestern in den Kopf. Die Korsagen aus schwarzem Leder, die Lackbustiers ... – Bea hatte eine gute Figur in diesen ausgefallenen Dessous gemacht.

»Modefotografie«, sagte Paul möglichst betonungslos.

»Ach?«, tat der Polizist überrascht. »Mode im Folterkeller. – Ist das nicht ein wenig geschmacklos?«

»Es war die Auftragsarbeit einer Nürnberger Boutique«, antwortete Paul. »Kleidung, Ort und Modelagentur wurden vom Auftraggeber bestimmt.« Er erinnerte sich sehr wohl daran, dass er anfangs Skrupel gehabt hatte, den Auftrag anzunehmen. Denn die Sado-Maso-Schiene lag ihm nicht besonders. Aber dann hatte er erkannt, dass die zu fotografierenden Teile zwar sexy, aber keineswegs anrüchig waren. Er musste also keine bösen Folgen für seinen Ruf befürchten – und das Geld konnte er allemal gebrauchen.

»Was genau waren denn das für Modefotos?« Der Beamte blieb hartnäckig.

Paul beschloss, die Wahrheit zu sagen, denn ein Anruf bei der Boutique würde der Polizei ja genügen, um es auch ohne seine Hilfe herauszufinden: »Salonfähiges Lack und Leder«, sagte Paul kurz und versuchte, dabei völlig souverän zu wirken.

Der Polizist setzte ein breites Lächeln auf und drehte sich zu seinem Kollegen um. »Hörst du das, Jürgen? Lack und Leder.« Dann wandte er sich wieder Paul zu. »Diese Beate Meinefeld war ja an sich schon von der Natur verwöhnt. Wenn man sie sich in Hardcore-Reizwäsche vorstellt – das kann einem schon den Verstand rauben, nicht wahr, Herr Flemming?«

Wollte ihn dieser Typ aufs Glatteis führen? Paul musste sich zwingen, seinen Mund zu halten und erst einmal nachzudenken. »Als Fotograf bin ich erfreuliche Anblicke dieser Art gewöhnt. Es ist mein Job, damit emotionslos umzugehen«, sagte er, aber er tat es mit bebender Stimme. Seine Souveränität war dahin.

Er sah Bea vor sich, mit all ihren Reizen. Sie war eine sehr schöne junge Frau gewesen. Traumfigur. Rassig. Ohne Hemmungen. Die reine Lebenslust. Aber Paul hatte schon nach den ersten Aufnahmen entschieden, dass er sie künftig als Model nicht mehr bestellen würde. Sie kokettierte ständig mit ihren Reizen. Wackelte mit ihrem Knackpopo, reckte die Brüste nach vorn, als ob es einen Preis dafür zu gewinnen gäbe. Sie war ihm schlichtweg zu anstrengend für die Arbeit.

Aber danach ... – Sie hatten so gegen neunzehn Uhr Feierabend gemacht. Die Visagistin hatte sich sofort verabschiedet. Doch die beiden Models – Bea voran – wollten noch etwas unternehmen. Sie überredeten Paul zu einem Absacker. Das war eigentlich nicht sein Stil, denn Paul hielt Job und Privatleben für gewöhnlich getrennt. Doch Bea war ausdauernd, und schließlich hatte er eingewilligt. Er lud die beiden auf einen Drink im *Goldenen Ritter* ein. Der war nicht weit vom Rathaus entfernt und auch nicht weit von seiner Wohnung am Weinmarkt, auf die er sich nach dem langen Arbeitstag schon gefreut hatte.

Er erinnerte sich noch genau an Jan-Patricks Gesichtsausdruck, als Paul mit den beiden Mädels das Lokal betreten hatte: »Um Himmels willen, wen hast du denn da aufgerissen?«, stand in den Augen des Wirts geschrieben. Paul hatte seinem alten Freund auf die Schulter geklopft und ihm zugeflüstert:

»Rein dienstlich.«

»Dienstlich?«, hatte Jan-Patrick zweifelnd wiederholt und sich nervös über sein öliges schwarzes Haar gestrichen. »Ich habe eher den Eindruck, dass du in alte Zeiten zurückfällst. Ich dachte, mit fast vierzig wärst du allmählich aus der Sturm- und Drangphase raus.«

Paul hatte daraufhin nur gelächelt und sich mit seinen beiden Begleiterinnen in die Erkernische des rustikal romantischen Altstadtrestaurants zurückgezogen.

»Das nehme ich Ihnen nicht ab!«, riss der Kriminalbeamte Paul aus seinen Gedanken. »Ein junges, attraktives Mädchen macht Sie an und versucht Sie zu verführen. Und Sie, ausgerechnet Sie als Junggeselle, wollen mir weismachen, dass Sie diesen Verlockungen widerstanden haben?«

Paul nickte unsicher.

Der Beamte schüttelte entschieden den Kopf. »Ich will Ihnen sagen, wie es war: Beate Meinefeld hat während der Fotoaufnahmen Ihre sexuelle Fantasie beflügelt. Die berufliche Distanz ging verloren, Sie wurden erregter ...«

»Geiler!«, mischte sich der andere Polizist ein.

Sein Kollege nickte. »Sie waren sexuell extrem stimuliert, als Sie mit Beate Meinefeld nach dem Fotoshooting im *Goldenen Ritter* eingekehrt sind.«

»Ach«, unterbrach Paul überrascht. »Sie wissen das mit dem *Goldenen Ritter*?«

»Selbstverständlich«, nickte der Beamte. »Die Kollegin der Toten hat uns sehr genau ins Bild gesetzt.« Er beugte sich zu Paul vor. »Legen wir doch die Karten auf den Tisch: Ich habe vollstes Verständnis dafür, dass ein Mann im besten Alter ein solches Angebot nicht so einfach ausschlägt. Ich an Ihrer Stelle wäre sicher auch in Versuchung geraten. – Man muss sich das einmal bildlich vorstellen: Weibliche Reize in jugendlicher Blüte ...«

»Ersparen Sie mir Ihre billigen Klischees!«, ärgerte sich Paul. »Ich habe mein Triebleben sehr wohl im Griff, wenn es um den Job geht.« Aber hatte er das wirklich? Was genau war denn gestern Abend noch geschehen? Zugegeben: Bea hatte ihn angemacht. Das hatte schon während des Shootings begonnen und sich beim Feierabenddrink im *Goldenen Ritter* fortgesetzt. Sie war sehr geschickt zuwege gegangen. Ihr perfekter Körper war ihr stärkstes Argument – an dem war tatsächlich nichts auszusetzen. Und dann hatte sie diese Art, während des Gesprächs ständig Körperkontakt zu suchen: Mal berührten sich wie zufällig die Knie, mal lag ihre Hand auf seiner. Am Ende hatte er ihren Atem ganz dicht an seinem Ohr gespürt. Und auch an die feuchte Wärme ihrer Lippen konnte er sich plötzlich erinnern ...

»Wahrscheinlich hat sie Ihnen einen Korb verpasst, als Sie mehr wollten«, sagte der Kripomann.

»Erst heiß gemacht und dann abblitzen lassen«, mischte sich der andere wieder ein.

»Und dann sind Sie durchgedreht«, folgerte der erste. »Wie gesagt: Nur zu verständlich.«

Verständlich? Paul war völlig durcheinander. Was wollten ihm diese Bullen da einreden? Er hatte keinen Mord begangen! Zumindest ... konnte er sich nicht daran erinnern!

»Paul, lass es gut sein«, hatte ihm Jan-Patrick nach dem vierten oder fünften Bier gesagt. »Bestell den Mädels ein Taxi und geh heim. Es hat doch keinen Sinn, deinen Frust auf Katinka mit zwei Halbwüchsigen auszuleben.«

»Das hier hat überhaupt nichts mit Katinka zu tun!«, hatte Paul widersprochen. »Die soll in Berlin Karriere machen und sich amüsieren. Ich lebe mein Leben, und das lasse ich mir nicht von Katinkas Sturheit verderben!«

»Aber diese Mädchen sind doch nichts für dich«, mahnte Jan-Patrick. »Lass die Finger von solchen Geschichten. Dafür bist du zu alt.« Paul hatte in diesem Moment den sanften Druck von Beas Hand auf seinem Oberschenkel gespürt und seinen Freund zum Teufel gewünscht. »Man ist so alt, wie man sich fühlt.« Er war zu allem bereit gewesen an diesem Abend ... – zu allem?

Der zweite Kripomann legte einen Stoß Papiere auf den Tisch. »Unterschreiben Sie hier.«

Paul sah ihn verdattert an. »Was ist das?«

»Leider noch kein Geständnis«, sagte der erste Beamte mit offenem Bedauern. »Es ist nur eine Erklärung.«

»Was für eine Erklärung?« Paul rechnete mit dem Schlimmsten.

»Darüber, dass Sie sich zu unserer Verfügung halten«, sagte der Beamte. »Sie wissen schon: Keine Reisen ins Ausland. Sie rufen uns zurück, wenn wir auf Ihren AB sprechen.«

»Soll das heißen ...« In Paul keimte neue Hoffnung auf. »Soll das heißen, Sie lassen mich gehen?«

»Nicht gern«, schaltete sich erneut der zweite Polizist ein. »Wir haben ein recht genaues Bild davon, was sich gestern Abend abgespielt hat und wer dafür verantwortlich ist.«

Paul versuchte sich an den Ausgang des Abends zu erinnern: Da waren zunächst die anregenden Stunden im *Goldenen Ritter*. Dann der Weg nach draußen, auf den Weinmarkt. Es war kühl geworden. Sternklarer Himmel. Bea hatte gefroren, Paul hatte ihr seinen Mantel angeboten. Aber dann? Wie war es weitergegangen?

Die frische Luft hatte Paul den Alkohol umso stärker spüren lassen. Er hatte Bea seinen Mantel über die Schultern gelegt. Daraufhin hatte sie sich an seine Seite geschmiegt. Er hatte ihren schmalen Körper neben sich gespürt. Wahrscheinlich hatte er seinen Arm um ihre Schultern gelegt. Und dann ... – er konnte sich nicht erinnern.

»Um es kurz zu machen«, sagte Ermittler Nummer eins, »wir haben leider nicht die Handhabe, Sie hier länger festzuhalten. Aber das kann sich schnell ändern.«

»Ihnen ist hoffentlich bewusst, dass momentan alles gegen Sie spricht«, sagte der andere mit drohendem Unterton. »Uns fehlt nur noch ein Augenzeuge dafür, dass Sie in Begleitung der Getöteten tatsächlich noch einmal ins Lochgefängnis gegangen sind.«

»Warum auch immer Sie das getan haben«, ergänzte Pauls Gegenüber in anzüglichem Ton. »Ich weiß ja nicht, auf welche Art von Sex Sie stehen ...«

Paul riss sich zusammen. Er wollte aufspringen und die beiden Polizisten anschreien. Denn diese Vorhaltungen waren ungeheuerlich. Aber er hatte nichts, rein gar nichts, was er zu seiner Verteidigung vorbringen konnte.

Denn ihm fehlte ein entscheidender Teil seiner Erinnerung. Ihm wollte partout nicht einfallen, was auf die Szene mit dem Sommermantel gefolgt war. Hatte Bea sich verabschiedet und war gegangen? Oder waren sie beide zusammengeblieben? Waren sie womöglich gemeinsam in Pauls Atelier gelandet und hatten miteinander ...

Paul fiel in diesem Zusammenhang eine Episode aus seiner Vergangenheit ein. Es war kurz nach dem Abitur gewesen, als er erstmals Bekanntschaft mit dem Phänomen des sogenannten Blackouts gemacht hatte. Bei einer Party war er ziemlich abgestürzt. Er hatte wahllos alle möglichen Drinks konsumiert: Bier, Wein, Schnäpse, Cocktails. Am anderen Morgen hatte ihn die Gastgeberin damit konfrontiert, er habe die Reinigung ihres Kleides zu zahlen, das er absichtlich mit Rotwein bekleckert hätte. Paul hatte im Brustton der Überzeugung widersprochen. Bis ihm schließlich Fotos vorgelegt wurden, die ihn in voller Aktion zeigten: Breit grinsend stand er mit einer Weinflasche vor der Gastgeberin und hatte sichtlich Spaß daran, ihrem Kleid einen neuen, rot gescheckten Look zu verpassen.

»Sie haben offensichtlich bei jemandem einen Stein im Brett – über die Gründe möchte ich hier nicht spekulieren«, sagte Pauls Gegenüber mit kaum verhohlener Wut. »Deshalb – aber auch nur deshalb! – werden wir Sie laufen lassen.«

»Aber die Sache ist nicht ausgestanden«, betonte der andere noch einmal.

»In unseren Augen sind Sie schuldig.« Der erste Beamte sah Paul eindringlich an. »Der kleinste Fehler, und wir haben Sie.«

»Danke.« Paul erhob sich. Er bemühte sich um einen freundlichen Tonfall. »Einen schönen Tag noch.«

Er verließ das Revier in dem Bewusstsein, dass er womöglich ein Mörder war. Ihm fehlten die Erinnerungen an mindestens sieben oder acht Stunden der letzten Nacht.

3

Der Rückweg nach Hause, zum Weinmarkt, so kurz er auch sein mochte, geriet für Paul zum Martyrium. Die Vorstellung, das Gedächtnis verloren zu haben, war allein schon erschreckend genug. Aber dieser Mordvorwurf – das war zuviel für ihn. Paul fühlte sich schrecklich, und er gab sich keine Mühe, seinen Gemütszustand zu verbergen.

Zum Glück traf er keinen Bekannten, dem er Rechenschaft über seine Niedergeschlagenheit hätte ablegen müssen. Er war froh, als er unbehelligt das Haus erreicht hatte.

Während er die Treppen bis ins oberste Stockwerk hinaufging, machte er sich bittere Vorwürfe wegen des vergangenen Abends. In seinen Ohren hallten die Worte Jan-Patricks nach:

»Riskier doch nicht deine Beziehung mit Katinka«, hatte der Wirt ihm zugeraunt, als er eine neue Runde Getränke servierte.

»Beziehung?«, hatte Paul gezischt. »Was ist denn das für eine Beziehung, bei der es dem einen Partner nur immer um die Karriere geht? Sie hat mich für ihren ach so tollen Juristenjob in Berlin sitzen lassen, so sieht's aus!«

»Du hattest die Wahl, sie zu begleiten«, hatte ihn Jan-Patrick leise an die Realität erinnert.

»Ja«, hatte Paul sauertöpfisch erwidert. »Aber das wollte ich nicht, und jetzt lass mich in Ruhe damit.«

Paul schloss seine Wohnungstür auf. Wie weit war diese Sache mit Bea gegangen, fragte er sich zum wiederholten Mal. Im *Goldenen Ritter* war außer gelegentlichem Händchenhalten nichts gewesen. Da war sich Paul ganz sicher, allein schon wegen Jan-Patricks argwöhnischen Blicken. Aber als sie das Lokal verlassen hatten, später am Abend? Es musste ihm doch endlich wieder einfallen!

Paul plumpste auf sein Sofa und ließ den Kopf in die Hände sinken. Er spürte eine beunruhigende Leere in sich. Der Mangel an Erinnerungen zermürbte ihn. In seinem Gedächtnis klaffte diese gewaltige Lücke – ihm fehlten die Bilder der entscheidenden Stunden.

Bilder? Paul hob seinen Kopf. Das war das Stichwort! Plötzlich sah er Licht am Ende des Tunnels. Mit etwas Glück konnte er Bilder des gestrigen Abends auftreiben. Er hatte nach den Fotoaufnahmen im Lochgefängnis zwar das Gros seiner Ausrüstung zurück ins Atelier gebracht, aber seine kleine Leica mitgenommen. Denn ganz ohne Kamera fühlte er sich nackt.

Im *Goldenen Ritter* hatte er den Fotoapparat ausgepackt, ein paar Schnappschüsse gemacht. Dann war die Kamera fleißig am Tisch herumgereicht worden. Jeder hatte jeden abgelichtet.

Während Paul jetzt mit fahrigen Bewegungen seine Wohnung absuchte, klammerte er sich an die Hoffnung, dass sie auch vom späteren Abend Fotos gemacht hatten.

Das Sofa, auf dem er in der Nacht eingeschlafen war, erwies sich als unergiebig. Er suchte weiter zwischen den Zeitschriften auf seinem Couchtisch. Dann durchwühlte er die Unterlagen auf seinem gläsernen Schreibtisch. Fehlanzeige.

Schließlich schaute er in der Küchenzeile nach. Diesmal mit Erfolg: Neben einem halb geleerten Glas Wein lag die kleine Leica. Paul schnappte sie sich und eilte zurück zum Schreibtisch.

Er schaltete seinen Computer an. Es kam ihm vor wie eine Ewigkeit, bis der Rechner hochgefahren war.

Paul legte die Speicherkarte der Kamera in den Kartenleser des Computers. Innerhalb weniger Sekunden waren die Bilder übertragen, und Paul ließ sie als Diashow ablaufen.

Die muntere Runde des Vorabends füllte nun den Flachbildschirm aus. Paul sah Beate Meinefeld und das andere Model Arm in Arm vor der Kamera herumalbern. Dann erschienen die Mädchen einzeln, wieder lachend. Ein weiteres Foto zeigte sie alle drei zusammen mit Paul in der Mitte, fröhlich und ausgelassen. Er hatte das Bild mit ausgestrecktem Arm selbst gemacht.

Die nächsten Aufnahmen ließ Paul schneller durchlaufen. Schließlich wechselte die Kulisse: Aus der urig rustikalen Atmosphäre des *Goldenen Ritters* ging es hinaus in die pechschwarze Nacht. Paul betrachtete nun wieder jedes Bild einzeln.

Zu sehen waren Beate Meinefeld und er selbst. Wahrscheinlich hatte das andere Model diese letzten Aufnahmen gemacht. Fünf Stück waren es genau: Auf dem ersten Bild hatte sich Bea bei ihm untergehakt. Auf dem zweiten zog Paul ihren Kopf ganz nahe an den seinen. Das dritte Foto zeigte die beiden in inniger Umarmung. Das vierte und fünfte Bild wiederholte dieses Motiv aus wechselnden Perspektiven.

Das war alles. Mehr war auf dem Speicherchip nicht enthalten. Paul blickte stumpfsinnig auf den Bildschirm. Wieder und wieder schaute er sich die fünf letzten Fotos an. Er vergrößerte den Ausschnitt ihrer Köpfe. Details waren nicht zu erkennen, dafür war die Auflösung zu schlecht und das Licht zu bescheiden gewesen. Aber es sah ganz so aus, als ob Bea und er sich geküsst hätten. Und da die drei Bilder am Schluss dasselbe unveränderte Motiv zeigten, musste es ein langer Kuss gewesen sein.

Niedergeschlagen ließ Paul die Bilder von seinem Schirm verschwinden. Diese Aufnahmen hatten ihm nicht helfen können, im Gegenteil: Nun war klar, dass er sich mit Bea eingelassen hatte. Wie weit das gegangen war, konnte er nur mutmaßen. Er fühlte sich elend.

Ihm war danach, sich wieder auf seinem Sofa auszustrecken, die Decke über den Kopf zu ziehen und den Rest des Tages zu verschlafen. Seine Kopfschmerzen waren noch immer zu spüren, und unter Menschen wollte er heute auf keinen Fall mehr gehen.

Doch so verlockend es auch war, er legte sich nicht hin: Einem plötzlichen Impuls folgend, rief er die Fotodatei nochmals auf. Womöglich hatte er etwas übersehen, eines jener kleinen Dinge, die mitunter etwas auslösten. Vielleicht würde ein winziges Detail seinem streikenden Gedächtnis doch noch auf die Sprünge helfen.

Schon bei den ersten Bildern, denen vom Beginn des Abends, hielt er inne. Zu sehen war das andere Model. Eine schlichte Brünette, die den ganzen Tag über etwas im Schatten der blonden, impulsiven Bea gestanden hatte. Dieses andere Mädchen – Paul hatte sich nicht einmal ihren Namen gemerkt – hatte ja offensichtlich die letzten Fotos gemacht. Zwar hatte sie irgendwann aufgehört zu fotografieren. Gesehen aber hatte sie ganz sicher mehr! Vielleicht sogar mehr, als sie der Polizei gegenüber bisher preisgegeben hatte.

Paul musste sie sprechen!

Er zog sein Adressregister heran und ließ seine Finger durch die vielen Visiten- und Karteikarten flitzen. Dann hatte er die Richtige gefunden: die Karte der Modelagentur, die die Mädchen vermittelt hatte.

Paul ging mit dem schnurlosen Telefon zum Sofa zurück und tippte die Nummer ein.

»*Mandy's Model Company*, Sie sprechen mit Frau Hufnagel«, meldete sich eine überzogen süßliche Stimme.

Paul atmete tief durch. Er ahnte, dass ihm ein Gespräch mit dem zweiten Model mit etwas Glück dabei helfen würde, die Lücken in seinem Gedächtnis zu schließen. Er war entsprechend aufgeregt, wollte sich das aber nicht anmerken lassen: »Hier spricht Flemming, Paul Flemming. Könnte ich bitte mit …«

Weiter kam er nicht. Er hatte seinen Namen kaum ausgesprochen, als seine Gesprächspartnerin auflegte. Paul dachte zunächst an ein Versehen und versuchte es erneut. Aber die Verbindung wurde sofort wieder unterbrochen. So etwas war kein Zufall, und Paul musste kein Hellseher sein, um den Grund zu begreifen: Das andere Model hatte längst mit seinen Kolleginnen geredet – der Verdacht gegen ihn hatte sich offenbar schon weiter herumgesprochen, als er dachte. Kein Wunder, dass die Telefonistin von *Mandy's Model Company* sofort aufgelegt hatte.

Paul fluchte, den Hörer noch in seiner Hand, vor sich hin. Wie von selbst bewegten sich seine Finger, um eine andere Nummer einzutippen.

Er tat das nicht gern. Es gibt Menschen, die bittet man nur in äußerster Not um Hilfe. Doch Paul befand sich in Not – und um aus dieser zu entkommen, war er bereit, sich bis zu einem gewissen Grad zu erniedrigen. Denn eines war sicher: Für Victor Blohfeld würde es ein Triumph sein, Paul in einer so verzweifelten Lage zu sehen und zu wissen, dass seine Hilfe nötig war.

Während Paul dem Rufton lauschte, kam ihm aber auch der Gedanke daran, dass der Polizeireporter es womöglich schlichtweg ablehnen würde, ihn zu unterstützen. Denn Mord war kein Kinderspiel – und Paul hatte nicht den kleinsten Anhaltspunkt dafür, dass er unschuldig war.

»Blohfeld«, schmetterte es aus dem Hörer. »Wir haben gleich Schlagzeilenkonferenz. Machen Sie es kurz, Flemming!«

»Woher wissen Sie, dass ich …«, setzte Paul verwundert an.

»Ich kann Ihre Nummer auf dem Display sehen, Sie Technikbanause«, unterbrach ihn Blohfeld. »Also, was gibt's Wichtiges?«

Paul musste sich konzentrieren, um den Sachverhalt so neutral wie möglich zu schildern. Dennoch merkte er, wie seine Stimme vor innerer Anspannung zitterte.

Am anderen Ende der Leitung herrschte zunächst Schweigen. Nur das Bimmeln der Redaktionstelefone im Hintergrund sprach dafür, dass Blohfeld noch dran war.

Dann räusperte sich der Reporter. »Sie behaupten also, dass Sie selbst überhaupt keine Erinnerung an diese Vorfälle haben?«, fragte er skeptisch.

»Ja«, bestätigte Paul wahrheitsgemäß. »Zumindest nicht an die entscheidenden Stunden.«

»Sie wollen mir da nicht etwa einen Bären aufbinden, oder?«, hakte Blohfeld misstrauisch nach.

»Das würde ich gern«, sagte Paul mit einem kümmerlichen Anflug von Humor. »Aber dafür bin ich momentan nicht in der richtigen Verfassung.«

»Also gut«, sagte der Reporter knapp. »Es gibt eine Tote und einen Tatverdächtigen. – Ich bin gespannt, ob Sie in der heutigen Pressebilanz des Präsidiums erwähnt werden. Vielleicht ist man gnädig und kürzt Ihren Nachnamen ab.« Und dann in rüderem Tonfall: »Was um Himmels willen wollen Sie von mir, Flemming?«

»Wir kennen uns schon recht lange«, appellierte Paul an das Gewissen des Reporters, »und ich weiß, dass Sie meistens vor allen anderen das Gras wachsen hören. Wenn jemand etwas über die fraglichen Stunden herausbekommen kann, dann sind Sie es.«

»Hören Sie, Flemming: Ich muss jetzt wirklich in die Konferenz. Die anderen warten schon«, sagte Blohfeld ungeduldig. »Mag sein, dass ich etwas herausbekomme. Vorerst aber sind Sie ein Tatverdächtiger, und ich werde mich hüten, in polizeiliche Ermittlungen einzugreifen. Nehmen Sie sich lieber einen guten Anwalt. Außerdem ...«

»Außerdem was?«, fragte Paul enttäuscht.

»Außerdem musste es bei Ihrem Lebenswandel ja irgendwann soweit kommen.«

»Was soll das heißen?«, entrüstete sich Paul. »Mein Lebenswandel?«

»Nun, Sie sind – wie alt? Vierzig?«

»Fast!«

»... und unverheiratet ...«

»Deswegen müssen Sie mich nicht als Lebemann abstempeln!«

»Ach, Sie wollen kein Playboy sein? Wäre es Ihnen lieber, wenn ich Sie für schwul hielte?«, ätzte der Reporter.

»Blohfeld, lassen Sie Ihre blöden Scherze. Bitte.« Paul setzte all seine verbliebene Überzeugungskraft ein: »Ich brauche wirklich Ihre Hilfe!«

»Es tut mir leid für Sie, Flemming«, sagte Blohfeld nun ungewöhnlich mitfühlend. »Wie gesagt: Wenn ich etwas höre, werde ich es Sie wissen lassen. Aber vorerst ... – ich sage es nicht gern: Solange die Ermittlungen gegen Sie laufen, kann ich Sie unmöglich weiter als Fotograf für unsere Zeitung beschäftigen.«

Paul glaubte nicht recht zu hören: »Sie feuern mich? Jetzt? Wo ich mit dem Rücken zur Wand stehe?«

»Mein lieber Freund«, tat Blohfeld kumpelhaft, »in Kürze beginnt die große Ausstellung im Alten Rathaus. Sie wissen, wie wichtig das für die Stadt ist – also auch für unsere Zeitung. Ich werde den Fototermin für die Eröffnungsfeier anderweitig vergeben müssen. Wir haben da gerade eine angehende Fotografin im Haus, vielversprechende Person. Sie wird ganz sicher ...«

»Blohfeld!«, unterbrach ihn Paul. »Das können Sie mir nicht antun! Ich bin in einer Notsituation, ich bitte Sie um Hilfe, und Ihnen fällt dazu nichts anderes ein, als mir meinen Job wegzunehmen? Und ihn an eine unerfahrene Praktikantin zu vergeben?«

»Oh, nein, nein«, wiegelte Blohfeld ab. »Sie hat durchaus gewisse Erfahrungen.«

»Sie sind unmöglich! Sagen Sie, dass Sie das nicht ernst meinen!«

»Leider doch, mein Lieber«, sagte der Reporter und klang nun etwas kleinlaut. Paul meinte, eine Spur von schlechtem

Gewissen in Blohfelds Stimme zu erkennen. »Sie wissen doch, welches Potenzial diese Ausstellung hat. Ich darf da kein Risiko eingehen.«

Die Reichskleinodien – vielmehr ihre Kopien – hatten in den letzten sechzig Jahren nicht gerade einen fürstlichen Platz gefunden. Sie fristeten in ihrer Nische in der kargen Ehrenhalle des Rathauses ein Schattendasein – trotzdem kamen Jahr für Jahr Hunderttausende Neugierige, um sich die Replikate anzusehen. Paul konnte nachvollziehen, dass die Stadt sich bei der vorübergehenden Rückkehr der echten Reichsinsignien aus Wien keinen Schnitzer leisten wollte.

»Ja, ja«, sagte Paul niedergeschlagen. »Krone, Zepter, Reichsapfel.«

»Nicht zu vergessen die Heilige Lanze«, knüpfte der Reporter an.

»Ich verstehe schon«, sagte Paul mit leichter Ironie. »Die epochale Heimkehr der Reichskleinodien. Ein potenzieller Mörder in ihrem Dunstkreis würde den Glanz schmälern.«

»Mal langsam, Flemming!«, zürnte Blohfeld durch den Hörer. »Ich glaube, Sie sind sich der Tragweite dieses Ereignisses wirklich nicht bewusst: Die Reichskleinodien sind ein Kulturgut von weltweiter Bedeutung. Für Nürnberg sind sie so wichtig wie die Kronjuwelen für London oder die *Mona Lisa* für Paris. Und der absolute Höhepunkt ist, wie gesagt, dass die Heilige Lanze dabei sein wird – die Lanze des Longinus«, betonte er weihevoll.

Paul kramte sein bescheidenes Wissen darüber zusammen. »Aber es ist doch nicht einmal erwiesen, dass es wirklich die Lanze ist, mit der ... äh ...«

»... die der römische Zenturio dem gekreuzigten Jesus in die Seite gestochen hat, um zu prüfen, ob er tot war. Mein lieber Flemming«, dozierte Blohfeld, »es ist vollkommen belanglos, ob die Speerspitze authentisch ist. Viele behaupten, dass nur ein Kreuznagel in die Lanze eingeschmiedet wurde, manche bestreiten auch das. So oder so ist es ein einzigartiges Exponat.

Es wird seit Jahrhunderten verehrt, es bildete die Grundlage für den Machtanspruch Karls des Großen, und es ist vom Vatikan offiziell als Reliquie anerkannt. Die Heilige Lanze wird das Herzstück der Ausstellung! Nürnberg kann stolz sein, sie wenigstens für ein paar Wochen wieder beheimaten zu dürfen.«

»Ich merke schon«, sagte Paul, »ich muss mein Schulwissen über die Reichskleinodien auffrischen.«

»Ja, das müssen Sie. Dringend! Sonst werden Sie das kulturgeschichtliche Highlight Ihres Lebens versäumen«, behauptete Blohfeld. »Verstehen Sie jetzt allmählich? Es geht hier nicht um meine Person oder um Ihre, sondern um sehr viel mehr. Das Nürnberger Rathaus war immerhin einmal das symbolische Zentrum des Heiligen Römischen Reiches. Es verdient eine fantasievolle und offensive Darstellung seiner Geschichte, und die bekommt es nun endlich – durch diese Ausstellung. Das wird in diesem Herbst das größte History-Event nördlich der Alpen!«

Mit einer weiteren, wenig überzeugend dargebrachten Bitte um Verständnis dafür, dass Paul als Fotograf diesmal ausschied, verabschiedete sich Blohfeld und legte auf.

Paul saß immer noch auf seinem Sofa und hielt sich am Telefon fest.

Blohfeld konnte ein hundsgemeiner Kerl sein, eiskalt und mitleidlos. Doch immerhin konnte sich Paul mit dem Wissen trösten, dass unter der rauen Schale des alten Haudegens ein weicher Kern schlummerte. Ab und zu trat er zum Vorschein und vollbrachte wahre Wunder.

Ein Wunder konnte Paul in seiner jetzigen Situation gebrauchen. Mit Blick auf sein Telefon wusste er aber, dass so ein Wunder nicht von selbst des Weges kommen würde. Daher wählte er die nächste Nummer, die sich anbot.

Hannah meldete sich nicht. Doch immerhin schaltete sich ihr Anrufbeantworter ein.

Paul lauschte der aufgezeichneten Mitteilung und sah Katinkas Tochter dabei vor sich: ihre strahlend blauen Augen, die Korkenzieherlocken, die sich um ihr jugendlich freches Gesicht kringelten ...

»Hallo, Hannah Blohm ist leider nicht zuhause«, hörte er ihre etwas blechern klingende Stimme vom Band. »Ich bin entweder beim Shoppen, in der Disco, in der Uni oder ... – das geht Sie nichts an! Sollten Sie etwas Wichtiges auf dem Herzen haben, sprechen Sie nach dem Piepton. Ansonsten lassen Sie es bleiben.«

Paul verzichtete darauf, ihr eine Nachricht zu hinterlassen. Er blickte auf seine Armbanduhr. Für die Disco war es viel zu früh. Zum Shoppen hatte Hannah – soviel er wusste – kein Geld. Also blieb nur die Uni.

Paul beschloss nun doch, das geschützte Territorium seiner Wohnung aufzugeben und sich wieder unter Menschen zu wagen. Er wollte Hannah vor der WiSo, der wirtschafts- und sozialwissenschaftlichen Fakultät, abfangen. Denn wenn jemand imstande war, ihm den Weg zu dem anderen Model zu ebnen, dann war es Hannah mit ihrer erfrischend direkten Art.

4

Paul legte die kurze Strecke mit dem Rad zurück. Die sommerlich milde Luft tat ihm gut, und er genoss den Fahrtwind, der ihm auf dem Weg den Burgberg hinunter ins Gesicht blies und seine düsteren Gedanken wenigstens für kurze Zeit verscheuchte.

Doch seine Unbeschwertheit war nicht von langer Dauer. Schon während er sich vor der Uni unter der Masse der Fahrräder nach Hannahs Rad umsah, um dort auf sie zu warten, kamen ihm wieder Zweifel. Wer sagte ihm denn, wie Hannah auf den Mordvorwurf gegen Paul reagieren würde? Woher nahm er die Zuversicht, dass sie ihm helfen würde – wenn er doch selbst nicht wusste, was er in der Mordnacht getan hatte?

Paul war klar, dass es für ihn nur eine Möglichkeit geben würde, Hannah für sich zu gewinnen: absolute Offenheit!

Er sah auf die Uhr. Zwanzig Minuten wartete er nun schon. Vielleicht wäre es das Beste, direkt in der Uni nach Hannah zu suchen, überlegte Paul. Vielleicht konnte eine ihrer Kommilitoninnen ihm den Weg zu Hannahs Seminar zeigen.

Er wollte gerade sein Rad abschließen, als er Hannahs unverkennbaren Lockenkopf in einer Gruppe von Studenten wippen sah.

»Hannah!«, rief Paul.

Hannah Blohm reagierte sofort. Sie verabschiedete sich mit knappen Gesten von ihren Begleitern und ging geradewegs auf Paul zu.

Ihre Augen waren heute besonders blau und ihre Wangen gerötet, bemerkte Paul. In ihrem Ausdruck lagen eine Spur Aggressivität und – da war sich Paul sicher – ein Hauch von Verachtung.

Er war irritiert und hatte Schwierigkeiten, die richtigen Worte zu finden. Unsicher stand er dem Mädchen gegenüber, gestikulierte hilflos und konnte keinen Anfang finden. »Wie geht es dir?«, fragte er schließlich, um Zeit zu gewinnen.

»Die Frage lautet ja wohl eher: Wie geht es Ihnen, Flemming?«, sagte Hannah mit ungewohnt rauer Stimme.

»Mir?« Pauls Verblüffung wuchs. Sollte Hannah etwa auch schon Wind von der Sache bekommen haben? Aber das war doch unmöglich! In der Presse hatte noch nichts darüber gestanden, und die Polizei war vorerst zum Stillschweigen verpflichtet. Jedenfalls, solange keine Beweise gegen ihn vorlagen.

»Mama hat mir heute früh am Telefon gesagt, in was für einem Schlamassel Sie stecken«, lüftete Hannah das Geheimnis und blickte ihn so kalt an, dass Paul eine Gänsehaut bekam. »Sie hat durch ihre alten Connections zu den Kollegen der

Nürnberger Justiz natürlich sofort davon erfahren – und sie ist nicht gerade begeistert.«

»Hör mal, Hannah«, beeilte sich Paul zu sagen. »Es ist überhaupt nicht bewiesen, dass ich etwas mit dem Tod dieses Models zu tun habe.« Er blickte sie beschwörend an. Als er aber seine Hand auf ihre Schulter legen wollte, stieß Hannah ihn empört zurück.

»Ach, nein?«, fragte sie laut. »Sind Sie etwa nicht mit diesem Mädel im *Goldenen Ritter* gewesen und haben gebechert, was das Zeug hält?«

Paul stellte beunruhigt fest, dass einige Studenten stehen blieben und ihn missbilligend ansahen.

»Und stimmt es etwa nicht, dass Sie danach noch mit ihr um die Häuser gezogen sind? Ihr sogar Ihren Mantel umgelegt haben?«, fuhr Hannah aufgebracht fort.

Paul spürte, wie die Röte in seinem Gesicht aufstieg. Hannah wusste also Bescheid. Aber wie sollte er jetzt darauf reagieren? Er schaute sich um, sah die fixierenden Blicke der Studenten. Zuallererst musste er Hannah dazu bringen, leiser zu sprechen.

Er trat näher an sie heran und sagte betont ruhig: »Hannah, auch wenn du mich jetzt für verrückt erklärst: Tatsache ist, dass ich mich an nichts erinnere, was nach dem Aufenthalt bei Jan-Patrick passiert ist. Wir haben gemeinsam den *Goldenen Ritter* verlassen, und dann – Cut! Filmriss!«

Hannahs Augen blitzten. Aber sie hielt sich mit Kommentaren fürs Erste zurück.

»Ich kenne die Vorwürfe gegen mich sehr gut«, setzte Paul leise fort. »Ich will mich auch gar nicht herausreden. Der Gedanke, dass ich für diese schreckliche Tat verantwortlich sein könnte, ist mir ja selbst unerträglich. Ja, es ist nicht zu bestreiten: Es kann sein, dass ich dieses Mädchen umgebracht habe. Aber, Hannah, sei ganz ehrlich: Würdest du mir so etwas zutrauen?«

Mit welcher Antwort rechnete Paul auf diese spontan formulierte Frage? Er hätte sich denken können, dass ein so plumper Versuch der Verbrüderung fehlschlagen musste. Und Hannah bestätigte sogleich seine Vorahnung:

»Mama sagt, dass Sie sich mal wieder mit den falschen Weibern eingelassen haben und dass Sie nun selbst sehen müssen, wie Sie aus der Sache herauskommen«, sagte Hannah in kaltem Ton.

»Und was sagst du?«, fragte Paul gequält, nachdem er diesen verbalen Faustschlag verdaut hatte.

»Ich ...« Hannah zögerte. Paul meinte erstmals, einen klitzekleinen Funken Verständnis in ihren Augen aufblitzen zu sehen. »Ich meine dasselbe wie Katinka. Sagen Sie doch mal selbst: Verstößt es nicht ziemlich krass gegen Ihr Berufsethos als Fotograf, mit dem erstbesten Model ins Bett zu gehen?«

»Hannah ...« Paul bebte innerlich. Aber wie sollte er diesem Vorwurf denn widersprechen, ohne sich völlig unglaubwürdig zu machen? »Du weißt sehr gut, dass so etwas nicht meine Art ist.«

»Aber gestern Nacht war es etwas anderes. Oder?«

Paul nickte und blickte zu Boden. »Ich glaube ja.«

»Kommen Sie!«, brauste Hannah abermals auf. »Reden Sie sich nicht mit irgendwelchen Erinnerungslücken heraus! Sie haben mit dem Mädel geschlafen und haben danach Trouble mit der Kleinen bekommen. Keine Ahnung, worum es dabei ging, vielleicht ist sie sauer auf Sie geworden. Und dann ist es eben passiert.«

»Nichts ist passiert!«, beteuerte Paul. »Verflixt, Hannah! Du musst mir einfach vertrauen. Glaub mir, dass ich es nicht getan habe!«

Hannah fixierte Pauls Augen. Man sah ihr ihre Wut nur zu gut an. »Wie können Sie sagen, dass Sie unschuldig sind, wenn Sie sich angeblich nicht erinnern? Das passt doch hinten und vorn nicht zusammen!«

Paul wollte weiter argumentieren, wusste aber, dass er sich damit um Kopf und Kragen reden würde. Er sah Hannah also nur verständnisheischend an – und sie erwiderte seinen Blick.

Unruhig suchten ihre Pupillen in Pauls Augen nach Antworten. Nach Zeichen des Verrats, der Reue, der Unschuld. Paul konnte nur mutmaßen, was genau in Hannahs Kopf in diesen Momenten vorging. Dann aber schien sie zu einem Schluss gekommen zu sein. Denn sie war es, die das Schweigen brach:

»Paul Flemming – Sie sind ein Idiot.«

Zack, das saß, dachte Paul, hielt aber den Mund.

»Sie kommen hierher und tun so, als sei alles beim Alten«, redete Hannah weiter. »Ich meine, hey, Sie stehen unter Mordverdacht! Und außerdem haben Sie meine Mutter sitzen lassen. Was erwarten Sie eigentlich von mir?«

»Moment: Nicht ich habe Katinka verlassen, sondern sie mich«, begehrte Paul leise auf.

»Das ist ja wohl Auslegungssache«, beharrte Hannah auf ihrem Standpunkt. Dann wurde ihr Tonfall endlich weicher. »Mama ist stinksauer auf Sie, und das kann ich total verstehen. Stimmt es, dass Sie sich seit drei Wochen nicht bei ihr gemeldet haben?«

»Drei Wochen? Nein, am Samstag ist es erst zwei Wochen her, dass ich ihr eine SMS ...«

»Geben Sie doch endlich zu, dass Sie sie nicht mehr lieben.«

»Was hat das denn mit diesem Mordfall zu tun? – Außerdem werde ich das ganz bestimmt nicht zugeben, weil es nicht wahr ist.«

»Ach, Flemming!« Hannah wirkte plötzlich sehr verletzlich. »Sie sind unmöglich.« Sie stützte sich auf dem Fahrradlenker ab. »Eigentlich sollte ich jetzt wegfahren und Sie hier stehen lassen.«

»Und uneigentlich?«, hakte Paul vorsichtig nach.

Hannah zögerte. Sie musste sich überwinden, um ihm zu antworten: »Uneigentlich glaube ich Ihnen.«

Paul atmete auf.

Doch Hannah dämpfte sofort seine Erwartungen: »Ich glaube Ihnen, dass Sie dieses Mädchen nicht aus böser Absicht getötet haben. Das ist aber auch alles. Ihre Unschuld müssen Sie mir erst beweisen.«

Paul rang mit sich selbst, ob er weiter um Hannahs Gunst buhlen sollte, denn es schien beinahe aussichtslos. Doch was blieb ihm schon anderes übrig: »Wenn ich meine Unschuld beweisen soll, brauche ich Hilfe – deine Hilfe.«

Hannah kaute mit ihren schönen weißen Schneidezähnen auf der Unterlippe, bevor sie fragte: »Wie soll diese Hilfe aussehen? Die Flucht nach Südamerika werde ich ganz sicher nicht für Sie organisieren.«

Paul weihte sie in sein Vorhaben ein.

»Nadine Schneider? So heißt die andere Schickse also?«, vergewisserte sich Hannah mit nachdenklichem Blick. »Ich soll Ihnen sozusagen als Türöffner dienen?«

Paul nickte. »Wenn ich bei der Agentur auftauche, schlagen die mir sicher sofort die Tür vor der Nase zu. Zu dir haben sie vielleicht mehr Vertrauen.« Er bot all seine mimischen Fähigkeiten auf, um sie mitleiderregend anzusehen: »Ich weiß, dass ich auf dich zählen kann. Und ich bin ganz sicher, dass sich alles aufklären wird. Bitte hilf mir dabei, die verlorenen Stunden wiederzufinden.«

»Das haben Sie gerade schön gesagt.« Hannah rang sich ein winziges Lächeln ab. »Wollen wir gleich hinfahren?«

»Ja«, sagte Paul entschieden. »Bringen wir es hinter uns. Wir radeln zum Weinmarkt und nehmen dann meinen Wagen.«

5

Die Agentur logierte in einer fein herausgeputzten Villa im Ortsteil Mögeldorf. Ruhige Seitenstraßenlage. Der Vorgarten war tipptopp in Ordnung, die Fassade schneeweiß, ebenso wie die Haustür. Paul blieb sicherheitshalber außerhalb des schmiedeeisernen Zaunes zurück. Er wollte in seinem Renault sitzen bleiben, während Hannah ihr Glück bei der Agenturchefin versuchen sollte, um an das zweite Model Nadine Schneider heranzukommen.

Paul war sich vollkommen im Klaren darüber, welch großen Vertrauensbeweis Hannah ihm gegenüber erbrachte. Sie half ihm, ohne wissen zu können, ob Paul unschuldig war oder nicht. Sie setzte sich auch über das momentan spannungsgeladene Verhältnis zwischen Paul und ihrer Mutter hinweg. Hannah half ihm wie ein Freund – ein sehr guter Freund.

Paul beobachtete, wie Hannah die altmodische Zugklingel neben der Haustür bediente. Wenig später öffnete eine sehr schöne und schick gekleidete Frau. Paul verfolgte aus sicherer Distanz ein kurzes Begrüßungsgeplänkel. Er wusste nicht, welchen Grund Hannah für ihren Besuch bei der Agentur vorgab. Wahrscheinlich spielte sie die Rolle eines Models auf der Suche nach Aufträgen. Vielleicht sagte sie aber auch ganz einfach die Wahrheit und erkundigte sich nach Nadine Schneider.

Was auch immer Hannah da tat, sie tat es erfolgreich. Keine Minute später war sie im Inneren der Villa verschwunden. Die stolze weiße Tür wurde hinter ihr zugezogen.

Paul beobachtete dies erleichtert – doch war er vorläufig nun wieder allein mit seinen Gedanken, den Selbstvorwürfen und den vielen offenen Fragen.

Ja, dachte Paul bitter, Hannah hatte völlig recht gehabt: Er war ein Idiot. Seine Beziehung zu Katinka lief tatsächlich völlig aus dem Ruder, und er konnte kaum abstreiten, dass er mit seinem trotzigen Festklammern an Nürnberg einen gehörigen Teil der Schuld daran trug. Hatte Katinka vielleicht doch den besseren Weg gewählt, indem sie ihre Zelte hier abgebrochen hatte, um neue Herausforderungen in der Hauptstadt zu suchen? Und war ihre Bitte, ihr dorthin zu folgen, womöglich die Chance seines Lebens gewesen, die er leichtfertig vertan hatte?

Paul schüttelte sich bei dem Gedanken daran, dass er in letzter Zeit allen Klischees eines Mannes in der Midlifecrisis entsprach: Er weigerte sich beharrlich, in bürgerlichen Normen zu denken oder einen wenigstens ansatzweise geregelten Lebenswandel zu führen. Er hatte seine seit Jahren einzige erfolgversprechende Beziehung aufgekündigt. Und nun hatte er sich zu allem Überfluss auch noch mit einem jungen Mädel eingelassen, hatte sich womöglich an einer Orgie im Folterkeller beteiligt – und war eventuell sogar zum Triebtäter, zum Mörder geworden. Das wäre wohl der Supergau einer Midlifecrisis!

Voller Unbehagen dachte Paul an seinen vierzigsten Geburtstag. Es waren nur noch wenige Tage bis dahin. Eigentlich hatte Paul das Ereignis gemeinsam mit seinen Freunden feiern wollen. Im *Goldenen Ritter* natürlich, und Jan-Patrick hätte die ganze Gesellschaft mit saisonaler fränkischer Küche verwöhnt. Zur Jahreszeit passend wahrscheinlich diverse Spargelköstlichkeiten, das fränkische Gold in allen erdenklichen Variationen. Jan-Patrick hatte ja viel Fantasie.

Doch an Feiern war angesichts der Vorwürfe, die gegen Paul derzeit bestanden, nicht zu denken. Die Gedanken an eine ausgelassene Party und butterweichen fränkischen Spargel verflogen so schnell, wie sie aufgekommen waren. Pauls vierzigster Geburtstag war mit einem Mal völlig bedeutungslos geworden. Jedenfalls solange ihm eine langjährige Haftstrafe drohte.

Plötzlich fühlte sich Paul eingesperrt in seinem engen Renault. Er überlegte, ob er ein wenig spazieren gehen sollte, während sich Hannah in der Villa aufhielt. Aber dann wäre er vielleicht nicht gleich zur Stelle, wenn sie mit möglicherweise wichtigen Neuigkeiten herauskommen würde.

Also suchte Paul nach anderer Ablenkung. Sein Blick fiel auf eine gefaltete Zeitung auf dem Rücksitz. Die hatte er zwar schon vor ein paar Tagen gekauft, aber zum Gedankenzerstreuen würde sie sicher noch taugen.

Auf der Titelseite dominierte die Politik. Angst vor neuen Anschlägen in ... – Der Klimawandel und seine Folgen ... – Schlagabtausch im Bundestag ...

Mit einem großen Farbbild wurde das Norisring-Rennen angekündigt, die legendären »200 Meilen von Nürnberg«. Zu sehen waren einige windschnittige Rennwagen und die einprägsame Kulisse der Steintribüne. Ein Überbleibsel aus der Nazizeit, einst für die Reichsparteitage konzipiert, heute Zuschauerrang für die Besucher des Rennens. Paul überflog die Bildunterschrift.

Da ging es weniger um das Rennen selbst als um die erwarteten VIPs: »Klar kommen die Promis gern zu uns«, wurde der Rennleiter zitiert, »immerhin ist der Norisring nach Monaco die traditionsreichste Stadtrennstrecke.«

Paul schmunzelte über das ausgeprägte Selbstbewusstsein der Veranstalter, musste dann aber angesichts der Auflistung der angemeldeten Persönlichkeiten anerkennend nicken: »130000 Besucher kommen an die 2,3 Kilometer lange Rennstrecke«, las er, »auch der ehemalige James-Bond-Darsteller Roger Moore, zur Zeit auf Deutschlandreise, war bereits da. Gestern ließ er sich an den Ring chauffieren, schaute sich mit Kennerblick die Aufbauarbeiten in den Boxengassen an. Zur Eröffnungsgala auf einem schwimmenden Ponton im Dutzendteich werden erwartet: Schauspielerin Veronica Ferres und Kabarettist Mario Barth, Regisseur Bernd Eichinger und Dieter Bohlens Ex-Freundin Estefania.« Außerdem dabei sein würden laut Zeitungsbericht die Vorstände aller beteiligten Autokonzerne und, und, und ...

Jede Menge weitere Namen wurden in dem Artikel aufgeführt, und Paul nahm mit gewisser Bewunderung zur Kenntnis, wie prominent das Norisring-Rennen offenbar auch auf internationaler Ebene war. Viele Politiker und Wirtschaftsbosse hatten sich Karten für die VIP-Tribünen gesichert. Paul überflog die Namen, und fast jeder war ihm geläufig. Selbst der millionenschwere schwedische Hedge-Fonds-Manager Lambert Wormser war aufgelistet, ein gebürtiger Nürnberger, wie Paul wusste. Wormser hatte erst vor ein paar Wochen für Schlagzeilen gesorgt, als er die Aktienmehrheit einer ganzen Fluggesellschaft aufgekauft und mit Gewinn wieder abgestoßen hatte. Anerkennend las Paul den Bericht zu Ende und blätterte dann weiter.

Hannah ließ auf sich warten. Paul sah mit wachsender Ungeduld aus dem Fenster, ehe er sich wieder der Zeitung zuwandte. Bei einem Artikel über einen ungewöhnlichen Kongress im Messezentrum blieb er hängen: Eine Versammlung von hochkarätigen Wissenschaftlern, die meisten von ihnen Metallurgen, hielt ihre Jahrestagung in Nürnberg ab. Soweit nichts Ungewöhnliches, doch Pauls Aufmerksamkeit wurde von dem daneben platzierten Bild wachgehalten: Es zeigte eine lange, spitz zulaufende Klinge, mehrfach umschlungen von Metallhüllen und Drähten. Die Bildunterschrift wies sie als die Heilige Lanze aus. Einige der am Kongress beteiligten Metallurgen hatten sich vorgenommen, die Ausstellung der Reichskleinodien in Nürnberg zu nutzen, um die Heilige Lanze mit modernsten wissenschaftlichen Methoden zu untersuchen. Angeblich – so stand es jedenfalls in dem Artikel – sollte ihnen mit Zustimmung des Vatikans und der Kuratoren der Wiener Museen einmalig Zugang zu der Lanze gewährt werden. Die Forscher erhofften sich Aufschluss über die genaue Zusammensetzung der Reliquie, ihr Alter, die Herkunft der verwendeten Materialien. »Vielleicht«, so wurde ein Forscher zitiert, »finden wir ja sogar eine Erklärung für ihre legendäre Kraft und Heilswirkung.«

Ein interessanter Ansatz, dachte sich Paul. Im selben Moment schreckte er auf. Hannah war wie aus dem Nichts neben der Fahrertür aufgetaucht und pochte an die Scheibe. Paul kurbelte das Fenster herunter.

»Und?«, fragte er.

Hannah wirkte abgekämpft: »Tut mir leid, ich habe nicht besonders viel herausfinden können. An die Chefin der Agentur bin ich erst gar nicht herangekommen. Und die Tussi am Empfang, die dumme Gans, wollte mir keine Auskunft geben. Weder über die Tote noch über Nadine.«

»Okay«, sagte Paul enttäuscht. »Steig ein. Wir fahren zurück.«

Hannah ließ sich in den Beifahrersitz fallen und zog einen abgerissenen Notizzettel aus ihrer Hosentasche. »Ganz umsonst war mein Besuch bei den Modeäffchen nicht.« Sie hielt ihm eine mit Kugelschreiber aufgeschmierte Adresse hin. »Das habe ich einem der Models abgeschwatzt, als ich dort drinnen mal kurz für kleine Mädchen war: die Privatanschrift von Nadine Schneider. Sie hat sich für heute anscheinend krank gemeldet. Die Chancen stehen also gut, dass wir sie zu Hause antreffen.«

»Gut gemacht«, sagte Paul und sah Hannah dankbar an. »Fahren wir hin!«

Paul zog es vor, abermals im Verborgenen zu bleiben, nachdem er den Renault in der Schongauerstraße unweit einer Eisenbahnüberführung abgestellt hatte. Hannah sollte vorgehen und an der Tür klingeln, während Paul hinter einer Lebensbaumhecke abwarten wollte, wie Nadine Schneider reagierte.

Hannah suchte zunächst das Klingelschild des Mehrfamilienhauses ab und läutete dann. Während sie wartete, trat sie unruhig von einem Fuß auf den anderen. Paul beobachtete das und vergegenwärtigte sich dabei erneut, was für einen Freundschaftsdienst Hannah ihm erwies.

Es dauerte eine ganze Weile, bis sich die Milchglastür öffnete. Nadine Schneider trat in einem blauen Trainingsanzug halb heraus. Ihr kastanienbraunes Haar sah ungewaschen aus und klebte ihr in der Stirn. Sogar aus der Distanz war die zerlaufene Schminke vom Vortag in ihrem Gesicht zu sehen. Nadine wirkte wie ein Häufchen Elend.

Paul strengte sich an, dem Gespräch zwischen Hannah und dem Model zu folgen. Doch er war zu weit entfernt, um mehr als Bruchstücke der Unterhaltung mitzubekommen:

»Nein, nein, ich war nicht noch einmal im Lochgefängnis«, sagte Nadine Schneider mit brüchiger Stimme. »Ich bin nach dem Abend im *Goldenen Ritter* gleich heimgegangen. Das habe ich auch der Polizei zu Protokoll gegeben.«

Ein Auto fuhr vorbei, so dass Paul nicht verstehen konnte, was Hannah sagte. Dann kam wieder Nadine Schneider zu Wort:

»Für welche Zeitung schreibst du? Na, egal. Ich will sowieso nichts mehr sagen.«

Paul sah, wie Nadine sich Tränen aus den Augen wischte.

»Was passierte vor dem Lokal?«, wollte Hannah wissen. »Sind die anderen auch gleich nach Hause gegangen?«

»Vielleicht. Vielleicht auch nicht. – Beate hatte es auf diesen Fotografen abgesehen.«

»Die beiden sind also zusammen weggegangen?«

»Sie haben ein bisschen rumgemacht und geknutscht.« Nadine Schneider schluchzte. »Mehr weiß ich nicht. Ich war müde und hatte zu viel getrunken.«

Wieder übertönte der Motor eines vorbeifahrenden Wagens das Gespräch, so dass Paul sich weiter vorbeugen musste, um den Rest der Unterhaltung nicht zu verpassen.

»Aber du hast dir doch bestimmt deine Gedanken gemacht über Beate und den Fotografen«, hakte Hannah nach. »Was denkst du – ist zwischen den beiden an dem Abend noch was gelaufen?«

»Ich habe nichts weiter mitbekommen«, beharrte Nadine Schneider mit schwacher Stimme. Dann holte sie tief Luft und gab Hannahs Drängen doch noch nach: »Na gut: Die beiden hatten schon den ganzen Abend über geflirtet. Ich glaube, dieser Fotograf war auch ziemlich scharf auf die Bea. Er war einer von diesen Typen, die ihren Job ausnutzen, um Mädchen abzuschleppen. Bea war bei so etwas nie abgeneigt – und mit dem vielem Alkohol in ihrem Blut war sie ja ein leichtes Opfer.«

Paul zuckte zusammen. Er sollte Beate Meinefeld verführt haben? Das hatte er eher umgekehrt in Erinnerung!

»Glaubst du, die beiden sind zurück ins Lochgefängnis gegangen, um dort zu vögeln?«, fragte Hannah nun sehr direkt.

»Ich kann es mir zumindest vorstellen«, antwortete Nadine Schneider. »Dieser Fotograf machte am Anfang ja einen ganz netten Eindruck. Und er sah auch ziemlich gut aus. Ein bisschen so wie der Clooney. Aber je mehr er getrunken hatte, desto unheimlicher wurde er mir. Er hatte mit einem Mal so einen brutalen Ausdruck. – Ja, ich glaube, er hat Bea auf dem Gewissen.«

Paul konnte sich nicht länger zurückhalten. Er gab seinen sicheren Lauschposten auf und bog in den schmalen Zuweg des Hauses ein. Er war noch fünf, sechs Meter von der Haustür entfernt, als er erkannte, dass sein impulsives Vorpreschen ein Fehler war.

Denn kaum hatte Nadine Schneider ihn bemerkt, stieß sie einen schrillen Schrei aus. Sie war plötzlich leichenblass und starrte ihn aus weit aufgerissenen Augen an. Ehe er oder Hannah etwas tun oder sagen konnten, warf sie die Tür ins Schloss.

Paul blieb stehen und betrachtete ratlos das blickdichte Glas. Er rechnete mit Vorwürfen von Hannah, weil er sich nicht vereinbarungsgemäß zurückgehalten hatte. Doch Hannah blieb stumm.

Sie sah ihn nur sehr nachdenklich an. Paul beschlich das Gefühl, dass sein Freundschaftsbonus bei Hannah langsam, aber sicher verfiel. Seine Chancen, sich von dem Mordverdacht reinzuwaschen, waren jedenfalls kein Stück größer geworden. Im Gegenteil.

Hannah setzte einen Blick auf, als würde sie am liebsten das Handtuch werfen, und machte Anstalten zu gehen.

6

Paul wusste nicht, wie er es geschafft hatte, Hannah als Dank für ihre Hilfe doch noch zu einem Kaffee am Weinmarkt zu überreden. Vielleicht hatte sie eingewilligt, weil er ihr leid tat. Vielleicht aber auch nur, weil sie durch die kräftezehrenden Ereignisse keine Energie mehr hatte, um ihm zu widersprechen.

Sie blieb sehr schweigsam, auch als sie an einem kleinen Tisch direkt hinter der großen Frontscheibe mit dem goldenen Schriftzug *Café Sebald* saßen. Sie bestellten Cappuccino, während Paul krampfhaft nach einem neutralen Gesprächsstoff suchte. Erstens wollte er Hannah nicht noch tiefer in seine Probleme hineinziehen, und zweitens brauchte er jetzt selbst dringend eine Ablenkung. Ihm fiel nichts Besseres ein, als Hannah auf ihr Studium anzusprechen.

»Wenig Zeit dafür«, antwortete sie einsilbig.

»Warum? Hast du keine Lust zum Lernen oder einen neuen Freund?«, bemühte Paul sich um einen saloppen Tonfall.

»Haha, sehr witzig. Mama hält mich kurz. Ich muss mir was dazuverdienen.«

»Wo jobbst du denn?«

Die Getränke wurden serviert. Paul rührte eine winzige Prise Zucker in seinen Cappuccino.

»Als nächstes am Norisring«, sagte Hannah beiläufig und nippte am Kaffee.

»Beim Autorennen?«, fragte Paul überrascht. »Sag bloß als Nummerngirl.«

Hannah sah ihn finster an. »Ja. Haben Sie daran etwas auszusetzen?«

»Nein«, sagte Paul und konnte zum ersten Mal seit Stunden richtig lächeln. »Ich finde die Vorstellung nur irgendwie exotisch bei einem Mädchen mit so viel Verstand.«

»Immerhin war ich auch mal Nürnberger Christkind«, sagte Hannah mit zusammengekniffenen Augen. »Im goldenen Engelskostüm und mit Perücke. Jetzt trete ich eben in Hot Pants und nabelfreiem T-Shirt auf. Ich arbeite mit meinem Körper, Flemming, ich verkaufe nicht meine Seele.«

»Schlimm genug«, feixte Paul.

Hannah knuffte ihn am Arm. Ihr Blick war trotz der freundschaftlich neckenden Unterhaltung traurig. »Ach Flemming, was machen Sie bloß immer für einen Mist.«

Paul griff ihren Blick auf. Auch er fühlte sich mies. »Ich weiß es doch selbst nicht, Hannah«, sagte er gedämpft.

»Liegt es an Mama, dass Sie sich so gehen lassen?«

»Ich lasse mich nicht gehen. Der Abend im *Goldenen Ritter* war ein Ausrutscher, mehr nicht.«

»Ein Ausrutscher mit tödlichem Ausgang«, sagte Hannah ernst. »Ich verstehe ja, dass Sie wegen Katinkas Umzug nach Berlin sauer sind. Mir geht es ja nicht viel anders. Mama denkt erst einmal an ihre Karriere im Justizministerium, dann kommt lange gar nichts und am Ende stehen wir beide: ihre Tochter und ihr Lover.« Sie beugte sich zu ihm vor. »Aber das ist doch kein Grund auszurasten. Was hatte die arme Beate mit unserem persönlichen Frust zu tun?«

»Nichts«, sagte Paul offen. »Deshalb kann ich auch nicht glauben, dass ich ihr etwas angetan haben soll. Selbst im Vollrausch würde ich nicht all meine Werte über den Haufen werfen. Und auf gar keinen Fall wäre ich zu einem Mord imstande!«

»Vielleicht würde es Ihnen ja gut tun, mit Mama über all das zu sprechen«, schlug Hannah nach einigem Nachdenken vor.

»Mit Katinka? Über den Mord?«

»Ja«, bekräftigte Hannah. »Mama lebt jetzt seit über einem halben Jahr in Berlin. Und wann hatten Sie das letzte Mal Kontakt?«

»Na ja«, druckste Paul herum. »Da war diese SMS. Und das letzte Mal, dass wir miteinander telefoniert haben, dürfte so ungefähr ...«

»Drei Wochen!«, unterbrach ihn Hannah. »Seit drei Wochen herrscht Funkstille. Glauben Sie ja nicht, dass es mir Spaß macht, meine Mama am Telefon über jeden Ihrer Schritte zu informieren, Abend für Abend. Sie vermisst Sie nämlich sehr. Das könnten Sie eigentlich wissen, wenn Sie nicht so ein verfluchter Gefühlstrottel wären.«

Paul wollte sich rechtfertigen, kam aber nicht mehr dazu. Eine Faust donnerte an die Scheibe. Daneben tauchte das Gesicht Victor Blohfelds auf.

Paul verschüttete seinen Cappuccino. Während er noch dabei war, die Spuren mit der Serviette zu beseitigen, war der Polizeireporter bereits hereingekommen und hatte sich einen Stuhl vom Nachbartisch herangezogen. Rittlings setzte er sich darauf und musterte Hannah lüstern.

»Ich störe doch nicht?«, fragte der hagere Reporter. »Ich habe Neuigkeiten für Sie.«

Paul warf Hannah einen fragenden Blick zu, um sich zu vergewissern, dass sie nichts gegen den Neuankömmling einzuwenden hatte. Sie zuckte gleichgültig mit den Schultern.

Blohfeld sah sich in dem Lokal um. Außer einem jungen Paar, das sich verliebt anhimmelte, waren sie die einzigen Gäste. »Es geht um diese Tat, die – wie auch immer – mit Ihnen zusammenhängt«, setzte der Reporter konspirativ an.

»Schleichen Sie nicht um den heißen Brei herum«, sagte Paul misstrauisch. »Wollen Sie eine Story über mich bringen, oder was?«

»Eben nicht.« Blohfeld blinzelte ihm zu. »Kennen Sie nicht das schöne Sprichwort? Eine Krähe hackt der anderen kein Auge aus. Unter Kollegen schwärzt man sich nicht in der Zeitung an.«

»Okay. Und der wahre Grund, warum Sie sich in der Mordberichterstattung so zurückhalten?«, fragte Paul.

Blohfeld sah ihn einen Moment ebenso verblüfft wie enttäuscht an. »Ein wenig mehr Vertrauen könnten Sie mir ruhig schenken«, beschwerte sich der Reporter. »Aber wenn Sie es genau wissen wollen: Der Oberbürgermeister höchstpersönlich macht Druck auf den Polizeipräsidenten, damit der Mord im Lochgefängnis in den Medien heruntergespielt wird.«

»Wieso das?«, schaltete sich Hannah ein.

Blohfeld fuhr sich mit dem Zeigefinger über seine rot geäderte Himmelfahrtsnase. »Nach Meinung der Rathausoberen gibt es zur Zeit in Nürnberg Wichtigeres, über das die Weltpresse berichten soll.«

»Weltpresse, soso!«, amüsierte sich Hannah.

Blohfeld quittierte diese Bemerkung mit einem bösen Blick. »Wir haben zur Zeit Journalisten von allen Kontinenten in der Stadt. Das Norisring-Rennen – die berühmten ›200 Meilen von Nürnberg‹ – zieht internationale Reporterteams an, die Ausstellung der Reichskleinodien im Alten Rathaus noch viel mehr. Das ist der größte Kultur-Coup seit dem Dürer-Jahr!«

»Sie meinen also, ich werde geschont, damit Feuilletonisten und Motorpresse nicht mit trivialen Verbrechen wie dem Mord an einem Fotomodell behelligt werden?« Paul ließ seinem Sarkasmus freien Lauf.

»Es steckt ja auch eine Stange Geld dahinter. Die Überführung der Reichsinsignien ist teuer, die Schutzmaßnahmen sind aufwendig. Ohne großzügige Sponsoren wäre das alles gar nicht möglich. An erster Stelle steht da Bernhard Schrader. Wir nennen ihn bei uns im Blatt ja gern den Nürnberger Immobilien-König, aber er tut auch viel für die Kultur, und er hat einen sehr guten Draht ins Rathaus und in die Staatskanzlei.«

»Ja«, bestätigte Paul bitter. »Mit Herrn Schrader und seinen handfesten Methoden habe ich ja schon früher Bekanntschaft gemacht.«

»Sehen Sie es als Ihren persönlichen Glücksfall an«, sagte Blohfeld und fixierte Paul. »Das verschafft Ihnen etwas Luft zum Atmen und mehr Zeit für eigene Nachforschungen. – Es grenzt ohnehin an ein Wunder, dass Sie nicht im Knast sitzen, so ganz ohne Anwalt. Dafür können Sie ihr wirklich dankbar sein …«

Paul horchte auf: »Was sagten Sie da gerade? Wem soll ich dankbar sein?«

Blohfeld und Hannah tauschten einen hektischen Blick aus. Dann senkten beide synchron den Blick auf die Tischplatte.

In Paul schwelte schon länger ein bestimmter Verdacht, aber bislang hatte er ihn erfolgreich unterdrücken können. »Wer ist ›sie‹?«, fragte er leise, aber bestimmt.

»Können Sie sich das nicht denken?«, grummelte Blohfeld ohne aufzusehen.

Natürlich konnte er das. Doch er war angesichts der unerwarteten Enthüllung nicht sicher, ob er sich darüber freuen oder sauer sein sollte.

»Eigentlich wollte sie ja nicht, dass Sie es erfahren«, sagte Hannah mit giftigem Seitenblick auf Blohfeld. »Aber da Sie es nun wissen, dürfen Sie Mama ruhig ein bisschen loben. Hätte sie nicht sofort ihre alten Kontakte spielen lassen, säßen Sie jetzt bestimmt in U-Haft im Knast an der Mannertstraße.«

»Oder in Guantánamo«, wurde Blohfeld wieder vorlaut.

Katinka hatte sich also trotz allem persönlich für ihn eingesetzt. Paul konnte nur darüber mutmaßen, was ihre Beweggründe dafür gewesen waren: Alte Verbundenheit oder ein letzter Rest von Liebe? Jedenfalls hatten Hannah und Blohfeld vollkommen recht: Er war Katinka zu Dank verpflichtet.

»Na ja«, sagte Blohfeld in seiner selbstgefällig süffisanten Art: »Da wir gerade beim Bedanken sind: Ein kleines Merci wäre auch für die Hinterlegung Ihrer Kaution angebracht.«

Pauls Kinnlade klappte herunter. Kaution? Er war nur auf Kaution frei? Seine Lage war also noch weitaus ernster, als sie ihm ohnehin schon vorgekommen war. Ungläubig starrte er den Reporter an: »Haben Sie etwa für mich …«, stammelte er.

Blohfeld sah ihn einen Augenblick lang genauso verdutzt an wie Paul ihn. Dann lachte er schallend und schlug mit der

Hand auf den Tisch: »Was sagen Sie da? Ich?« Wieder lachte er. »Bei aller Kollegialität – für mein mageres Salär weiß ich eine bessere Verwendung, als Ihnen aus der Patsche zu helfen.«

»Ihre Eltern waren es«, lüftete Hannah das Geheimnis. »Katinka hat sie informiert und die Formalitäten für sie erledigt.«

»Meine Eltern«, wiederholte Paul noch immer staunend. Hertha und Hermann hatten also für ihn gebürgt. Und sogar Geld für seine Freiheit hinterlegt. Paul mochte es kaum glauben. Dann schalt er sich für seine Verblüffung. Welche Eltern würden anders handeln, wenn es um die Freiheit ihres Kindes ging?

Was blieb, war ein Gefühl der Rührung. Den Kniefall der Dankbarkeit beschloss er dennoch auf den nächsten Tag zu verschieben.

7

Paul trug einen weißen Bademantel und an den Füßen schwarze Schwimmflossen. Über seine Stirn spannte sich eine Taucherbrille, die er nach oben geschoben hatte, um die vor ihm liegende Aufgabe besser ermessen zu können. In der rechten Hand hielt er ein bereits zur Hälfte geleertes Bierglas.

Es war früher Nachmittag, und während Paul auf die mit Blättern und anderem Schmutz übersäte Wasserfläche des Pools hinabblickte, gelangte er zu dem Schluss, dass es viel zu tun gäbe: am Swimmingpool, in Haus und Garten und wohl auch bei seinen Eltern im Allgemeinen.

»Willst du nicht endlich hineinspringen und nachschauen, woran es liegt, dass die Pumpe nicht funktioniert?«

Hertha hatte sich zu ihm gesellt und fixierte einen auf dem Wasser treibenden Blätterhaufen. Er hatte seine Mutter seit längerem nicht gesehen; die Fahrt nach Herzogenaurach unternahm Paul nicht öfter als unbedingt nötig. Dabei war die Entfernung – gerade mal fünfundzwanzig Kilometer – nur eine dünne Ausrede für Paul, um Situationen wie dieser aus dem Weg zu gehen.

Hertha, eine mittelgroße Frau mit schwarz gefärbter Dauerwelle, dunklen, durch Mascara betonten Augen und einem schmallippigen Mund, deutete gebieterisch auf den Pool: »Der Sommer steht vor der Tür. Du hättest dich viel früher darum kümmern sollen. Überhaupt lässt du dich zu selten bei uns sehen.«

»Mutti«, hob Paul an und schaffte es, den Blick seiner Mutter für einen Moment auf sich zu lenken. Das bereute er allerdings im nächsten Augenblick.

Hertha Flemming musterte ihn streng: »Du bist schon wieder grauer geworden an den Schläfen«, stellte sie missbilligend fest. Dann wanderte ihr Blick langsam hinab. »Hast du zugenommen?«, fragte sie vorwurfsvoll. »Du treibst zu wenig Sport, Bub! Und Bier am frühen Nachmittag ist ganz bestimmt nicht gesund. Pass auf, dass du nicht verlotterst.«

Paul hatte keine Chance, das Gespräch durch einen Sprung ins Wasser abzukürzen. Denn schon hatte seine Mutter ihn am Ärmel seines Bademantels zu fassen bekommen und zog ihn hinter sich her zum Haus. Auf dem Weg streifte er die Flossen ab.

»Eigentlich bin ich nur gekommen, um mich bei euch zu bedanken«, sagte Paul, als sie den engen Flur betraten. Hier roch es wie immer penetrant nach imprägniertem Holz.

Holztöne in allen Nuancen prägten auch das kleine Wohnzimmer, das von einer breiten schwarzen Ledergarnitur fast ausgefüllt wurde.

Pauls Vater saß – weißhaarig und teilnahmslos wie meistens – auf dem Sofa und las Zeitung. Er schaute nur kurz auf, als sie hereinkamen und sagte: »Du lässt dich kaum noch bei uns blicken.«

Das hat Mutti mir auch schon vorgehalten, dachte Paul, hielt aber den Mund. Um seine Selbstbeherrschung nicht zu verlieren, schaute er über Hermann hinweg auf eine Schrankwand voller *Reader's-Digest*-Bücher in Kunstledereinbänden.

Mit den Worten »Ich mache uns eine Tasse Kaffee« verschwand Hertha in der Küche.

Paul blieb bei seinem Vater im Wohnzimmer zurück. Sie wechselten dann doch ein paar Worte, bloße Belanglosigkeiten. Paul fiel nichts Besseres ein, als über das letzte Spiel des 1. FC Nürnberg zu reden. Dann erlöste ihn Hertha durch den Ruf zum Kaffee.

Sie hatte Rhabarberkuchen mit einer großen Schale Schlagsahne auf dem Terrassentisch bereitgestellt. Paul zog es vor, sich in die Hollywoodschaukel zu setzen, ein Relikt aus den siebziger Jahren, das die Zeit recht gut überstanden hatte.

»Also jetzt erzähl mal, Sohnemann«, forderte ihn Hertha auf, während Hermann sich bereits den Kuchen schmecken ließ. »Wie war das mit diesem Unfall im Lochgefängnis?« Das Wort Unfall betonte sie dabei deutlich.

Paul erklärte ihr offen, dass er sich keineswegs sicher war, es bloß mit einer Unfalltoten zu tun zu haben. Er berichtete den Eltern von seinen Gedächtnislücken und den Versuchen, Aufschluss über den Verlauf jener Nacht zu gewinnen.

»Das Lochgefängnis unter dem alten Rathaus?«, meldete sich Hermann unerwartet zu Wort, und es klang für Paul so, als hätte er von der Geschichte gerade zum ersten Mal gehört.

»Ja, aber sicher das Lochgefängnis«, belehrte ihn Hertha. »Wenn du einmal richtig zuhören würdest, müsste ich dir nicht alles dreimal erklären.«

»Aber im Rathaus läuft doch diese Ausstellung«, ließ sich Hermann nicht beirren. »Die Reichskleinodien in Nürnberg. Mich wundert, dass sie dich da noch hineingelassen haben, wenn es um eine so wichtige Angelegenheit geht, Paul.«

»Danke«, sagte Paul eingeschnappt und zog seinen Bademantel über der Brust enger zusammen.

»Hermann hat es nicht so gemeint«, beschwichtigte Hertha. »Was er sagen wollte, war nur ...«

»Ich habe schon verstanden.« Paul sah seine Mutter herausfordernd an. »Ich weiß, dass ihr nicht viel von meinem Job haltet.«

Hermann piekste das nächste Stück Kuchen auf die Gabel. Aber Hertha erwiderte Pauls Blick: »Wir wären glücklicher gewesen, wenn du unser Geschäft übernommen hättest. Du weißt, dass Hermanns Herz daran gehangen hat.«

Meines aber nicht, dachte Paul, der nicht im Leben daran gedacht hatte, ein antiquiertes Musikgeschäft in Nürnberg zu übernehmen, das in Zeiten von *Saturn* und *Media Markt* ohnehin kaum Überlebenschancen gehabt hätte. »Ich glaube, ich habe für mich und mein Leben die richtigen Entscheidungen getroffen, Mutti. Und ihr seid doch hier in Herzogenaurach auch recht glücklich, oder? Mit eurem Wochenendhäuschen als Alterssitz?«

Hertha lächelte versöhnlich, während Hermann weiter aß. Dann sagte sie: »Aber seltsam ist es schon.«

»Was?«, fragte Paul.

»Die Nähe zu dieser Ausstellung. Kronen, Zepter, kaiserlicher Schmuck«, sagte Hertha. Ihre kleinen, von dicker Schminke umrahmten Augen sahen Paul eindringlich an. »So viel Gold und Edelsteine – und dann passiert ein Mord gleich in der Nähe. Das kann doch kein Zufall sein!«

»Jetzt sprichst du also doch von Mord«, hielt Paul seiner Mutter vor.

»Was ist, wenn diese Mädchen, die du fotografiert hast, etwas von der Ausstellung mitgehen lassen wollten?«, ging Hertha über seinen Vorwurf hinweg und fügte tadelnd hinzu: »Du bist in Bezug auf Frauen immer viel zu gutgläubig.«

»Ich suche mir meine Fotomodelle meistens sehr genau aus«, wies Paul den Vorwurf zurück. »Abgesehen davon wurden die Ausstellungstücke erst später angeliefert. Als ich mit den Models im Lochgefängnis unterwegs war, gab es noch nichts zu stehlen. Und selbst wenn: Wer sollte einen Grund gehabt haben, dieses arme Mädchen umzubringen? Die Security-Leute wohl kaum. Die hätten höchstens die Polizei angerufen, wenn ihnen an uns etwas spanisch vorgekommen wäre.«

Hertha wusste darauf offenbar nichts zu erwidern und lud Paul stattdessen eine weitere Portion Rhabarberkuchen auf.

Der Rest des gemeinsamen Kaffeetrinkens verlief beinahe wortlos.

Schließlich verabschiedete sich Paul von seinem Vater mit dem vagen Versprechen, demnächst noch einmal vorbeizukommen, um den Pool instand zu setzen. Hertha begleitete ihn in den Flur.

Sie drückte ihm einen Kuss auf die Wange und schob ihm einen Zwanzig-Euro-Schein zu. »Für dich, Bub. Ich weiß doch, dass du knapp bei Kasse bist«, flüsterte sie und fügte mahnend hinzu: »Aber sag Hermann nichts davon.«

Als Paul im Auto saß, konnte er nicht gleich losfahren. Nicht zum ersten Mal nach einem der seltenen Besuche bei seinen Eltern dachte er darüber nach, ob Hertha und Hermann mit Paul – dem Einzelkind – alles in allem eigentlich zufrieden waren. Das gleichgültige Verhalten seines Vaters ihm gegenüber ließ ihn manchmal daran zweifeln. Es konnte jedoch ebenso gut sein, dass Hermann ihn durchaus mochte und schätzte, aber ein Wort der Zuneigung aufgrund seiner phlegmatischen Art nicht über die Lippen brachte.

Und seine Mutter? Ohne Frage verfolgte sie sein Leben sehr genau – mit Argusaugen, dachte Paul. Sie war eine stolze Frau und wollte auch gern stolz auf ihren Sohn sein. Aber dazu hatte sie – zumindest aus ihrer Sicht – kaum Gelegenheit. Und Paul hatte durchaus nicht vor, seinen Lebenswandel umzustellen, nur um es Hertha recht zu machen. Außerdem konnte er ihre bevormundende Art schon seit seinen frühen Teenagerzeiten nicht leiden, und das wusste sie nach all den Jahren sehr genau.

Nun aber hatten die beiden für ihn gebürgt und dafür sicher viel Geld auf den Tisch gelegt. Für den knauserigen Hermann musste das eine echte Überwindung gewesen sein. Und die Erwartungen, die seine Eltern nun an ihn richteten, waren ja offensichtlich ziemlich hoch. Musste Paul jetzt bis ans Ende seiner – oder ihrer – Tage die Schuld abtragen und den braven Buben spielen?

Er presste seine Hände ans Lenkrad und verharrte eine Weile in dieser Position.

Dann beschloss er, diese Gedankenspiele zu beenden. Was brachte es schon, sich über altbekannte und unveränderliche Familienangelegenheiten immer wieder den Kopf zu zerbrechen? Nichts. Gar nichts.

Er drehte den Zündschlüssel, und als er den Renault durch die verkehrsberuhigte Wohnstraße am Rande des Dohnwaldes steuerte, dachte er mit einem Mal doch ein wenig freundlicher über seine Eltern. Ohne Frage: Sie hatten ihm geholfen. Und war nicht auch Herthas ungelenker Hinweis auf die zeitliche und räumliche Nähe zwischen Todesfall und Ausstellungseröffnung nichts als ein gut gemeinter Rat gewesen, alle Kraft in die Suche nach dem wahren Täter zu stecken?

Aber was – was, wenn er am Ende doch sich selbst als Täter entlarvte?

8

Das Kreischen der Motoren war ohne Gehörschutz kaum auszuhalten. Die Luft war geschwängert von verbranntem Benzin, abgeriebenem Gummi und dem beißenden Geruch überhitzter Bremsscheiben. Paul lehnte sich gegen einen Stapel Reifen an der Bande vor der Boxengassen-Tribüne und staunte.

Der Geräuschpegel, die schlechte Luft, das hektische Agieren der Beteiligten rings um ihn – all das machte ihm nichts aus. Er war fasziniert von dem Spektakel auf dem Norisring, vor dem er sich aus Desinteresse bisher immer erfolgreich gedrückt hatte. Nun aber musste Paul feststellen, dass das Autorennen live und aus nächster Nähe verfolgt überhaupt nichts mit den langweiligen Übertragungen im Fernsehen zu tun hatte. Der mitreißenden Dynamik der mit Donnergetöse an ihm vorbeipreschenden Wagen konnte er sich kaum entziehen. Und das, obwohl er lediglich die aufwendigen Vorbereitungen und Probeläufe zur eigentlichen Rennsportveranstaltung miterlebte.

Paul hatte einen günstigen Platz gefunden: Er konnte das Feld der DTM-Wagen während des Trainings gut überblicken. Die PS-Protze von Mercedes, Audi und anderen bekannten Herstellern lagen wie Flundern auf der Fahrbahn. Ihre bunt lackierten Kunststoffkarosserien waren so tief gelegt, dass kaum eine Handbreit zwischen Unterboden und Asphalt blieb. Ansonsten sahen die Flitzer ziemlich zivil aus, dachte Paul: Die Boliden könnten glatt als Straßenautos durchgehen, wären da nicht die ausgeprägten Heckspoiler und die vielen Werbeaufkleber. Und natürlich auch der voluminöse Sound der hochgezüchteten Motoren.

Wieder donnerte das DTM-Feld an ihm vorbei. Paul gegenüber jubelten Betreuer, Arbeiter und die ersten versprengten Fans begeistert von der Steintribüne. Paul fiel es immer wieder schwer, sich vorzustellen, dass in den dreißiger Jahren während der Reichsparteitage in Nürnberg von demselben steinernen Monument aus Adolf Hitler zu den Massen gesprochen hatte. Hitlers Lieblingsarchitekt Albert Speer hatte die bombastische Selbstdarstellungsbühne 1935 für seinen Führer erschaffen. Auf der einstigen Rednerempore waren nun TV-Kameras aufgebaut.

Über Lautsprecher wurden die anwesenden Sponsoren, Techniker, Streckenposten sowie einige hochgestylte Fahrerfrauen darüber auf dem Laufenden gehalten, was am anderen Ende der Bahn an der engen und berüchtigten Grundig-Kehre vor sich ging oder hinter der die Sicht versperrenden Steintribüne an der kniffligen S-Kurve.

Paul lauschte gerade gebannt den Ansagen der Rennleitung, als er eine Hand auf seinem Arm spürte. Er drehte sich um, sah Hannah und war – obwohl er hier mit ihr verabredet war – überrascht. Hannah war zwar nie besonders zimperlich damit, ihre gute Figur durch sexy Kleidung zu betonen. Aber dieser Anblick war nun doch spektakulär.

»Du siehst aus wie ein Cheerleader aus der ungeschnittenen Version von *American Pie*«, konnte Paul sich nicht verkneifen zu sagen. »Fehlt nur noch der Puschel auf dem Kopf.«

Hannah sah ihn böse an und zog ihn aus dem Gedränge. Wortlos führte sie Paul durch die Menge, vorbei am überfüllten Pressezentrum und an einer Armada mobiler hellblauer Toilettenhäuschen.

Sie verließen den steinernen Ring um die Zeppelinwiese und erreichten die Fahrerlager entlang der Hermann-Böhm-Straße, nahe dem Großen Dutzendteich, in dem sich die mächtige Kulisse des Kolosseums spiegelte. Erst hier entschloss sich Hannah dazu, Paul auf seine dummen Bemerkungen Kontra zu geben: »Wie Sie wissen, jobbe ich hier als Nummerngirl, Flemming«, sagte sie und stemmte ihre schlanken Arme in die textilfreien Hüften. »Der ganze Norisring probt für den großen Auftritt am nächsten Wochenende. Diese Klamotten trage ich nicht, um Ihnen einen Vorwand für einen Ihrer

Machosprüche zu liefern, sondern weil die Fotografen und die Fahrer das so mögen.« Sie ließ Paul nicht zu Wort kommen. »Bevor Sie mir irgendwelche bescheuerten Vorhaltungen machen: Der Norisring bringt x-mal mehr ein als das Kellnern in irgendeiner Kneipe, in der mir jeder zweite Mann an den Po grapscht. Ich habe nämlich keinen Bock, Katinka dauernd um mehr Kohle anzubetteln.«

»Sie hätte aber sicher kein Problem damit, deinen Etat aufzustocken«, sagte Paul und biss sich im gleichen Moment auf die Lippen.

Hannah strafte ihn prompt mit einem weiteren bösen Blick. Dann zog sie ein Haargummi aus der Hosentasche ihrer Hotpants und band ihre Lockenmähne im Nacken zusammen. »Ich will Sie meinem Chef vorstellen«, sagte sie. »Wenn Sie schon mal hier sind ...«

Paul folgte Hannah bis zu einem Ensemble aus zwei parallel stehenden Sattelschlepperaufliegern, mehreren großen Lieferwagen und einem zentralen Zelt. Das Ganze sah aus wie eine Wagenburg aus einem modernen Western, ergab zusammen aber ein hochfunktionales, mobiles Logistikzentrum für die Ausstattung und Wartung von Rennwagen inklusive Büro, Werkstatt und Ersatzteillager.

»Es ist nett von dir, dass du mich hierher eingeladen hast«, übte sich Paul in Wiedergutmachung. »Die ›200 Meilen von Nürnberg‹ sind eine echte Ablenkung von meinen Problemen. Der Lärm pustet einem den Kopf so richtig frei.«

Hannah nickte ihm gnädig zu. Dann klopfte sie an die Tür eines VW-Busses mit getönten Scheiben. Die Schiebetür glitt auf, und ein drahtiger, mittelgroßer Mann mit gewelltem dunkelblonden Haar, intensiv graublauen Augen und wulstigen Lippen trat heraus. Paul schätzte ihn auf Mitte vierzig.

»Wenn ich mal bekannt machen darf«, sagte Hannah jetzt sehr freundlich. »Das ist Paul Flemming, Fotograf. Und Herrn Stromberg muss man ja nicht extra vorstellen«, sagte Hannah und lächelte ihren derzeitigen Boss an.

Nein, dachte Paul, das musste man wirklich nicht. Carl Stromberg war stadtbekannt. Der kantige Selfmade-Man mit dem trockenen Charme eines Steve McQueen war früher ein erfolgreicher Rallye-Fahrer gewesen und hatte etliche Preise eingeheimst. Nach einer Pechsträhne hatte er umgesattelt und war nun selbst Rennstallbesitzer mit eigenen Fahrern und Wagen. Jeden dieser Schritte hatte er immer sehr medienwirksam inszeniert. Eine Tatsache, die selbst Paul, dem bisherigen Motorsportmuffel, nicht verborgen geblieben war.

Was soll's, dachte sich Paul. Er hielt Stromberg zwar für einen arroganten Snob, wollte aber Hannah nicht die Partie verderben und reichte ihm die Hand. Stromberg zögerte einen Moment zu lang, bevor er einschlug. Während er Pauls Hand schüttelte, kam es Paul so vor, als würde Stromberg ihn eingehend mustern.

»Willkommen am Norisring«, sagte Stromberg und wirkte dabei merkwürdig nervös.

Paul hatte im Laufe der Jahre etliche Geschichten über Stromberg gehört und gelesen. Am besten in Erinnerung geblieben waren ihm die Berichte über seine halbseidenen Freunde und das dubiose Umfeld. Und das Gerücht, dass Stromberg seit dem Ende seiner aktiven Rennfahrerlaufbahn permanent von Geldnot geplagt war.

»Sie können sich gern bei uns umsehen, wenn Sie das interessiert«, sagte Stromberg und blickte demonstrativ auf seine Armbanduhr.

Eine Breitling, bemerkte Paul und folgerte, dass es mit Strombergs Geldnot doch nicht so weit her sein konnte. Er bemühte sich gleichwohl darum, freundlich auszusehen: »Danke, sehr gern. Hannah kennt sich hier ja gut aus.«

Stromberg tätschelte Hannah die Wangen, womit für Paul definitiv klar war, dass er den Kerl nicht ausstehen konnte.

Als Stromberg wieder in seinem VW-Bus verschwunden war, raunte Paul Hannah zu: »Sei mir nicht böse, aber dein Chef ist ein Unsympath.«

Hannah wartete, bis sie einige Meter von dem Kleinbus entfernt waren, bevor sie darauf einging: »Ich weiß, dass sich alle Welt das Maul über Carl Stromberg zerreißt. Aber er bezahlt mich gut dafür, dass ich für ihn ein paar Tage lang das blonde Engelchen spiele. Außerdem wäre das eben Ihre Chance gewesen, als Rennsportfotograf mit ihm ins Geschäft zu kommen und ein paar Fotoaufträge einzuheimsen. Aber Sie mit Ihrer sturen Hochnäsigkeit ...«

»Moment, Moment«, bremste sie Paul. »Ich wollte dich hier besuchen, mehr nicht. Für die Ablenkung bin ich dir dankbar. Aber die Jobsuche überlass doch bitte mir.«

»Man muss seine Chancen ergreifen«, beharrte Hannah. »Bei Blohfelds Zeitung sind Sie ja vorerst raus.«

»Chancen ergreifen? Dann nehme ich die Chance wahr und schaue mir das Formel 2-Rennen an, das gleich beginnt.«

Paul brachte es fertig, das leichthin zu sagen und dabei sogar zu lächeln. Aber das kurze Zusammentreffen mit Stromberg hatte in ihm etwas ausgelöst. Er fragte sich, wo Strombergs auffällig nervöse Reaktion auf sein Erscheinen herrührte. Ob sich die Sache mit der Toten im Lochgefängnis und Pauls Beteiligung daran inzwischen noch weiter herumgesprochen hatte? Hielt mittlerweile auch ein in der Öffentlichkeit stehender Mann wie Stromberg ihn für einen Mörder? Die Folgen für Pauls weiteres Leben konnten fatal sein.

Vielleicht, kam es ihm wehmütig in den Sinn, wäre er bei Katinka in Berlin doch am besten aufgehoben. Weit weg von dem Ärger, den er hier in Nürnberg hatte.

9

Paul war trotz seiner vorübergehenden Euphorie schon nach wenigen Minuten die Lust daran vergangen, dem Rennen weiter zuzusehen. Er gab seine vorgetäuschte Lässigkeit auf, verabschiedete sich von Hannah und machte sich auf den Weg nach Hause. Dank der guten Straßenbahnverbindung brauchte er nicht lange.

Die Aussicht auf einen unspektakulären Ausklang des Tages in seiner Loftwohnung war ihm durchaus recht.

Während des kleinen Stücks, das er von der Haltestelle bis zum Weinmarkt zu Fuß zurücklegen musste, dachte er noch einmal über seinen Besuch in Herzogenaurach nach. Über seine Eltern, die Kaution, die sie für ihn hinterlegt hatten. Paul machte sich auch noch einmal Gedanken über die Idee seiner Mutter, dass der Tod des Models etwas mit der Ausstellung der Reichskleinodien zu tun haben könnte. Hertha mochte in solchen Angelegenheiten ja durch ihren immensen Krimikonsum etwas voreingenommen sein und zu vorschnellen Schlüssen neigen. Aber – mit etwas Abstand betrachtet – so ganz von der Hand weisen ließ sich ihre Idee nicht: Ein Todesfall im Ratskeller unmittelbar vor Beginn einer Jahrhundertausstellung ein Stockwerk darüber – dieser Zusammenhang musste einen zumindest stutzig machen, dachte nun auch Paul.

Er gab der Haustür mit der Schuhspitze einen Tritt und nestelte gleichzeitig an seinem Schlüsselbund, um den Briefkastenschlüssel zu finden. Er öffnete die dünne Blechtür des Kastens, aus dem ihm ein Wust von Reklamedrucken und Wurfzeitungen entgegenfiel. Irgendwann, dachte er sich, müsste er endlich mal einen Aufkleber »Keine Werbung einwerfen« anbringen. Aber das gehörte zu den Dingen, die man sich stets vornahm und dann doch nie erledigte.

Ganz am Boden des Briefkastens lag ein Kuvert. Paul hätte es beinahe übersehen. Es war schlicht und weiß und trug als

Anschrift lediglich Pauls Namen. Die Adresse fehlte. Offenbar hatte der Absender den Brief persönlich bei ihm eingesteckt.

Neugierig geworden riss Paul den Umschlag auf. Er zog einen säuberlich gefalteten DIN-A 4-Bogen heraus, faltete ihn auseinander – und erstarrte.

»MÖRDER!«, stand in großen Lettern auf dem weißen Papier geschrieben.

»Mörder«, las Paul ein zweites Mal, wobei sich seine Kehle wie ausgetrocknet anfühlte.

Mörder – wer hatte das geschrieben? Und vor allem: Was bezweckte derjenige damit? Instinktiv steckte Paul den Brief in seine Jackentasche und sah sich sorgenvoll um.

Der Hausflur war leer. Niemand hatte seine erschreckte Reaktion mitbekommen. Seine Nachbarn wussten hoffentlich von nichts und sollten es auch nicht erfahren. Oder aber ... – Paul fuhr ein kalter Schauder den Rücken herunter: Oder war es sogar einer seiner Nachbarn gewesen, der den Brief verfasst hatte?

Paul fühlte sich hundeelend und war tief betroffen. Auf eine solch gemeine Art und Weise war er niemals zuvor angegriffen worden. Anonyme Briefe zu schreiben, war so ziemlich das Übelste, das Paul sich vorstellen konnte. Doch viel schlimmer für ihn blieb die schreckliche Ungewissheit, ob er vielleicht tatsächlich ein Mörder war.

Paul stützte sich an der Flurwand ab und atmete mehrmals tief ein und aus. Er brauchte Hilfe; mehr noch brauchte er jetzt Beistand. Glücklicherweise wusste Paul, wo er letzteren finden konnte.

10

Wer nicht wusste, dass Hannes Fink Pfarrer war, hätte ihn in diesem Aufzug sicherlich für einen Handwerker gehalten. Paul musste – trotz seiner prekären Lage – unwillkürlich schmunzeln, als er den beleibten Geistlichen in einem ziemlich schmutzigen Blaumann vorm Hauptportal der St.-Sebald-Kirche antraf.

»Bist du unter die Heimwerker gegangen?«, grüßte ihn Paul.

Fink schüttelte den Kopf, wobei sein zum Pferdeschwanz gebundenes schwarzgraues Haar munter hin- und herpendelte. »Nein, aber manchmal komme ich mir wirklich mehr wie ein Bausachverständiger vor als wie ein Prediger. Das Kirchengebäude ist in einem Zustand ...«

»Wieso?«, erkundigte sich Paul. »Schwanken die Glockentürme etwa immer noch?«

»Frag nicht«, sagte Fink und hakte Paul unter. »Unsere Architektin legt mir jeden Tag neue Statikberichte auf den Tisch. Man könnte Kopfschmerzen davon bekommen. Ich kann nur hoffen, dass die Nürnberger weiter fleißig für ihre Sebalduskirche spenden – die Instandhaltungskosten sind kaum zu decken.« Der Pfarrer zwinkerte Paul zu: »Solltest du wohlhabende Bekannte anderer Konfessionen haben, sag ihnen: Wir nehmen auch Geld von Katholiken und anderen Ketzern.«

Paul hob bemüht seine Mundwinkel, woran Fink seine angeschlagene Seelenlage erkannte und das Scherzen sofort einstellte.

Der Pfarrer führte Paul in die Kirche. Sie zogen sich in einen dunklen, kühlen Winkel hinter einem der trutzigen Pfeiler zurück.

»Apropos Katholiken«, nahm Fink das Gespräch wieder auf. »Wenn ich einer von denen wäre, würde ich dich in den

Beichtstuhl bitten, so wie du aussiehst. Was, um Himmels willen, hast du ausgefressen?«

Paul sah seinen Freund dankbar an. Hannes Fink schaffte es auf seine ruppige und gleichzeitig menschlich einfühlsame Art immer wieder, das Eis zu brechen und einen zum Reden zu animieren. Paul griff nur allzu gern nach diesem Strohhalm: »Ein Beichtstuhl würde mir im Moment auch nicht weiterhelfen. Ich wüsste nämlich gar nicht, was ich beichten sollte.«

»Warum schaust du dann wie sieben Tage Regenwetter?«

»Weil ...«, Paul zögerte, »weil ich womöglich etwas Schreckliches getan habe und mich nicht daran erinnere.«

Paul erzählte dem Pfarrer die ganze Geschichte. Dieser hörte aufmerksam zu, seine Miene aber verriet, dass er Mühe hatte, seinem alten Freund den Gedächtnisverlust abzukaufen. Paul erkannte sehr wohl die Zweifel im runden Gesicht des schnauzbärtigen Pfarrers.

»Du glaubst mir auch nicht«, sagte er schließlich niedergeschlagen.

»Um ehrlich zu sein«, Fink legte ihm die Hand auf die Schulter, »nein, ich bin mir wirklich nicht ganz sicher, ob ich dir glauben kann.«

»Verflucht.«

»Fluchen kannst du zu Hause, aber nicht hier«, ermahnte ihn der Geistliche. In sanfterem Ton fuhr er fort: »Ich kann mir vorstellen, wie du dich jetzt fühlst. Und dass du dich nicht erinnern willst ...«

»Kannst!«, unterbrach ihn Paul. »Ich kann mich nicht erinnern!«

Fink neigte seinen Kopf: »Mag ja sein. Ich kann das am Ende nicht beurteilen.« Dann schwieg der Pfarrer, während eine Gruppe japanischer Touristen an ihnen vorbeizog.

Leise, aber deutlich redend, knüpfte Fink wieder an: »Was die Polizei dir vorwirft, klingt leider ziemlich schlüssig. Aber immerhin: Ein Punkt passt ja so gar nicht zu dieser Geschichte – du weißt schon: Kurzschlusshandlung nach übermäßigem Alkoholkonsum.« Fink sah Paul eindringlich an. »Du hast die Ausstellung der Reichskleinodien erwähnt.«

»Ja«, sagte Paul, »Eine große Sache. Ich habe mich gewundert, dass wir überhaupt noch im Lochgefängnis fotografieren durften. Danach wurde ja das ganze Areal zum Hochsicherheitstrakt erklärt.«

»Das ist genau der Punkt«, sagte der Pfarrer nachdenklich und nahm damit unwissentlich Herthas Ideenfaden auf. »Ist dir eigentlich klar, was für eine Ausstellung das ist?«

Paul fand diese Frage angesichts seiner drängenden Probleme ein wenig fehl am Platze.

»Na klar, es geht um einen ziemlich großen Wert«, sagte Paul etwas enttäuscht.

»Ziemlich großen Wert?«, wiederholte Fink mit vorwurfsvoller Stimme. »Zu den Reichskleinodien gehören ja nicht nur die normalen Insignien der Macht. Sondern auch die Heilige Lanze.«

»Ich weiß«, sagte Paul und war versucht, die Augen zu verdrehen. Ein kirchenwissenschaftlicher Vortrag hatte ihm jetzt gerade noch gefehlt.

»Soso, du weißt.« Fink näherte sich mit seinem mächtigen Schädel Pauls Kopf bis auf wenige Zentimeter. »Die Heilige Lanze ist eine der berühmtesten Reliquien der Welt: die Longinuslanze. Gaius Cassius Longinus war der römische Centurio, der dem gekreuzigten Jesus die Lanze in die Seite stieß, um zu prüfen, ob er tot war. Das Blut Christi hat der Waffe übernatürliche Kräfte verliehen. Man nennt sie auch den Schicksalsspeer. Sie verheißt den Sieg und macht angeblich unverwundbar.«

»Ich dachte, wir verehren in der evangelischen Kirche keine Reliquien?«, wandte Paul ein.

Fink winkte verärgert ab. »Das ist eine ökumenische Angelegenheit. Die geht weit über die Anschauungen der einzelnen Konfessionen hinaus.«

»Entschuldige, wenn ich etwas Falsches gesagt ...« – Weiter kam Paul nicht.

Denn Pfarrer Fink holte zu einem Vortrag aus, der mehr den Charakter einer Predigt hatte: »Hast du auch nur eine ungefähre Vorstellung, was die Heilige Lanze für uns bedeutet? Für unseren Glauben und für diese Stadt?«, fragte Fink ergriffen. »Sie ist wahrhaft schicksalsträchtig, diese Speerspitze. Immer wieder ist sie durch die Hände wichtiger Männer gegangen. Dreihundert Jahre nach der Kreuzigung auf Golgatha führte sie der heilige Mauritius – «

»Muss man den kennen?« wagte Paul zu fragen.

»Der erste schwarze Heilige und einer der wenigen Römer, die sich zum neuen Glauben bekannt haben«, erwiderte Hannes Fink streng. »Danach ging sie in den Besitz des ersten christlichen Monarchen über: Kaiser Konstantin. Konstantin wurde zwar erst auf dem Totenbett getauft, aber er hatte die Christen toleriert – und ihre Machtsymbole hatte er geschätzt.«

»Du kennst dich aus in deiner Kirchengeschichte«, warf Paul ein. »Aber was soll ich ...«

»Das sollte zum Allgemeinwissen gehören«, unterbrach ihn Fink schroff. »Nach Konstantin galt die Lanze gut dreihundert Jahre als verschollen, bis sie bei Karl dem Großen wieder auftauchte.«

»Karls Lanze«, sagte Paul, in dessen Erinnerung Fragmente aus dem Geschichtsunterricht in der Schule aufstiegen. »Für Karl den Großen war die Heilige Lanze ja Dreh- und Angelpunkt seines Reichs.«

Fink nickte. »Nach ihm haben die Herrscher bis zur frühen Neuzeit sie als Zeichen ihrer Macht geführt. Die Heilige Lanze war Karls Vermächtnis an die Geschichte. Im Heiligen Römischen Reich Deutscher Nation stellte sie ein Symbol für den uneingeschränkten Machtanspruch dar.«

»Und sogar die modernen Herrscher haben an ihre Stärke geglaubt«, wusste auch Paul.

Der Pfarrer stimmte zu. »Im neunzehnten Jahrhundert wollte Napoleon sie haben, aber er hat sie nicht bekommen.«

»Dafür aber Hitler«, entgegnete Paul. »Der hat sie 1938 nach dem Anschluss Österreichs nach Nürnberg geholt. ›Heim ins Reich‹.«

Fink sah ihn nachdenklich an. »Stimmt, weil nach Auflösung des Heiligen Römischen Reiches im Jahr 1806, als der letzte Kaiser Franz II. abdankte, der deutsche Kronschatz in Wien geblieben war. Erst nach der Machtergreifung der Nationalsozialisten kehrte er zurück. Der damalige Oberbürgermeister Willy Liebel war eine der treibenden Kräfte. Er ließ die Reichsinsignien in einem geheimen Sonderzug von Wien nach Nürnberg transportieren. Hier wurden sie dann in der Katharinenkirche präsentiert – leider nicht bei uns in St. Sebald.«

»Dann hätte sich dein Vorgänger nur damit herumschlagen müssen, sie im Krieg vor den Bombenangriffen in Sicherheit zu bringen«, warf Paul ein.

»Dafür haben schon andere gesorgt«, winkte Fink ab. »Im Februar 1940 brachte man die kaiserlichen Machtinsignien – wie viele andere Kunstschätze auch – in den Kunstbunker an der Oberen Schmiedgasse.«

»Also in meine unmittelbare Nachbarschaft am Burgberg«, meinte Paul.

Der Pfarrer bestätigte das. »Doch nach Kriegsende waren sie plötzlich verschwunden. Die US-Militärbehörden hatten ihre liebe Not damit, sie wieder aufzuspüren. Das ist eine sensationelle Geschichte, die reinste Detektivstory.«

»Erzähl mehr«, forderte ihn Paul auf.

»Sherlock Holmes war in diesem Fall ein deutschstämmiger Amerikaner, Walter Horn, ein Offizier, der hier Kunstgeschichte studiert hatte. Er kam nach einigen Irrwegen darauf, dass die Reichskrone mitsamt den anderen Bestandteilen des Schatzes im Luftschutzbunker am Paniersplatz eingemauert worden war. Zwei Oberbauräte, der Luftschutzdezernent, sogar der Oberbürgermeister selbst hatten angeblich hinter dieser Finte gesteckt. Andere vermuteten eine NS-Widerstandsbewegung hinter dem Täuschungsmanöver. Ganz aufgeklärt ist die Sache aber bis heute nicht.«

»Das Schicksal der Reichskleinodien aber sehr wohl«, vollendete Paul.

»Ja«, sagte Fink. »Die Stadt Nürnberg bemühte sich nach dem Krieg darum, sie hier zu halten. Doch die Amerikaner sahen darin Objekte mit politischer und ideologischer Symbolkraft, die nicht in einer für die Nazis so wichtigen Stadt bleiben durften. Der alliierte Kontrollrat in Berlin beschloss daraufhin die Rückgabe der Reichskleinodien an Wien.«

»Ja.« Paul gab sich grüblerisch. »Nun sind sie zwar noch einmal nach Nürnberg zurückgekehrt, aber das Geheimnis ihrer Kraft ist bis heute nicht geklärt.«

»Das ist auch gut so«, sagte Fink in festem Ton. »Es gibt Rätsel, die ungelöst bleiben sollten.«

»Wie meinst du das?«, wollte Paul wissen.

Finks große braune Augen traten vor Anspannung hervor. »So, wie ich es sage. Die Reichskleinodien und speziell die Heilige Lanze sind im Laufe ihrer wechselvollen Geschichte durch viel zu viele Hände gegangen. Jeder wollte ihr ihre Geheimnisse entlocken, sie für seine Zwecke nutzen, oft auch missbrauchen. Die Heilige Lanze ist Bestandteil heidnischer Verehrung und grotesker Mythen geworden. Das hat sie nicht verdient.« Er holte tief Luft und sagte dann voll Inbrunst: »Wenn ich eine Gelegenheit hätte, an die Heilige Lanze zu gelangen und sie zu schützen, würde ich sie nutzen. Im Sinne der Kirche.«

»Worauf willst du hinaus?«, fragte Paul irritiert.

»Die Heilige Lanze hat nach allem, was sie durchgemacht hat, endlich einen ruhigen Platz verdient. Einen behüteten Ehrenplatz an ihrem angestammten Ort. Es geht mir nicht um die Reliquie an sich, aber um ihre Bedeutung. Um die Heilige Lanze für die Kirche zu sichern, würde ich einiges tun.« Die vollen Wangen des Geistlichen glühten.

»Auch töten?«, provozierte ihn Paul.

Fink sah ihn zunächst verblüfft, dann nachdenklich an. »Ganz sicher nicht. Aber die Heilige Lanze bedeutet für uns – gerade in Nürnberg – sehr viel. Ich freue mich auf diese Ausstellung im Alten Rathaus. Die Lanze endlich einmal im Original zu sehen! Und von Nahem!«

Ja, pflichtete Paul ihm im Stillen bei. Auch er wollte die Lanze gern sehen. Sein evangelischer Pfarrersfreund aber spekulierte insgeheim wohl darauf, die sagenumwobene Ausstrahlung und sakrale Kraft der Reliquie wenigstens einmal im Leben am eigenen Leib zu spüren ...

11

Es dämmerte bereits, als er die Kirche wieder verließ. Die Einladung von Fink, ihn noch auf einen Happen Landbrot mit Obatztem, frisch vom Hauptmarkt, ins Pfarrhaus zu begleiten, lehnte Paul dankend ab. Er wollte jetzt lieber allein sein, um das Gehörte in Ruhe auf sich wirken zu lassen.

Als er wenig später in der Küchenzeile seines Lofts stand, war er unschlüssig, ob er sich ein Bier oder ein Glas Wein einschenken sollte. Stattdessen stellte er dann den Kaffeeautomaten an und schäumte Milch für einen Cappuccino auf.

Durch das Koffein gestärkt, setzte er sich vor seinen Computer. Nach dem Gespräch mit Pfarrer Fink hatte sich der vage Verdacht in ihm verfestigt, dass der scheinbar sinnlose Tod des Models vielleicht einen ganz anderen Hintergrund hatte als vermutet. Kein Lustmord, durch Paul oder einen anderen begangen, sondern womöglich nur Mittel zum Zweck.

Mittel zum Zweck, sinnierte Paul, während der Computer langsam hochfuhr. Doch zu welchem Zweck? Die zeitliche Nähe der beiden Ereignisse Mord und Ausstellungseröffnung war auffällig, aber da blieb trotzdem die Tatsache, dass zum Zeitpunkt der Tat noch kein einziges Ausstellungsstück an Ort und Stelle gewesen war. Es gab also in der Umgebung des Lochgefängnisses nichts zu stehlen, womit die aus Pauls Sicht einzige plausible Erklärung für die Gewalttat ausschied: nämlich die, dass das Model einen Einbrecher auf frischer Tat ertappt hatte und deshalb zum Schweigen gebracht worden war.

Nein, nein, nein! Die winzigen Mosaiksteinchen seiner Vermutungen ließen sich noch längst nicht zu einem Bild zusammensetzen. Paul raufte sich die Haare. Fest stand einzig und allein, dass er der Buhmann war. Denn nur er hatte ja ein überzeugendes Motiv für die Tat: Ob nun gekränkte Eitelkeit, weil ihm das Model eine Abfuhr verpasst hatte, oder überbordende Leidenschaft, letztlich war es egal. Alles, was die Polizei noch brauchte, um ihn hinter Schloss und Riegel zu bringen, war ein Zeuge, der Paul und das Mädchen nachts vor dem Rathaus gesehen hatte. Da konnte er sich noch so sehr das Hirn zermartern: Am Ende blieb Paul allein der Sündenbock.

Sündenbock – wieder war es ein Stichwort, das bei Paul einen neuen Gedankengang auslöste: Wenn er ein Sündenbock war, würde das bedeuten, dass er gerade für jemand anderen den Kopf hinhielt. Vielleicht wurde er nur benutzt, dachte Paul mit einem Funken neuer Hoffnung auf die baldige Lösung dieses Rätsels.

Diese Idee hatte durchaus etwas für sich. Zur Zeit war Paul ja tatsächlich der einzige Verdächtige weit und breit. Ein möglicher Strippenzieher konnte sich im Hintergrund halten und in aller Ruhe abwarten, wie sich die Schlinge um Pauls Hals enger zusammenzog.

Aber wer sollte dieser Strippenzieher sein? Und welchen Vorteil hatte dieser große Unbekannte vom Tod des Models? Paul rieb sich die Stirn, doch der Knoten in seinen Gedanken wollte sich nicht lösen.

Er musste einsehen, dass seine Spekulationen zu nichts führen würden, solange ihm die Fakten fehlten. Paul wusste ganz einfach zu wenig, um in diesem verwirrenden Konstrukt ein Muster erkennen zu können.

Die einzige Wissenslücke, die er mit seinen eigenen, ziemlich bescheidenen Mitteln füllen konnte, betraf im Moment eigentlich die Reichskleinodien. Denn über sie gab es genügend Material, das frei zur Verfügung stand. »Ich drehe mich im Kreis«, sagte Paul zu sich selbst. Doch dann gab er sich einen Ruck und begab sich im Internet auf die Suche nach weiteren Details über die Ausstellung.

Über Google gelangte er auf mehrere offizielle Seiten mit ausführlichen Hintergrundinformationen über die Reichskleinodien, dann sehr schnell auch auf private Einträge, meistens mit recht konspirativem Inhalt. Bald schälte sich die Heilige Lanze als zentrales Stück der Sammlung heraus. Paul studierte die Berichte von Historikern und Laien sehr genau und stellte fest, dass die Lanze – ähnlich wie Fink es bereits beschrieben hatte – im Laufe ihrer Geschichte wie ein Staffelholz herumgereicht worden war.

Bemerkenswert fand Paul eine frühe Episode, die um Helena, die Mutter Kaiser Konstantins, kreiste: Die unternehmungslustige Frau reiste demnach selbst ins Heilige Land, um nach Reliquien des Messias zu suchen. Sie fand das Kreuz von Golgatha, oder wenigstens seine Überreste samt Nägeln. Sie ließ die Eisendorne in die Rüstung ihres Sohnes einsetzen, einige aber auch in die Lanze, die Konstantin seither als Zeichen seiner Stärke bei sich trug. 324 gründete er die später nach ihm benannte Hauptstadt, Konstantinopel, das heutige Istanbul, und berief sich darauf, sein riesiges Reich allein mit der Kraft der Heiligen Lanze errichtet zu haben.

Paul übersprang die Jahre, in denen die Heilige Lanze keine nennenswerte Rolle in der Geschichtsschreibung gespielt hatte. Dann führte ihn seine Internetrecherche zu Karl dem Großen: Am 24. Dezember 800 ließ sich Karl von Papst Leo III. in Rom krönen und legte damit den Grundstein für das moderne Europa. Mit nicht weniger als dreiundfünfzig Feldzügen und großem diplomatischen Geschick einte er sein Riesenreich – und hatte dabei stets eine Verbündete mit starker Ausstrahlung an seiner Seite: die Heilige Lanze. Sie untermauerte seinen Herrschaftsanspruch weit mehr als Krone, Reichsapfel und Zepter.

Paul las interessiert weiter, denn das Internet bestätigte die Ausführungen von Pfarrer Fink auf vielfältige Weise. Nur eines vermisste Paul: den Bezug zu Nürnberg. Ab wann spielte seine Stadt eine Rolle in der Geschichte der Lanze?, fragte er sich.

Wenig später hatte er gefunden, was er suchte. Draußen war es inzwischen stockdunkel, und sein Magen knurrte. Doch das störte Paul nicht, denn auf seinem Bildschirm stand ein ausführlicher Text über den Einzug der Lanze in die damalige Reichsstadt. Paul las gebannt jede Zeile:

1424 war die Lanze nach Nürnberg gekommen. Zur besseren Tarnung und zum Schutz vor Dieben war sie einem ahnungslosen Fischhändler untergeschoben worden. In Nürnberg war die Heilige Lanze hoch willkommen, da der Stadtrat mit einem schwunghaften Reliquiengeschäft rechnete. Tatsächlich setzte schon bald ein lebhafter Handel ein, gewaltige Geldsummen flossen in die Stadtkasse, denn die Pilgerströme wurden ordentlich geschröpft – fürs Essen und Trinken, für ein Quartier und in erster Linie fürs Schauen: Ein Blick auf das sagenumwobene Heiligtum kostete Bares.

Mit Interesse las Paul, dass die Lanze in einem silbernen Schrein in der Heiliggeistkirche aufbewahrt wurde. Zum Schutz vor unberechtigtem Zugriff hing sie unter der Decke des Kirchenschiffs wie in einem schwebenden Tresor und wurde zu den Gottesdiensten mit einem komplizierten Windensystem heruntergelassen.

Höhepunkt der Reliquienverehrung und auch die Zeit des besten Umsatzes für die Nürnberger Kaufmannschaft und den Klerus war das Fest der Heiligen Lanze, jeweils am zweiten Freitag nach Ostern. Auf dem Hauptmarkt wurde eigens eine provisorische Kapelle aus Holz und Tuch errichtet. Im Obergeschoss durfte ein erlauchter Kreis aus Patriziern und Geistlichen eine Ausstellung bedeutender Reliquien mit der

Lanze im Mittelpunkt bestaunen, während auf dem Platz darunter die versammelte Masse der einfachen Pilger und Schaulustigen mit Nürnberger Rostbratwürstchen bei Laune gehalten wurde.

Schließlich trat ein Prediger auf die Empore der Zeltkirche und hielt die Lanze ehrfurchtgebietend über die Menge. Paul konnte sich gut vorstellen, was für ein Raunen den Hauptmarkt erfüllt haben musste. Wer nach mehr verlangte, als bloß zu schauen, musste besonders tief in die Tasche greifen. Denn die Heilige Lanze galt als imstande, einen Teil ihrer Kraft weiterzugeben: Kontakt mit der Originalreliquie schuf sogenannte Berührungsreliquien, las Paul voller Verwunderung. Heiliger Wein? Kein Problem: Ein kurzes Eintunken der Lanzenspitze in den Weinkelch genügte. Die Nürnberger Kaufleute konnten im Einvernehmen mit der Kurie dazu beitragen, Seelen zu retten, und gleichzeitig ihre Taschen füllen.

Doch dann erschien ein Spielverderber auf der Spielfläche: Luther und der Siegeszug der Reformation beendeten das Geschäft, las Paul und konnte sich nur allzu gut vorstellen, wie die Nürnberger darauf reagiert hatten: mit dem typisch ablehnenden Missmut allem Neuen gegenüber. Umso verwunderlicher war es, dass Nürnberg zur ersten freien Reichsstadt des Landes geworden war, die sich reformieren ließ und ihre großen Hauptkirchen im Handstreich auf den neuen Glauben umwidmete. Doch verzichteten die Nürnberger auf den sonst üblichen Bildersturm und ließen die wichtigsten Kunstwerke ihrer Gotteshäuser unversehrt an Ort und Stelle stehen. Auch an ihrem – katholischen – Stadtheiligen St. Sebald hielten sie fest. Ein echter Nürnberger Kompromiss eben, kommentierte Paul im Stillen.

Plötzlich hielt er für einen Moment inne. Er hatte den Eindruck, dass sich jemand vor seiner Wohnungstür aufhielt. Er wartete auf ein Klingeln oder Klopfen. Doch es blieb ruhig. Vielleicht war es bloß ein Nachbar, der nach Hause kam. Paul sah auf die große Uhr in seiner Küchenzeile. Schon zweiundzwanzig Uhr durch. Vor dem Computer verflog die Zeit im Nu.

1796 mussten die Nürnberger ernsthaft um die Heilige Lanze bangen. Napoleon war im Anmarsch – und auch er war wie alle großen Herrscher auf die machtvolle Reliquie aus. Schweren Herzens trennte sich die Stadt von der Lanze und schickte sie auf Umwegen nach Wien, um sie vor den Franzosen in Sicherheit zu bringen.

Dort blieb die Waffe, bis Hitler sie als effektvolles Propagandamittel zurück nach Nürnberg, in die Stadt der Reichsparteitage, holte. Das war ein besonders interessanter Teil der Geschichte, fand Paul, denn an dieser Stelle häufte sich die Mythenbildung auffällig. Er überflog einige Einträge, um mehr über die Kriegsjahre zu erfahren. 1945, als Nürnberg in Schutt und Asche lag, kamen die Amerikaner ins Spiel. Ein Suchtrupp erhielt den Auftrag, die Reichskleinodien aufzuspüren. Erste Hinweise deuteten auf den Burgberg als Versteck hin. Doch dann ...

Paul horchte abermals auf. Er meinte eine Art Schaben an seiner Tür zu hören. Nun war es wohl doch nötig, einmal nach dem Rechten zu sehen. Vielleicht hatte sich ja eine Katze in den Hausflur verirrt und fand den Ausgang nicht mehr.

Paul trottete gedankenverloren durch den Flur, vorbei an der Mokkabraunen, einem lebensgroßen Fotoabzug eines schwarzen Aktmodels, das er vor Jahren einmal abgelichtet hatte. Die schöne Farbige war seitdem zu einer Art guter Geist des Hauses für ihn geworden. Doch irgendetwas im Blick der Mokkabraunen stimmte ihn misstrauisch. Ihm war klar, dass es nur ein Foto war, nicht fähig zu Emotionen. Und doch schien es ihm so, als wollte ihn das Bild warnen.

Paul rechnete diesen absurden Gedanken seinem angespannten Gemütszustand zu und öffnete die Tür.

Im selben Augenblick fuhr er erschrocken zurück. Er sah gerade noch, wie ein Eimer in die Höhe gehalten wurde. Dann ergoss sich ein Schwall einer übelriechenden Flüssigkeit über ihn. Es war ein zäher Schleim, nass, fürchterlich stinkend nach verfaulten Eiern und vergammelten Essensresten.

Paul versuchte sein Gesicht zu schützen und konnte deshalb seinen Angreifer nicht erkennen. Er hörte bloß seine Stimme:

»Mörder! Wir dulden keinen Mörder in unserem Viertel! Verschwinden Sie!«

Paul kam die Stimme vage bekannt vor, aber er konnte sie nicht zuordnen. Als er sich aus seiner Deckung hervorwagte, war der Mann bereits verschwunden. Der dunkle Hausflur war leer. Paul hörte nur noch die schnellen Schritte des flüchtenden Angreifers aus dem Treppenhaus. Er war jedoch viel zu überrumpelt, schockiert und angeekelt, um ihm zu folgen.

Paul kniete auf dem Holzboden des Flurs, um den stinkenden Brei aufzuwischen. Er fluchte vor sich hin, während er darüber nachdachte, ob er die Polizei verständigen sollte.

Das tat er auch noch, als er unter der Dusche stand, um den Geruch nach faulen Eiern loszuwerden.

Er entschied sich schließlich dagegen, während er sich abtrocknete und frische Sachen anzog. Wenn dieser feige Angriff etwas in ihm geweckt hatte, dann ganz sicher nicht ein Bedürfnis nach Schutz oder Flucht. Nein, Paul war nun erst recht entschlossen, die Vorwürfe zu entkräften.

Und mehr denn je war er davon überzeugt, dass er das nur am Ort des Geschehens tun konnte: Er musste noch einmal zurück zum Tatort oder zumindest in dessen Nähe. Vielleicht würde er dort einen Teil seiner fehlenden Erinnerungen zurückerlangen. Oder aber er würde tatsächlich einen Zusammenhang zwischen Ausstellung und Mord finden.

Es gab nur einen legalen Weg, diesen Plan umzusetzen: Er musste sich um eine offizielle Zutrittsberechtigung für die Ausstellungseröffnung bemühen. Das konnte er aber nicht allein schaffen.

Mit leisem Unbehagen tippte Paul die Nummer von Victor Blohfeld in sein Handy:

»Im Stress«, meldete sich der Reporter kurz angebunden.

»Flemming hier«, sagte Paul.

»Machen Sie's kurz. Ich habe Spätdienst, und wir wollen gleich andrucken.«

Paul versuchte, seine wilden Gedanken zu ordnen: »Ich möchte Sie bitten, mich anstelle der Kollegin für die Ausstellungseröffnung im Rathaus einzusetzen.«

Eine kurze Pause am anderen Ende der Leitung. »Warum sollte ich das tun?«, fragte Blohfeld trocken.

»Weil ich unbedingt noch einmal in die Nähe des Tatorts muss«, sagte Paul wahrheitsgemäß, wusste aber im gleichen Moment, dass er mit dieser Argumentation bei Blohfeld nicht landen konnte. »Und ... und weil ich der Beste für diesen Job bin«, schob er eilig hinterher.

»Das gefällt mir schon besser«, bellte Blohfeld ins Telefon.

»Sie engagieren mich also?«, fragte Paul erleichtert.

»Ja«, bestätigte der Reporter. »Aber nur unter gewissen Bedingungen.«

»Was denn für Bedingungen?« Paul rechnete angesichts von Blohfelds unerwartet schneller Zustimmung mit einem Haken an der Sache.

»Meine Bedingungen lauten wie folgt.« Der Reporter räusperte sich lautstark. »Egal, was Sie herausbekommen, ich will es exklusiv für meine Zeitung vermarkten. Und ...«

»Und?«

»Und wenn sich herausstellt, dass Sie doch schuldig sind, will ich eine Exklusivstory über Sie in der Todeszelle.«

»Witzbold«, sagte Paul gequält.

12

Paul wachte recht früh auf. Er hatte noch den ganzen langen Tag vor sich und bis auf die Ausstellungseröffnung am späten Nachmittag nichts vor. Viel Zeit zum Nachdenken also – zu viel Zeit zum Nachdenken!

Während er sich die Zähne putzte, überlegte Paul, wie er die freien Stunden nutzen konnte. In eigener Sache würde er so bald nicht weiterkommen. Aber vielleicht könnte er wenigstens etwas gegen den feigen Angreifer vom Vorabend unternehmen.

Als er in den Spiegel blickte, um sich zu kämmen, betrachtete er kritisch seinen Körper. Er hatte wirklich zugenommen, und das an den falschen Stellen. Er trieb zu wenig Sport, warf er sich vor. Dann dachte er an die vielen leeren Weizenbierflaschen, die sich in seiner Küche aneinander reihten, und hatte einen weiteren Schuldigen für seine Hüftringe gefunden.

Er nahm sich vor, weniger Bier zu trinken und auch beim Essen ein paar Abstriche zu machen. Etwa beim Konsum von Süßem, allem voran Schokolade, aber auch Kuchen und sonstigen Backwaren.

Bei diesem Gedanken hielt Paul inne. Nur mit einem umgebundenen Handtuch bekleidet, eilte er durch sein Atelier zum Schreibtisch. Er durchwühlte die ungeordnet verstreuten Briefe, Ausdrucke und Prospekte. Dann fand er, wonach er gesucht hatte: den Schmähbrief mit dem anklagenden »MÖRDER«. Paul sah sich den Fetzen Papier sehr genau an.

Anschließend lief er zu seinem Faxgerät. Er blätterte die eingegangenen Faxe der letzten beiden Tage durch und zog schließlich die handgeschriebenen Wochenangebote seines Bäckers heraus.

»Laugenbrezen, Pizzataschen, Leberkäsweckla, Schinken-Käse-Baguette ...«, las er leise und schaute mit wissendem Lächeln auf.

»Hab' ich dich!«, sagte Paul vor sich hin, als er den Speiseplan neben den ebenfalls handschriftlich verfassten Drohbrief legte. »Dieselbe Schrift. Auffällig geschwungen, nach links geneigt, derselbe alte Füllhalter mit Hang zum Schmieren.«

Mit einer gewissen Genugtuung sah sich Paul die beiden Blätter noch eine Weile an. Er dachte dabei an den Bäcker, Ende fünfzig, füllig und blass. Er stand unter der Fuchtel seiner Frau, die in dem kleinen Laden die eigentliche Chefin war. Paul hatte schon immer vermutet, dass ihn der Bäcker nicht besonders gut leiden konnte. Wohl unter anderem deshalb, weil er es Paul neidete, dass so viele hübsche junge Frauen in seinem Atelier ein- und ausgingen.

Aber dass er so weit gehen würde, hätte Paul nie und nimmer vermutet. Noch immer hielt er die beiden Schriftproben dicht vor seine Augen. Er dachte an den gemeinen Angriff mit der stinkenden Brühe, an das widerliche Aroma alter Hefe und fauler Eier. In Paul breitete sich die schiere Wut aus: Er war versucht, jetzt und sofort in die Bäckerei zu stürmen und den Bäcker zur Rede zu stellen. Nein, besser noch: Er würde ihn sich greifen und Taten sprechen lassen!

Paul war geladen – und dennoch durfte er seinem Zorn keinen freien Lauf lassen. Denn, so ermahnte er sich selbst, es hätte absolut keinen Sinn, einen weiteren Konfliktherd zu schüren. Sicher würde er die Vorfälle nicht vergessen. Er würde sich auf seine Art rächen. Doch dieser Kleinkrieg musste verschoben werden. Für Paul gab es heute noch weitaus Wichtigeres, um das er sich zu kümmern hatte. Und dafür musste er unbedingt einen kühlen Kopf bewahren.

13

Er war eindeutig underdressed. Das stellte Paul gleich zu Beginn fest, als er sich in die Schlange der geladenen Gäste eingereiht hatte. Eine Weile dachte er darüber nach, schnell zurück zum Weinmarkt zu laufen und seinen grauen Anzug und das schwarze Polohemd gegen feinere Stücke aus seiner Garderobe zu tauschen.

Andererseits, dachte er, während sich die Menschenmenge langsam auf den Eingang des Alten Rathauses zu bewegte, wollte er ja nicht zum Opernball, sondern nur zu einer Ausstellungseröffnung.

Spätestens an der Kontrollstation war er dann doch froh, dass er einfach beziehungsweise zweckmäßig gekleidet war. Denn bis auf ganz wenige hochgestellte Persönlichkeiten mussten alle Gäste, einschließlich der stadtbekannten VIPs, durch eine Torsonde gehen und sich vorher ihrer Jacketts, Gürtel und teilweise sogar der Schuhe entledigen. Paul amüsierte sich über die pikierten Gesichter einiger Damen aus der feinen Gesellschaft und den erfolglosen Protest einiger Ratsherren. Zugleich wunderte er sich ein wenig über diese extrem scharfen Sicherheitsvorkehrungen. Die Reichskleinodien stellten zwar einen unschätzbaren Wert dar, aber die Besucher der Eröffnungsfeierlichkeiten zählten ja wohl kaum zu den Kreisen typischer Langfinger. Er schaute sich um, da fiel ihm ein versprengtes Grüppchen Demonstranten auf, das von der Polizei auf Abstand zum Rathaus gehalten wurde. Paul konnte aus der Entfernung nicht lesen, was die Demonstranten auf ihre Plakate geschrieben hatten. Auch von ihren Rufen kam bei ihm nicht viel an. Ob sie der Grund für die strengen Kontrollen und die vielen Sicherheitskräfte waren, die überall herumschwirrten?

Als Paul an der Reihe war, musste er seine Kameraausrüstung auf eine mobile Röntgenstation legen. Dann bestand der

Kontrolleur sogar noch darauf, dass Paul das Objektiv von seiner Nikon löste, und sah es sich genau an.

Paul hatte keine Gelegenheit, sich weiter über all den sicherheitstechnischen Aufwand zu wundern, denn Blohfeld tauchte gleichzeitig mit einer Kellnerin neben ihm auf.

»Worauf warten Sie?«, fauchte der Reporter ihn an. »Hier wimmelt es von Promis, schießen Sie los!«

Paul nahm sich erst einmal ein Glas Sekt-Orange vom Tablett der charmant lächelnden Kellnerin, bevor er sagte: »Ja, das sehe ich: Der Bürgermeister steht fünf Meter links von Ihnen, und die Chefs von Schöller und der Nürnberger Versicherungsgruppe sind gerade in den Historischen Rathaussaal entschwunden.«

»Wohin Sie jetzt auch entschwinden werden«, sagte Blohfeld streng und nahm Paul das Glas wieder ab. Paul quittierte das mit einem beleidigten Blick und steckte das Blitzlicht auf seine Kamera.

Im Historischen Rathaussaal war tatsächlich alles versammelt, was in Nürnberg Rang und Namen hatte. Jedes der Gesichter, die Paul in dem festlich erleuchteten Saal erblickte, tauchte mindestens zweimal pro Woche in der Zeitung auf. Der Saal selbst, der Paul wie jedes Mal durch seine imposante Größe und klassische Eleganz beeindruckte, war bis auf ein gigantisches Büfett und vereinzelt aufgestellte Stehtische leergeräumt worden. So war Platz für die eigentlichen Stars des Tages geschaffen worden. Diese warteten an der Wand gegenüber der Front aus hohen, sakral anmutenden Fenstern auf ihre große Stunde. Noch aber waren die Ausstellungsvitrinen mit roten Samttüchern verhüllt.

Den Ort für die Ausstellung der Reichskleinodien hätten die Verantwortlichen nach Pauls Meinung nicht besser wählen können: Der Rathaussaal war um 1330 errichtet worden und stand bis ins 17. Jahrhundert mehrfach im Zentrum der Reichsgeschichte. Mit seiner beeindruckenden Länge von gut vierzig Metern und einer Höhe von mindestens zwölf Metern war er zur Zeit seiner Entstehung der größte nicht kirchliche Bau nördlich der Alpen gewesen. Kein Geringerer als Albrecht Dürer hatte die Vertäfelungen und Wandgemälde gestaltet, wusste Paul. Diese waren allerdings beim großen Brand von 1945 verloren gegangen. Die Reichskleinodien brachten nun – zumindest für einige Zeit – den Glanz vergangener Zeiten hierher zurück. Paul konnte das Gefühl des Stolzes auf seine Heimatstadt kaum unterdrücken.

Das musste er aber, wenn er ordentliche Fotos für Blohfelds Zeitung schießen wollte, anstatt nur herumzustehen und zu schwelgen. Paul stürzte sich also in die Menge. Er fotografierte einen Siemens-Vorstand neben dem Bleistift-Grafen aus Stein, die Frau des Sparkassen-Chefs neben der Gattin eines Lebkuchenfabrikanten und den Star-Kicker des 1. FC Nürnberg zusammen mit der Tochter einer Fürther Versandhausdynastie.

Ja, dachte Paul, während er seine Speicherkarte austauschte, alle waren sie gekommen. Niemand konnte oder wollte sich der Anziehungskraft der Reichskleinodien entziehen. Und dann sah er endlich auch ihn, den wichtigsten Mann des Tages, abgesehen vom Oberbürgermeister und dem verspäteten Ministerpräsidenten: Bernhard Schrader betrat den Rathaussaal und zog eine Schleppe von Begleitern hinter sich her.

Auf Fotos von Schrader hatte es Blohfeld besonders abgesehen, deshalb hielt Paul mit seiner Kamera fleißig drauf. Denn der Baumogul war ja Hauptsponsor der Ausstellung. Ohne seine üppigen Zuwendungen und sein politisches Gewicht hätte diese lange herbeigesehnte Ausstellung wahrscheinlich nicht stattgefunden.

Schraders maskulin kantiges Gesicht, auf das Pauls Teleobjektiv gerichtet war, strahlte großes Selbstbewusstsein aus. Wie ein König – so kam es Paul zumindest vor – durchschritt er den Saal, und selbst hohe Würdenträger nickten ihm voller Anerkennung zu.

Paul mochte Schrader nicht, obwohl er ihn persönlich bisher nicht kennengelernt hatte. Er misstraute seinem Erfolg und seiner Beliebtheit, vielleicht auch ein wenig deshalb, weil er kaum älter war als Paul, es aber im Leben fraglos viel weiter gebracht hatte. Das musste ihm der Neid lassen: Mit dieser Ausstellung hatte er Großes für Nürnberg geleistet.

Paul schnappte sich ein hauchdünn mit Karpfencreme bestrichenes Toastbrot, um die Zeit bis zum eigentlichen Startschuss zu überbrücken. Dieser hätte laut Programm eigentlich schon fallen sollen, aber solange der Ministerpräsident nicht eingetroffen war, würden die Samttücher über den Vitrinen hängen bleiben.

Nach einem weiteren Toast, einer formidablen Flusskrebs-Tarte und zwei köstlichen Rostbratwürstchen im Blätterteigschlafrock, die sich Paul mit einem leichten fränkischen Silvaner versüßte, bemerkte er die leise Unruhe, die in die Menge der hohen Herrschaften kam.

Der Ministerpräsident war also eingetroffen. Quasi im selben Augenblick trat – noch vor dem Oberbürgermeister als Hausherr – Bernhard Schrader ans Rednerpult.

Paul nahm die Zeit der Reden wahr, um weitere Fotos von dem geballten Promiauflauf zu schießen. Er entdeckte noch einige Gesichter aus der Herzogenauracher Sportartikelbranche, Manager aus der Marktforschung und sogar einige der Top-Rennfahrer vom Norisring. Er hatte damit etliche gute Aufnahmen im Kasten, um Blohfeld zufrieden zu stellen. Doch nun wurde es Zeit, wieder an sich selbst zu denken! Paul hielt Ausschau nach jemandem, der ihm in seiner eigenen Sache weiterhelfen konnte. Naheliegend wäre ein Gespräch mit Schrader gewesen, denn der kannte sich mit den Reichskleinodien offensichtlich vortrefflich aus. Doch an ihn war kein Herankommen an diesem Tag.

Paul nutzte seinen fotografisch geübten Blick, um die Menge zu sondieren und die Gesichter nach seinen Vorstellungen zu filtern. Bald wurde er fündig: Ein alter Mann erregte seine Aufmerksamkeit. Paul kannte ihn nicht und arbeitete sich gerade deshalb neugierig an ihn heran.

Als die roten Samthüllen endlich fielen und eine Reihe eleganter Panzerglasvitrinen freigaben, ging ein Raunen durch die Menge. Paul musste den Organisatoren zugestehen, dass sie die Show exzellent und äußerst professionell aufgezogen hatten: Die Ausstellungsstücke waren perfekt in Szene gesetzt worden. Dekor, Ausleuchtung und Platzierung im Saal waren optimal gewählt. Jedermann konnte das Gold und die Edelsteine funkeln sehen und die Magie vergangener Zeiten spüren. Paul fühlte, wie ihm ein wohliger Schauer der Ergriffenheit den Rücken hinunterlief.

Die Erklärungen von Schrader, der nun abermals das Wort ergriffen hatte, gingen in der optischen Gewalt der Darbietung und im Glanz der wertvollen Exponate unter. Doch Paul horchte auf, als der Baumogul auf den alten Mann zu sprechen kam, an den er sich eben gehängt hatte:

»... so ist Heinrich Bartel, den wir heute erfreulicherweise unter uns wissen dürfen, einer der letzten Zeitzeugen, der die Reichskleinodien in Nürnberg bewusst erleben, ja sogar berühren durfte.« Schrader machte eine rhetorische Pause, während ein Lichtspot auf den neben Paul stehenden Ehrengast gerichtet wurde: »Herr Bartel war einer der aufopferungsvollen Mitbürger, die die Reichskleinodien, die am 31. Dezember 1424 durch Papst Martin V. zur dauerhaften Verwahrung in Nürnberg bestimmt worden waren, zum Schutz vor Fliegerangriffen während des Zweiten Weltkrieges im Kunstbunker in der Oberen Schmiedgasse sicherten und sich damit sogar gegen einen persönlichen Befehl Adolf Hitlers stellten.«

Paul lichtete das überraschte und zugleich gerührte Gesicht des alten Mannes ab.

»Nach einem Antrag der österreichischen Bundesregierung wurden die Reichskleinodien auf Beschluss des Alliierten Kontrollrates am 4. Januar 1946 nach Österreich gebracht«, setzte Schrader seine Rede fort, »wo sie seit 1954 in der Schatzkammer der Wiener Hofburg wieder öffentlich ausgestellt sind. Herr Bartel hat – wie viele von uns – die Originale bis heute nicht mehr zu Gesicht bekommen. Mein und unser aller Dank gebührt deshalb der großzügigen und freundschaftlichen Unterstützung der Stadt Wien und des Landes Österreich ...«

Die Pressekollegen lauschten noch immer den Ansprachen. Paul aber hörte nicht weiter zu, sondern nutzte die Gelegenheit, um den Zeitzeugen anzusprechen. Irgendwie hatte er es im Gefühl, dass ihm Heinrich Bartel von Nutzen sein konnte.

»Entschuldigen Sie«, sagte Paul. »Mein Name ist Flemming, Paul Flemming. Ich bin Fotograf und interessiere mich für Ihre Geschichte.«

Der alte Mann sah Paul aufmerksam an. Seine Haut war, aus der Nähe betrachtet, noch runzliger, als sie Paul im Sucher seiner Kamera erschienen war. Bartels Haare waren dünn, seine Haltung war gebeugt. Alles in allem wirkte er sehr gebrechlich.

Bartel schenkte Paul ein Lächeln, das ein gut gepflegtes Gebiss präsentierte: »Gern, sehr gern. Das ist ein besonderer Tag für mich. Was möchten Sie denn wissen?«

Das wusste Paul selbst nicht so genau. Wichtig war es vor allem, an dem Mann dranzubleiben. Alles Weitere würde sich – mit etwas Glück – von allein ergeben. Also fragte Paul nur, ob er Bartel begleiten dürfe, um ein paar Aufnahmen zu machen.

Bartel nickte freundlich und konzentrierte sich dann wieder auf den Redner.

Paul hatte gerade zwei Fotos des Zeitzeugen im Kasten, als ihm jemand auf die Schulter tippte:

»Das Blitzlicht bitte nicht direkt auf die Exponate richten«, sprach ihn ein Herr in ausgeprägtem Wienerisch an.

Paul gegenüber stand ein dürrer Mann mit auffallend großen Augen und an den schmalen Schultern schlackerndem Jackett. Er sah übernächtigt und gestresst aus. Trotzdem trat er Paul gegenüber höflich auf.

»Entschuldigung«, sagte Paul, »das war nicht meine Absicht.« Er sah sich das Namensschildchen am Revers des Mannes an: »Magister W. Stockinger«, las er leise.

»Schon gut«, sagte der Österreicher, »das passiert dauernd.« Er rieb sich die müde wirkenden Augen. »Für wen fotografieren Sie?« Paul sagte es ihm, worauf Magister Stockinger lächelte. »Ach, die Lokalpresse. Dann werden Sie wohl einen großen Aufmacher über die Demo draußen bringen und den Sinn unserer Ausstellung in Frage stellen?«

»Nein – warum sollten wir, Herr Magister?«, fragte Paul ehrlich überrascht.

»Na, weil ...« Der schlaksige Mann unterbrach sich selbst und reichte Paul die Hand. »Entschuldigen Sie meine Unhöflichkeit. Wenn ich mich vorstellen darf: Mein Name ist Winfried Stockinger – den Magister dürfen Sie hier in Deutschland gern weglassen. Ich bin Sicherheitsbeauftragter der Wiener Museen. Daher ist mir durchaus bewusst, dass es Widerstände gegen diese Ausstellung gibt.«

»Was denn für Widerstände?«, fragte Paul noch immer nichtsahnend.

»Nun, Sie wissen doch sicherlich, dass die Reichskleinodien – speziell die Heilige Lanze – von verschiedensten Gruppierungen für sich beansprucht werden. Von diversen Museen, religiösen Fanatikern und sogar Neonazis. In Ihrem Fall sind es wohl überaktive Heimatfreunde, die die Insignien der Macht dauerhaft zurück an ihrem – angeblich – angestammten Platz wissen wollen.«

»Ach, das da draußen sind wohl die Altstadtfreunde?«, stellte Paul fest.

»Ja, oder so ähnlich«, bestätigte Stockinger und führte Paul in einen ruhigeren Teil des Saals. Er hielt eine der zahlreichen Kellnerinnen auf, um für sich und Paul exotisch anmutende alkoholfreie Cocktails und fränkische Meerrettich-Soufflés in Fingerfoodgröße vom Tablett zu angeln.

»Sind Sie extra aus Wien mitgereist, um die Reichskleinodien zu bewachen?«, erkundigte sich Paul.

Stockinger biss in sein Miniatursoufflé und antwortete kauend: »Ja, und mit mir ein weiteres Dutzend menschlicher

Wachhunde. Unsere Regierung hat sich nur sehr ungern von Krone, Reichsapfel und dem Rest getrennt und will auf Nummer sicher gehen, dass ihr Deutschen uns das alles auch unversehrt zurück gebt – und nicht noch mal heim ins Reich holt.«

Paul grinste Stockinger an: »Ihre Vorbehalte uns gegenüber werden nicht ganz unbegründet sein«, sagte er.

»Wenn ich mir den besitzergreifenden Blick Ihres Herrn Schrader so ansehe, schlafe ich die nächsten Nächte besser neben den Ausstellungsstücken anstatt im Hotel«, sagte Stockinger, wobei sein Wiener Schmäh dem Gesagten die Härte nahm.

Paul lachte: »Ich glaube, das ist nicht nötig. Ihr Sicherheitssystem scheint mir perfekt zu sein.«

»Ja.« Stockinger nickte und sah sich zufrieden um. »Hier kämen Sie auch mit modernsten High-Tech-Methoden nicht herein.«

»Kameras, Bewegungsmelder, das volle Programm also?«, wollte Paul wissen.

»Das Nürnberger Rathaus ist für den Zeitraum der Ausstellung so gut geschützt wie der Louvre. Da brauchen Sie nur an der Tür zu kratzen und schon wird ein Großalarm ausgelöst.«

»Ein fränkisches Fort Knox«, folgerte Paul.

»Ja«, bestätigte Stockinger amüsiert. »Selbst ein Aurig Goldfinger hätte es schwer, unseren Sicherheitsapparat zu überwinden.« Lächelnd merkte er an: »Da hatte es Richard Swenson damals leichter.«

Paul wusste mit diesem Namen auf Anhieb nichts anzufangen.

Also erklärte Stockinger: »Swenson war ein GI und der Erste, der 1945 meinte, die Reichskleinodien aufgestöbert zu haben. Er setzte sich zum Spaß die Reichskrone auf und krönte sich selbst zum Kaiser. Später stellte sich freilich heraus, dass es bloß eine Kopie war. Kennen Sie diese Story etwa nicht? Müssen Sie unbedingt mal nachlesen. Lohnt sich.«

Paul wollte sich bereits von dem sympathischen Österreicher verabschieden, weil Heinrich Bartel Anstalten machte weiterzugehen, als ihm noch etwas einfiel:

»Für die Untersuchung der Heiligen Lanze durch den Metallurgenkongress machen Sie wohl eine Ausnahme, was?«

Stockingers Gesichtszüge entgleisten für einen Moment, bevor er antwortete: »Die Heilige Lanze ist eine vom Vatikan anerkannte Reliquie. Meiner Meinung nach sollte man diesen Status also respektieren. Mir ist es schleierhaft, warum ihre Unantastbarkeit für diesen Haufen überehrgeiziger Wissenschaftler auf einmal aufgehoben werden soll.« Stockinger bemerkte offensichtlich, dass er übers Ziel hinausgeschossen war, und schwieg.

»Sie sind der Ansicht, dass die Lanze nicht für Untersuchungen freigegeben werden sollte?«, hakte Paul nach.

Stockinger sah ihn betreten an: »Nein, das darf ..., äh, will ich nicht sagen. Aber Sie müssen verstehen: Eine externe Untersuchung stellt für uns ein enormes Sicherheitsrisiko dar. Ich frage mich ganz einfach, ob das wirklich nötig ist.« Paul wollte gerade antworten, als er bemerkte, dass der alte Zeitzeuge nun wirklich drauf und dran war, aus seinem Blickfeld zu verschwinden. Das konnte er keinesfalls zulassen. Also verabschiedete er sich freundlich, aber knapp von dem Sicherheitschef und heftete sich wieder an die Fersen Heinrich Bartels, dem mittlerweile auch die übrige Presse auflauerte.

Bartel hatte inzwischen mit dem Studium der Ausstellungsstücke begonnen. Studium deshalb, weil er sich für jede der Vitrinen sehr viel Zeit ließ und die kostbaren Artefakte von allen Seiten aufmerksam betrachtete.

Den anderen Fotografen wurde das unbewegte Motiv des Alten sehr schnell langweilig, und sie überließen wieder Paul allein das Feld. Dieser nutzte seine Chance: Zunächst lichtete auch er nochmals den Zeitzeugen ab, umkreiste ihn und drückte ein weiteres Mal auf den Auslöser. Dann trat er auf Bartel zu und setzte seine Befragung fort:

»Wenn ich so neugierig sein darf: Sie wirken sehr ergriffen und mustern jedes Stück, als würden Sie es das erste Mal sehen. Waren Sie denn in all den Jahren wirklich nie in Wien, um sich die Reichskleinodien noch einmal anzusehen?«

Bartel blickte von den Samtkissen mit ihrem goldfunkelnden Exponaten auf und sagte mit brüchiger Stimme: »Nein, nein, junger Mann. Niemals. Es ist heute das erste Mal, in der Tat, das erste Mal seit ...«

»1945«, vollendete Paul den Satz. »Hat es Sie nie gereizt, Ihren Schatz noch einmal aus der Nähe zu sehen? Immerhin waren Sie ja mal einer der Hüter der Reichskleinodien.«

Bartel sah Paul aus wässrig blauen Augen an. Sein Blick flatterte unruhig. »Doch, es hat mich gereizt. In der Tat, sehr sogar. Aber die Krone, das Schwert, das Zepter, die Lanze, den ganzen Kronschatz – all das wollte ich, wenn überhaupt, nur hier in Nürnberg wiedersehen und in keiner anderen Umgebung. Ich bin sehr glücklich, dass ich diesen Tag noch erleben darf.«

»Da kommen sicher starke Erinnerungen auf, wenn Sie diese Lieblingsstücke nun wieder so nah vor sich haben«, versuchte Paul, mehr Informationen aus Bartel herauszulocken.

Dieser atmete stoßartig. Paul merkte ihm an, dass die Aufregung dieses Tages ein bisschen zu viel für ihn war. Aber der alte Mann ging auf Pauls Frage ein: »Ja, in der Tat, sehr viele Erinnerungen.« Langsam schlurfte er zur nächsten Vitrine weiter.

Paul folgte ihm und hörte zu:

»Sie kennen die Vorgeschichte, junger Mann? Kaiser Sigismund hat die Reichskleinodien 1424 an die Pegnitz bringen lassen. Für ewige Zeiten sollten sie dort bleiben. Der Papst bestätigte diese kaiserliche Verfügung.«

»Ja, Herr Bartel, ich habe schon ein wenig in meinen Geschichtsbüchern gestöbert«, sagte Paul.

»Gut. Dann wissen Sie auch, dass diese ewigen Zeiten nur bis 1796 dauerten. Dann lagerten die Reichskleinodien zum Schutz vor den Franzosen in Österreich und eine Zeitlang auch in Ungarn. Hitler brachte sie uns zurück. Aber als sich das Ende des Krieges abzeichnete, hatte Willy Liebel, unser Oberbürgermeister, Sorge, dass sie in die Hände der Besatzer fallen könnten. Oder dass uns Berlin einen Werwolf-Befehl erteilt und die Vernichtung der Pretiosen gefordert hätte.« Bartel rang nach Atem. »Das wäre furchtbar gewesen, in der Tat. Die Stadträte Konrad Fries und Heinz Schmeißner haben daraufhin einen Plan entwickelt und dann zusammen mit uns Helfern umgesetzt: Wir holten die Reichskleinodien aus dem Kunstbunker und vermauerten sie an geheimer Stelle. Wir schworen uns, dass wir das Geheimnis bewahren würden.«

»Warum hat Ihr Plan nicht funktioniert?«

»Hat er ja, in der Tat, er hat anfangs großartig funktioniert. Die Amerikaner marschierten in Nürnberg ein und erlebten in den Felsengängen und im Kunstbunker eine böse Überraschung: Der größte Schatz, die Reichskleinodien, fehlte.«

»Wie haben die Amerikaner reagiert?«

»Sie fielen auf den Schwindel herein und suchten an anderer Stelle weiter. In einem Bergwerk in Siegen glaubten sie, sie wären fündig geworden. Die Soldaten haben sogar in *Stars and Stripes*, ihrer Armeezeitung, mit den Reichskleinodien posiert.«

»Wie das?«, fragte Paul erstaunt.

»Es waren sehr gute Kopien. Sie stammten aus Aachen und waren schon 1915 im Auftrag von Wilhelm II. angefertigt worden.«

»Aber dann sind Ihnen die Amis doch noch auf die Schliche gekommen?«, folgerte Paul.

»In der Tat, leider ja«, sagte Bartel mit unüberhörbarem Bedauern. Er bewegte sich nun langsam auf die Vitrine mit dem Glanzstück der Ausstellung, der Heiligen Lanze, zu. »Schmeißner und Fries wurden inhaftiert und brachen den Schwur. Sie verrieten das Versteck.«

»Und die Amerikaner haben Gnade walten lassen?«, erkundigte sich Paul behutsam.

Bartel atmete abermals stoßartig ein und aus. »Sie hätten es tun sollen«, sagte er zornig. »Unser Handeln hatte ja nichts mit NS-Kult zu tun, und bereichern wollten wir uns auch nicht. Wir haben lediglich als treue Diener Nürnbergs gehandelt. In der Tat, das haben wir.« Kleinlaut fügte er hinzu: »Wir wurden zu fünf Jahren Gefängnis und einer Geldstrafe verurteilt. Doch nach zwanzig Monaten kamen wir alle frei.« Plötzlich funkelten seine Augen stolz: »Die schönste Bestätigung, dass wir das Richtige getan hatten, war die Begründung für unsere vorzeitige Entlassung aus der Haft. In der Tat, ich werde es nie vergessen: Der US-Colonel, der uns herausholte, sagte: ›Oh, ich hätte es genauso gemacht!‹«

An der Vitrine blieben sie stehen. Die Spitze der Heiligen Lanze war prachtvoll dekoriert. Ihr stolzes Alter und ihre bewegte Vergangenheit waren der legendären Waffe ebenso anzusehen wie die Versuche der unterschiedlichen Besitzer, sie durch Veränderungen immer wieder ihren persönlichen Vorstellungen anzupassen. Paul konnte durchaus die Faszination nachempfinden, die von der Lanze ausging. Doch seine Gedanken kreisten in diesem Moment mehr um seinen greisen Begleiter.

Paul war unschlüssig, was er von Bartel halten sollte. War dieser steinalte Mann ein Ewiggestriger, vernarrt in die Idee, die Reichskleinodien tatsächlich für alle Zeiten in Nürnberg halten zu können? Oder war er nicht doch einfach nur ein aufrichtiger Nürnberger Bürger, der im besten Glauben für das Wohl seiner Stadt gehandelt hatte? Die Menschen damals mussten unter Gegebenheiten entscheiden und agieren, die sich heute gar nicht mehr nachvollziehen ließen, wog Paul ab.

Er entschied sich dafür, Bartels Ideen zwar nicht gutzuheißen, aber zu akzeptieren. Er wollte Bartel gerade fragen, was er von den geplanten wissenschaftlichen Untersuchungen der Heiligen Lanze hielte, als dieser plötzlich zu schwanken begann.

Der Atem des Alten ging noch schneller. Er musste sich mit einer Hand an der Vitrine abstützen.

»Ist alles in Ordnung?«, fragte Paul besorgt. Doch das war es ganz offensichtlich nicht. Ohne den Blick von der Heiligen Lanze zu wenden, griff Bartel mit seiner freien Hand nach Pauls Arm. Er schnappte immer wieder nach Luft, aber seine Atemzüge wurden zusehends flacher.

Paul spürte, wie sich die knochigen Finger des Alten in seine Haut krallten. Dann weiteten sich Bartels Augen. Er atmete noch einmal ein und schien zu erstarren.

Paul sah sich besorgt nach allen Seiten um. Er war völlig überrumpelt von dieser Situation und wusste nicht, was vor sich ging.

Im nächsten Augenblick löste Bartel seine Umklammerung, griff sich an die Brust und brach mit einem Stöhnen zusammen.

»Um Himmels willen!«, rief Paul, der den Fallenden im letzten Moment auffing.

Sehr bald eilte ein weißhaariger Smokingträger an Pauls Seite. Er brauchte nicht erst zu sagen: »Ich bin Arzt!«, denn das bewiesen schon seine professionell wirkenden Handgriffe.

Routiniert legte er Bartel auf den Boden, machte die Brust frei und öffnete gleichzeitig mit zwei Fingern den Mund des Bewusstlosen.

»Infarkt«, hörte Paul den Arzt raunen. Dann wurde er beiseite geschoben. Zwei Rettungssanitäter waren jetzt zu ihnen gestoßen und breiteten ihre Ausrüstung neben Bartel aus.

Mehr und mehr Menschen sammelten sich vor der Vitrine. Paul machte geistesgegenwärtig einige Fotos. Dann schob sich die Menge in sein Blickfeld. Von draußen tönte bereits das Martinshorn des Rettungswagens. Bald würde Bartel abtransportiert werden.

Der Großteil der Gesellschaft fand seine Unbeschwertheit wieder und stärkte sich nach dem kleinen Schrecken mit Nouvelle-Cuisine-Häppchen vom Silbertablett. Paul konnte das nicht. Er war aufgewühlt und in Sorge um den alten Mann. So gut es ging, versuchte er sich an die Rettungssanitäter anzuhängen. Doch das war ein schwieriges Unterfangen. Die Umstehenden und das Wachpersonal schotteten Bartel ab. Paul erfuhr gerade noch, dass der alte Mann in die Notaufnahme des Theresien-Krankenhauses eingeliefert werden würde. Dann hatte er Bartel endgültig aus den Augen verloren.

14

Paul hätte es keine Minute länger bei der Ausstellungseröffnung ausgehalten. Kurz nachdem der Rettungswagen mit Bartel abgefahren war, suchte auch Paul das Weite. Er wollte so schnell wie möglich nach Hause.

Das aufwühlende Erlebnis mit dem alten Zeitzeugen beschäftigte ihn sehr. Unruhig schritt er durch sein Atelier. Er war viel zu ergriffen von der Sache, als dass er sich jetzt durch seichte TV-Unterhaltung oder etwas ähnlich Belangloses hätte ablenken können. Er musste irgendetwas tun!

Wie war das? Bartel war in das Theresien-Krankenhaus gebracht worden?

Paul setzte sich an seinen Schreibtisch und griff zum Telefonbuch. Er schlug die Nummer der Klinik nach.

Die klare Stimme einer jungen Krankenschwester erkundigte sich nach dem Grund für seinen Anruf.

»Bei Ihnen wurde gerade ein alter Herr eingeliefert«, sagte Paul. »Sein Name ist Bartel. – Nein, nicht Barschel. Bartel, Heinrich Bartel.« Paul rieb sich nervös den Hals. »Nein, er ist kein Verwandter von mir. Aber hören Sie, bitte: Ich war dabei, als er den Infarkt erlitten hat. Ich möchte doch nur wissen, wie es ihm geht. – Ja, ich verstehe, dass Sie Ihre Vorschriften haben.«

Paul musste seinen kompletten Vorrat an Schmeicheleien auffahren, bevor die Schwester ein wenig zugänglicher wurde.

»Ich kann Ihnen keine Auskunft geben«, sagte sie zwar,

»aber wenn Sie sich so große Sorgen um den Patienten machen, kann ich ja Ihre Nummer notieren. Ich rufe Sie an, falls es etwas Neues über seinen Gesundheitszustand gibt. Einverstanden?«

Paul atmete auf. »Einverstanden. Schreiben Sie bitte mit.«

Noch immer sehr bewegt, lehnte er sich zurück, warf den Kopf in den Nacken und durchwühlte mit beiden Händen sein Haar.

»Meine Güte!«, sagte er in den leeren Raum hinein. »In was für eine Sache bin ich da wieder hineingeraten?« Es war zum Verrücktwerden! Als wäre seine eigene missliche Lage nicht schon schlimm genug, musste jetzt auch noch dieser Unglücksfall hinzukommen. Und wieder war es im Zusammenhang mit den Reichskleinodien beziehungsweise der Heiligen Lanze geschehen.

Blohfeld wartete sicher schon ungeduldig in der Redaktion auf ihn wegen seiner Fotos. Paul brauchte aber noch Zeit zum Verschnaufen. Wollte er nicht wirklich verrückt werden, musste er nun doch irgendetwas finden, das ihn ablenken würde. Die beste Zerstreuung fand er meist beim Surfen im Internet. Also beschloss er, nochmals online auf Recherche zu gehen.

Er dachte an den Namen des amerikanischen GIs, den Stockinger erwähnt hatte: Swenson.

Schnell hatte Paul ihn ausgegoogelt. Der US-Leutnant hatte sich tatsächlich selbst zum Kaiser gekrönt, stellte Paul fest. Und es existierte auch wirklich ein Foto von dieser skurrilen Situation: Swenson mit Kaiserkrone auf dem Kopf und Reichsapfel in der Hand. Sein Lächeln wirkte kindlich begeistert.

Die Begleittexte verrieten Paul, dass Swenson sich mit den Fälschungen aus Aachen hatte ablichten lassen, was Bartels kleine Anekdote bestätigte. Vom Fund der echten Pretiosen gab es erwartungsgemäß kein Bildmaterial. Dafür aber die Erwähnung eines unheimlichen Gerüchts: Angeblich – so las

Paul in einem weiteren Interneteintrag – hatte es gegen Ende des Zweiten Weltkrieges einen besonders beeindruckenden Beleg für die Macht der Heiligen Lanze gegeben: Eine halbe Stunde, nachdem Swensons Kameraden in Nürnberg die wirklichen Reichskleinodien in ihren Besitz gebracht hatten, nahm Hitler sich das Leben.

Paul war es auf einmal sehr kalt. Er stand auf, um das angewinkelte Fenster zu schließen. Er dachte über diesen ziemlich kruden Hitler-Bezug nach und ertappte sich dabei, dass er allmählich selbst an die magischen Kräfte der Lanze zu glauben begann.

Lächerlich!, schalt er sich und setzte sich wieder vor den Computer. Zwischen dem Verlust der Lanze und Hitlers Selbstmord gab es keinen Zusammenhang, die zeitliche Nähe war ganz gewiss nur Zufall. Das sagte Paul sein gesunder Menschenverstand – und dennoch war ihm unbehaglich zumute.

Paul wollte sich nicht länger mit den Jahren der Nazidiktatur beschäftigen. Er verfolgte den Weg der Reichskleinodien weiter in die jüngere Vergangenheit. Paul übersprang die vielen Eintragungen, die um diverse Sonderausstellungen in Wien kreisten. Er blieb bei einem Eintrag über den gescheiterten Versuch einer politischen Splittergruppe radikalpatriotischer Franken hängen, die schon Mitte der sechziger Jahre die Rückführung der Reichskleinodien nach Nürnberg gefordert hatte. Dann scrollte er wieder großzügig weiter, bis er abermals anhielt:

Er war unversehens auf den Namen Schrader gestoßen. Der Eintrag über den Baumogul stammte bereits aus dem Jahr 1999. Schon damals hatte sich Bernhard Schrader dafür eingesetzt, Krone, Zepter und die anderen Kostbarkeiten für eine Ausstellung nach Nürnberg zu holen. Das war nun bald zehn Jahre her, dachte sich Paul. Dieser Schrader hatte einen langen Atem.

Der Name Schrader selbst war unterstrichen und mit einer weiteren Seite verlinkt. Paul klickte den Link an, worauf sich der Bildschirm mit einer eng geschriebenen Biografie Bernhard Schraders füllte. Es war klar ersichtlich, dass es sich hierbei nicht um eine offizielle Seite des Bau- und Immobilienkonzerns handelte. Paul konnte nicht erkennen, wer sich die Mühe gemacht hatte, all diese Informationen über Bernhard Schrader zusammenzutragen, denn ein Impressum fehlte. Dennoch las er den Text interessiert durch.

Der Autor ging vor allem auf Schraders Schwäche für sakrale Kunst ein. Dem Text zufolge besaß Schrader eine beachtliche Sammlung von Kunstgegenständen mit religiösem Hintergrund, darunter angeblich auch echte Reliquien.

Die Heilige Lanze – so endete der Eintrag – wäre die Krönung dieser Sammlung.

Angefügt waren pdf-Dokumente mit eingescannten Zeitungsartikeln. Paul sah sie flüchtig durch. Tatsächlich hatte sich Schrader im Laufe der Jahre immer wieder schwärmerisch über die Reichskleinodien und speziell die Heilige Lanze geäußert. Wie auch immer, dachte sich Paul, die Heilige Lanze an sich zu bringen, war selbst für einen Millionär wie Schrader eine Nummer zu groß. Aber immerhin hatte Schrader es geschafft, dass sie wenigstens für eine gewisse Zeit in Nürnberg sein würde.

Als Paul den Computer abschaltete und sich die Augen rieb, war er trotz einer Fülle neuer Informationen nicht wirklich schlauer geworden. Er fühlte sich niedergeschlagen und wurde von einem heftigen Anflug von Selbstmitleid gebeutelt. Paul schielte zum Telefon. Am liebsten hätte er sich bei Katinka ausgeheult. Aber das konnte er weder ihr noch sich selbst zumuten.

Ohne rechten Antrieb rappelte er sich auf, um endlich seinen Auftrag zu erfüllen und Blohfeld die Fotos von der Ausstellung zu liefern.

15

»Komm mit hoch«, sagte Paul zu Hannah. Sie hatte im Hausflur auf ihn gewartet, wie es eben ihre liebe Gewohnheit war, wenn sie Paul unangemeldet besuchte und vor verschlossener Tür stand.

»Wo waren Sie denn heute schon so früh?«, fragte sie neugierig und folgte ihm die Stufen hinauf bis ins oberste Stockwerk.

Paul hatte absolut keine Lust, ihr von seinem morgendlichen Besuch bei der Polizei zu berichten. Sie hatten ihn schon beim Frühstück gestört und von ihm verlangt, zum Verhör ins Präsidium an den Jakobsplatz zu kommen. Wichtige Nachermittlungen, hatten sie am Telefon gesagt. Aber dann waren es doch wieder nur dieselben Fragen gewesen, die ihm die Beamten auch schon beim ersten Mal in der Rathauswache gestellt hatten und auf die es noch immer keine Antwort gab.

Zu Pauls Bestürzung waren die Kripoleute diesmal noch weitaus schärfer vorgegangen. Sie hatten ihn abermals zu zweit in die Mangel genommen und ihre Fragen auf ihn abgeschossen wie Pfeile. Paul hatte ihren Gesichtern deutlich angesehen, dass sie ihm seine Amnesie nicht länger abkaufen wollten.

Sie hatten durchblicken lassen, dass der ermittelnde Staatsanwalt über kurz oder lang einen Amtsarzt einschalten würde, um Pauls grauen Zellen auf die Sprünge zu helfen beziehungsweise seinen Schwindel auffliegen zu lassen. Für Paul bedeutete das, dass er sich so bald wie möglich einen Anwalt nehmen musste. Vor den Kosten dafür scheute er noch zurück. Aber wenn er mit seinen Ermittlungen auf eigene Faust nicht weiterkam, würde dies die einzige vernünftige Alternative sein.

»Was schauen Sie denn so betrübt?«, fragte Hannah, als sie auf Pauls Couch vor dem halb geleerten Frühstückstisch Platz genommen hatte.

Paul verzog sich in seine Küchenzeile und antwortete mit einer Gegenfrage: »Auch einen Kaffee?«

»Ich nehme einen Cappu«, sagte Hannah gut gelaunt. »Bitte im großen Becher und mit aufgeschäumter Milch. Und zwei Stückchen Zucker.«

»Aber trinken kannst du ihn selber, oder?«, fragte Paul bissig.

Hannah hörte darüber hinweg. »Essen Sie das Brötchen noch?«

»Beiß nur rein. Du hast es ja eh schon in der Hand.«

»Danke«, sagte Hannah kauend. »Mmm, Erdbeermarmelade. Haben Sie auch Honig?«

»Heute nicht. Die Biene ist krank.« Paul stellte den Kaffeebecher vor Hannah auf den Tisch. Er tat das so grob, dass der Kaffee überschwappte.

»Hey, Flemming!« Hannah brachte den Ärmel ihrer weißen Bluse außer Reichweite. »Seien Sie nicht so uncharmant. Das passt nicht zu Ihnen.«

Paul stützte sich mit beiden Fäusten auf dem Tisch ab und blickte Hannah finster an: »Die Zeit der Nettigkeiten ist vorbei. Ich habe echte Probleme, Hannah.«

»Ja, ich weiß«, gluckste Hannah. »Ihre Biene ist krank.«

»Sehr witzig.«

»Ich versuche wenigstens, Sie aufzumuntern«, sagte Hannah nun vernünftiger. »Was bringt es Ihnen, wenn ich auch noch anfange, Trübsal zu blasen? Nichts! Außerdem habe ich mich ja – aus was weiß ich für Gründen – dafür entschieden, Ihnen zu helfen. Aber das kann ich auf Dauer nur, wenn ich gute Laune habe.«

Paul war stark versucht, Hannah rauszuschmeißen, denn ihm stand der Sinn absolut nicht nach Smalltalk. Aber sie konnte nichts dafür, dass er bei der Polizei heute morgen so mies behandelt worden war. Erst recht nichts dafür, dass er sich in diese Lage gebracht hatte, aus der er nun keinen Ausweg mehr wusste.

Paul ging zu seinem Schreibtisch, holte Block und Stift und setzte sich neben Hannah. Dann begann er, einige Namen auf das Papier zu schreiben:

Beate Meinefeld, Nadine Schneider, Heinrich Bartel, Bernhard Schrader.

»Warum schreiben Sie diese Namen auf?«, wollte Hannah wissen.

»Sie alle haben etwas damit zu tun, dass ich in der Patsche sitze«, sagte Paul. »Bea, die Tote aus dem Lochgefängnis, dann Nadine, ihre Freundin. Heinrich Bartel, das ist ein Zeitzeuge, der bei der Ausstellungseröffnung einen Infarkt erlitten hat. Und Schrader, der Baumogul. Er hat den Stein ins Rollen gebracht, indem er die Ausstellung nach Nürnberg geholt hat. Sie alle stehen in irgendeiner Weise mit dem Ausstellungsort und damit dem Tatort in Verbindung.«

»Dann müssen Sie sich selbst konsequenterweise auch auf die Liste setzen«, sagte Hannah.

Paul zögerte einen Moment, bevor er seinen eigenen Namen zu Papier brachte. Dann schob er Hannah den Block hinüber.

Hannah ließ sich Zeit damit, die kurze Namensliste immer und immer wieder durchzulesen. »Für gewöhnlich stellen Sie verzwickte Situationen wie diese doch immer mit Playmobilfiguren nach. Aber, nun ja, es geht ja auch so.« Dann kräuselte sie die Stirn. »Dieser Schrader – hatten Sie den Typen nicht schon einmal unter Verdacht?«

»Doch.« Paul senkte den Blick. »Ich wollte ihn für den Mord an einem Kaspar-Hauser-Forscher verantwortlich machen.«

»Ich erinnere mich«, sagte Hannah mit kaum unterdrückter Belustigung. »Damals sind Sie ganz schön baden gegangen.«

»Ja«, sagte Paul bedrückt. »Das soll mir nicht wieder passieren.«

»Trotzdem«, sagte Hannah unvermutet. »Nach allem, was ich von der Sache bisher mitbekommen habe, würde es sich lohnen, diesem Schrader wenigstens mal auf den Zahn zu fühlen.«

»Du meinst, ich soll ...?«, fragte Paul, erstaunt über Hannahs Initiative.

Diese nickte bestimmt. »Ja, es ist zumindest den Versuch wert.«

Hannahs Zuversicht stimmte allmählich auch ihn optimistischer. »Ich habe ja nichts zu verlieren«, sagte Paul. »Es fragt sich nur, wie ich an Schrader herankomme. Ich kann ihn wohl kaum in seinem Büro besuchen.«

Hannah setzte ein hinterlistiges Lächeln auf. »Das können Sie schon. Er hört Ihnen ganz bestimmt zu, wenn Sie bei ihm ein Hochhaus in Auftrag geben, als Abgesandter der Staatskanzlei auftreten oder eine Homestory über ihn machen wollen.«

»Homestory?«, fragte Paul aufmerksam.

»Ja!« Hannah nickte eifrig. »Leute wie Schrader stehen gern in der Öffentlichkeit. Selbst wenn ihr Terminkalender überquillt, finden sie immer noch ein Zeitfenster für einen wohlgesonnenen Fotoreporter. Das ist Ihre einzige Chance, Flemming!«

»Also, ich weiß nicht«, zweifelte Paul. »Ich kann mich bei den Schraders ja nicht unter Vorspiegelung falscher Tatsachen einschleichen. Wenn das rauskommt, geht meine Kaution ganz schnell flöten.«

»Wer sagt denn was von falschen Tatsachen?«, legte Hannah nach. »Sie gehen da als echter Reporter hin, mit echtem Auftrag in der Tasche.«

»Woher soll ich diesen echten Auftrag denn bekommen?«, fragte Paul und wusste doch schon die Antwort.

»Ja«, bestätigte ihm Blohfeld wenig später am Telefon. »Eitel ist er. Wie ein Gockel! Gerade jetzt, nach der Ausstellungseröffnung, wäre Schrader eine Homestory zur Steigerung seiner Publicity gerade recht.«

Paul hörte, wie Blohfeld an einer seiner Zigarren zog. Wahrscheinlich hatte er sich in seinen Stuhl gelümmelt und die Beine auf den Schreibtisch gelegt, malte sich Paul aus.

»Ich gehe jede Wette ein, dass er Sie noch heute empfangen wird«, sagte Blohfeld.

»Noch heute?« Das ging Paul nun doch ein bisschen zu schnell.

»Ja. Heute«, versicherte der Reporter. »Um was wetten wir? Ich arrangiere die Sache für Sie!«

»Wetten?« Paul fühlte sich überfahren. Erst Hannahs Übereifer, ihm zu helfen, und nun Blohfelds Tatendrang – konnte das gut gehen?

»Sagen wir, es geht um eine ordentliche Flasche Schampus für meine neue Praktikantin und um eine üppige Kubanerin für mich.«

»Sie scherzen«, sagte Paul entgeistert.

»Nein. Eine Handgerollte aus Castros Reich ist nicht zuviel verlangt für den Dienst, den ich Ihnen erweisen werde.«

»Also gut«, stimmte Paul schließlich zu. »Schampus und Kubanerin. Geht klar.«

16

Seine eigenen Überlegungen waren ihm im Nachhinein selbst völlig deplatziert erschienen, als er sich – nachdem er die Wette gegen Blohfeld bereits eine halbe Stunde nach ihrem Telefonat verloren hatte – auf den Abend vorbereitete. Blohfeld hatte es tatsächlich geschafft, für Paul eine Audienzstunde im Hause Schrader zu arrangieren. Und Paul sah sich prompt wieder vor die Qual der Wahl gestellt, in welcher Garderobe er bei Schrader erscheinen sollte. Aber nach einem flüchtigen Blick in seinen Kleiderschrank war die Ehrfurcht vor dem hohen Haus, das er besuchen würde, seinem professionellen Pragmatismus gewichen. Warum, sagte er zu sich, sollte er sich für einen ganz gewöhnlichen Job extra in Schale schmeißen? Schwarzes Sakko, schwarzes Polohemd, dunkle Bluejeans – das würde es auch tun.

Nun aber fühlte er sich doch nicht wohl in seiner Haut respektive Kleidung. Als Paul die mondäne Villa an der Falterstraße in Tiergarten-Nähe betrat, erschien ihm alles hell, fein und kostbar. Eine reizende Hausdame hatte ihm geöffnet, und sofort war Paul von drei Kindern und einem Hund umzingelt. Die Kinder – nach Pauls Schätzung zwischen drei und neun Jahren – sahen aus wie aus dem Ei gepellt. Obwohl sie sicher genauso viel tobten wie andere Kinder, saßen sogar ihre Frisuren pikobello. Selbst der edelrassige Windhund machte auf Paul den Eindruck, als käme er geradewegs aus dem Hundesalon.

Noch während die Kinder eifrig, aber höflich auf Paul einredeten, erschien eine weitere Person auf der Bildfläche. Eine platinblonde Bilderbuchschönheit, die Paul ein offenes und überaus freundliches Lächeln schenkte und mit ihren zartgliedrigen Händen nach seiner Rechten griff.

»Schön, dass Sie so kurzfristig Zeit für uns gefunden haben«, sagte sie im geschliffenen Hochdeutsch einer Tagesschausprecherin, während sie ihm die Hand schüttelte. »Mein Mann macht sich gerade noch für die Aufnahmen zurecht.«

Kurzfristig Zeit gefunden? Eigentlich wäre es ja eher an ihm gewesen, sich dafür zu bedanken, dachte sich Paul, denn er beziehungsweise Blohfeld hatte ja um den Termin gebeten. Doch er lächelte nur nett.

Die Hausdame kehrte mit einen Silbertablett zurück: »Darf es ein Aperitif sein?«

Paul nahm sich ein Glas Sherry und ließ sich von den drei Musterkindern ins Wohnzimmer führen, das eher die Bezeichnung Wohnsaal verdient hätte: Es war in drei durch Marmorstufen miteinander verbundene Ebenen gegliedert. Jede davon nahm die Fläche von Pauls kompletter Wohnung ein. Die Kinder zogen ihn bis zur unteren Ebene hinter sich her, die von einem riesigen, mit schwarzen Schiefersteinen ummauerten Kamin dominiert wurde.

Sie standen jetzt vor einer Panoramascheibe, die den Blick auf einen Teich freigab, in dem sich die untergehende Sonne spiegelte. Auf der gegenüberliegenden Seite erkannte Paul den schwarzen Umriss eines Schiffs mit bauchigem Rumpf und drei Masten.

Die drei Knirpse strahlten ihn erwartungsfroh an und hofften wohl darauf, dass Paul etwas über das Schiff wissen wollte.

Er tat ihnen den Gefallen, beugte sich bis auf Augenhöhe zu ihnen hinunter und fragte: »Was ist denn das für ein schönes Boot?«

»Es ist kein schönes Boot«, belehrte ihn der mittelgroße Junge.

»Es ist ein furchterregendes, schreckliches Boot«, ergänzte die Älteste der drei. »Das ist unsere *Lady of Darkness.*«

Der Kleinste setzte einen finsteren Blick auf und sagte laut: »Piratenschiff!«

»Oh, klasse«, tat Paul ehrfurchtsvoll. »Hat euer Papa das für euch gebaut, damit ihr auf große Kaperfahrt gehen könnt?«

»Nein«, sagte die Älteste und schüttelte ihre Zöpfe. »Das machen Papas Leute. Er gibt ihnen Geld dafür.«

»Lisa«, sagte Frau Schrader und legte ihre manikürten Hände auf die Schultern ihrer Tochter. »Über Geld reden wir doch nicht, Schätzchen.«

»Es kann nicht schwimmen«, meldete sich der Kleinste wieder zu Wort.

»Es ist leider noch nicht fertig«, erklärte der Mittlere.

Paul sah noch einmal zu dem bulligen Schiffsrumpf hinüber und erkannte gleich daneben im schwächer werdenden Licht ein Baugerüst und mehrere Baumaschinen. Der hohe Zaun, der das gesamte Anwesen der Schraders umgab, war hinter dem Schiff durchbrochen und lediglich durch ein provisorisches Absperrgitter ersetzt worden.

»Wann ist denn der große Stapellauf?«, fragte er grinsend.

Da die Kinder mit diesem Begriff offenbar nichts anzufangen wussten, sprang die Mutter ein: »Ein Weilchen wird es schon noch dauern. Mein Mann kann wegen der guten Auftragslage zur Zeit kaum Handwerker für private Dinge entbehren.«

Dann führte sie ihn von den Kindern fort. Denn der Hausherr wartete bereits auf der oberen Ebene.

Bernhard Schrader, wie stets in sportlicher Positur, gutaussehend mit sommerlichem Teint, trug zwar keinen Anzug, aber auch sein Freizeitdress stammte höchstwahrscheinlich aus Nürnbergs Edeleinkaufsmeile, der Kaiserstraße, oder noch wahrscheinlicher aus München oder Düsseldorf.

Schraders Begrüßung fiel ebenso herzlich aus wie die seiner Familie: »Ich finde es großartig, dass Sie sich die Zeit für dieses Porträt nehmen, Herr Flemming.« Er drückte Pauls Hand und nutzte die Geste gleich dazu, ihn in einen anderen Trakt des Hauses zu dirigieren.

»Gerade jetzt«, setzte Schrader fort, »begleitend zu unserer Ausstellung, ist die Öffentlichkeit ganz besonders wichtig für uns. Umso mehr habe ich mich gefreut, dass Ihre Zeitung mir diesen Platz einräumen will. Immerhin sind Sie die Nummer eins in Nürnberg.«

Sind wir nicht, dachte sich Paul, der von Blohfeld schon des öfteren mit der schwächelnden Auflage und den damit verbundenen Honorarkürzungen konfrontiert worden war. Paul war sicher, dass auch Schrader das wusste.

Sie gingen durch einen langen Flur, der gleichzeitig die Funktion einer Galerie erfüllte. Im Gehen nahm Paul linker und rechter Hand Gemälde, Grafiken und Fotografien wahr. Nach Pauls oberflächlicher Einschätzung handelte es sich dabei um Klassiker ebenso wie um zeitgenössische Werke.

»Mir kommt es weniger auf meine eigene Person an«, redete Schrader weiter, »es geht um die Sache. Ich bin nur derjenige, dem das große Glück vergönnt ist, die Ausstellung der Reichskleinodien in dieser Stadt zu repräsentieren.«

»Das haben Sie sich ja auch eine ganze Stange Geld kosten lassen«, warf Paul flapsig ein und biss sich im selben Moment auf die Zunge. Er hatte das böse Wort benutzt, über das man in diesem Hause nicht redete.

Schrader blieb prompt stehen. Sein Lächeln war für einige Sekunden verschwunden, bevor er es wiederfand und sagte: »Ohne privates Kultursponsoring wären Ausstellungen wie diese überhaupt nicht mehr möglich.«

»Da stimme ich Ihnen voll und ganz zu.« Paul nickte anerkennend. »Sie leisten sehr viel für unsere Stadt, und genau das wollen wir in unserer Zeitung hervorheben.«

Schrader schien das zu goutieren. Er setzte den Rundgang mit Paul fort und leitete ihn zu einer Tür, deren Schloss nur mit einem PIN-Code geöffnet werden konnte. Schrader tippte die vierstellige Nummer ein, woraufhin sich die Verriegelung mit leisem Summen löste.

Sie befanden sich nun im eigentlichen Atelier der Schraders. Auch hier hingen Werke mit altertümlicher Patina zwischen modernen Kunstwerken. Obwohl sich Pauls Kenntnisse der Bildenden Künste mehr oder weniger auf das Schaffen Albrecht Dürers beschränkte, ahnte er, dass Schrader in diesem Raum etliche Raritäten versammelt hatte. Paul sah sich interessiert um und stellte fest: Viele der Bilder zeigten biblische Motive.

»Manchmal fühlt man sich sehr einsam in seinem Streben nach Gerechtigkeit«, sagte Schrader unvermittelt.

Paul war gerade dabei, seine Kamera einsatzbereit zu machen, und sah fragend auf: »Sie meinen, dass Sie die Reichskleinodien nach Nürnberg geholt haben?«

»Zurückgeholt«, betonte Schrader. »Ja, ich fühlte mich da oft als Kämpfer allein auf weiter Flur.«

»Aber Sie haben es letztlich geschafft.«

»Für eine gewisse Zeit, ja, das habe ich.« Schrader wirkte mit einem Mal niedergeschlagen.

»Das ist doch ein toller Erfolg«, sagte Paul und setzte seine Nikon auf ein einbeiniges Stativ, das ihm half, die Kamera ruhig zu halten, und somit längere Belichtungszeiten ermöglichte. Denn um die Kunstwerke zu schützen, konnte er hier keinen Blitz einsetzen.

»Ein toller Erfolg wäre es, wenn wir die Reichskleinodien für immer behalten dürften«, sagte Schrader mit einer gewissen Trotzigkeit.

Paul horchte auf, tat aber so, als würde er sich weiter auf seine Arbeit konzentrieren, und putzte die Linse seines Objektivs. »Das wird ja wohl kaum möglich sein«, sagte er mit gespieltem Bedauern.

»Warum denn nicht?« Ein Ruck ging durchs Schraders Körper. »Schauen Sie doch bloß mal ein paar Kilometer weiter in den Norden: Die Bamberger haben gemeinsam für ihren Domschatz gekämpft – warum halten wir Nürnberger bei unseren legitimen Rückgabeforderungen nicht genauso zusammen?«

Der Domschatz? Paul hatte in der Presse verfolgt, dass im Rahmen des tausendjährigen Bestehens des Bistums Bamberg etliche wertvolle Stücke aus dem Domschatz zu sehen gewesen waren, die als Eigentum der Wittelsbacher Landesstiftung ansonsten in der Münchner Residenz aufbewahrt wurden. Dort lagerten sie, seit sie 1803 während der Säkularisation kistenweise nach München geschafft worden waren. In Franken war seither vom Raub des Schatzes die Rede gewesen. Aber konnte man das mit dem Fall der Reichskleinodien vergleichen?

»Um die Exponate zur Ausstellung nach Bamberg zurückzubringen, mussten größte Widerstände überwunden werden.« Schrader redete sich allmählich in Rage. »Die Münchner wollten die Prunkstücke nicht herausgeben – genauso wenig wie die Wiener die Reichskrone und die anderen Insignien. Die Gründe waren sehr ähnlich: Sorgen wegen angeblicher Risiken beim Transport und Furcht vor Räubern. Die Befürworter hielten das für einen Vorwand und bestanden auf ihrer Forderung, den Schatz aus Altbayern zurück nach Oberfranken zu holen. An der Spitze der Bewegung stand sogar der

Bamberger Oberbürgermeister. Von einer so breiten Rückendeckung kann ich bei uns leider nur träumen.«

»Trotzdem«, sagte Paul, »Sie haben es geschafft. Die Reichskleinodien sind hier. Und nun haben Sie alle auf Ihrer Seite, Herr Schrader.«

»Das reicht mir nicht«, sagte Schrader. »In Bamberg gab es mehrere Unterschriftenaktionen. Tausende Bürger haben ihre Namen unter die Forderung gesetzt, die Paradestücke als Dauerleihgabe für immer in Bamberg aufzubewahren.«

»Ja, aber auch hier demonstrieren doch Leute dafür, dass die Reichskleinodien in Nürnberg bleiben«, merkte Paul an.

»Das stimmt zwar«, gab Schrader zu, »aber hierfür wäre ein weitaus höherer Druck nötig, als ihn die Bamberger für ihren Domschatz ausgeübt haben. Auf die Reichskleinodien blickt die ganze Welt. Wenn wir Erfolg haben wollen, müssen wir unsere besten Kräfte bündeln und eine saubere Rechtskonstruktion zimmern.«

»Und wenn das auch zu nichts führt?«, forderte Paul Schrader heraus.

»Dann müssen wir uns einfach nehmen, was uns zusteht!«, sagte dieser energisch.

Paul sah Schrader erschrocken an. Ein angespanntes Schweigen herrschte im Raum. Lediglich das leise Summen der Klimaanlage war zu hören.

Dann lachte Schrader plötzlich auf, als wollte er seinen letzten Satz als Scherz markieren. Gleich darauf setzte er wieder den jovialen Gesichtsausdruck auf, mit dem er Paul begrüßt hatte, und signalisierte ihm, dass er nun für die Fotoaufnahmen bereit wäre.

Auf dem Rückweg durch den mit Bildern getäfelten Flur war Paul unschlüssig, ob er Schrader für einen zwar glühenden, aber ungefährlichen Kunstliebhaber und Förderer seiner Heimatstadt halten sollte. Oder aber, ob er ihm in seiner Sammelleidenschaft auch eine gewisse kriminelle Energie zutrauen sollte. Auf dem Bau herrschten ja bekanntlich raue Sitten, also konnte Paul ganz sicher davon ausgehen, dass Schrader nicht zimperlich war, wenn es um die Durchsetzung seiner Interessen ging.

Paul dachte gerade darüber nach, wie er die wenigen verbleibenden Minuten nutzen konnte, um Schrader weiter auf den Zahn zu fühlen, als er neben einer Fotografie an der Wand stehen blieb.

»Das ist ja …«, setzte Paul an.

»Ein weiblicher Akt. Schwarzweiß. Nürnberg, 1997«, sagte Schrader amüsiert.

Paul beugte sich vor. »Das Bild ist von mir.«

»Ja«, bestätigte Schrader. »Eine herausragende Arbeit. Ich würde mir mehr davon wünschen.«

»Mal sehen, was sich machen lässt«, sagte Paul beschämt. Immerhin war er hier, weil er Schrader verdächtigte und bis zu diesem Abend nur Schlechtes über ihn gedacht hatte.

Doch Schrader und seine nette Familie hatten alles daran gesetzt, ihn vom Gegenteil zu überzeugen. Selbst Schraders Worte über seine revanchistischen Rückforderungsgelüste erschienen Paul im Gesamteindruck nun bloß noch wie die leicht überzogenen Fantasien eines engagierten Kunst- und Heimatfreundes.

Die Hausdame stand mit einem Tablett voller köstlich duftender Snacks im Foyer, als Paul sich verabschiedete. Auch Frau Schrader, der Windhund und die beiden älteren Kinder waren zu seinem Abschied wie zur Parade angetreten. Paul nahm sich ein Lachsplätzchen und bedankte sich kauend für die Gastfreundschaft.

Als er die breiten Stufen zur Auffahrt hinunterging, folgte ihm Schrader junior bis zu seinem Renault.

»Aber komm gleich wieder herein. Es ist zu frisch ohne Jacke!«, rief seine Mutter ihrem Mittleren hinterher.

Der Knirps, der seinem Vater wie aus dem Gesicht geschnitten war, reagierte nicht auf die Aufforderung seiner Mutter, sondern teilte Paul im selbstsicheren Tonfall eines Frühreifen mit: »Weißt du: Ich bin eigentlich gar kein Schulkind. Ich bin Pirat. Ich werde ja bald der Seeräuberkapitän auf unserer *Lady of Darkness*.«

»Glückwunsch.« Paul klopfte ihm auf die Schulter. »Du wirst bestimmt ein guter Kapitän sein und viel Beute machen.«

»Ja«, strahlte der Junge. »Noch viel mehr Beute als mein Papa!«

»Als dein Papa?«, amüsierte sich Paul und schloss umständlich die Tür seines Wagens auf. Die Zentralverriegelung hakte mal wieder.

»Noch viel mehr!«, bekräftigte der Junge stolz. »Mein Papa sagt, dass er immer alles bekommt, was er will. Und wenn er es mal nicht bekommen kann, dann nimmt er es sich trotzdem.«

Paul verharrte in der Bewegung. Er sah dem Jungen in die braunen Augen: »Dann nimmt er es sich trotzdem?«, fragte Paul so leise, dass Frau Schrader es an der Haustür nicht hören konnte. »Hat das dein Papa so gesagt?«

»Ja, klar. Deswegen hat mein Papa doch so viele echte Piratenschätze.«

»Quentin!«, hörte Paul die Mutter rufen. Er sah sich nach ihr um, erkannte, wie sie ungeduldig vor der Tür wartete.

»Was sind denn das für Schätze?«, fragte Paul den Jungen hastig.

»Piratenschätze«, wiederholte der Kleine. »Habe ich doch gesagt.«

»Also Perlen, Edelsteine und Goldstücke?«, fragte Paul.

»Nö«, sagte Quentin ein wenig enttäuscht. »Mein Papa hat nur Bilder.« Er schien zu grübeln, ob er nicht doch mit einem Piratenschatz nach Pauls Geschmack aufwarten konnte. Dann hellte sich seine Miene auf, als er sagte: »Er hat ein Messer. Das ist aus Gold. Oder Silber. Oder so ähnlich.«

»Ein Messer?«, fragte Paul interessiert. Er schaute sich besorgt nach der Mutter um.

»Ja. Ein Kapermesser oder ein Dolch oder so. Es ist sehr alt, hat Papa gesagt. Und wir dürfen nicht damit spielen.«

»Wie sieht dieses Messer denn aus?«, bohrte Paul.

Doch der Kleine wandte sich ab. »Ich muss jetzt rein. Wir sind sonst um diese Zeit schon lange im Bett.« Dann hielt er noch einmal inne: »Hast du auch einen Piratenschatz?« Nach diesen Worten rannte er los.

Paul wartete noch ab, bis sich die Tür hinter dem Knirps und seiner Mama geschlossen hatte. Dann stieg er in seinen Wagen und startete den Motor.

Nachdenklich fuhr er los. Natürlich ging ihm nach dem kurzen Gespräch mit dem Jungen ein Gedanke durch den Sinn: Ein wertvolles Messer ... – konnte es sich dabei nicht auch um einen weitaus bedeutenderen Gegenstand handeln? Doch Paul verscheuchte diese Idee aus seinem Kopf. Denn kindliche Fantastereien und seine eigenen noch dazu brachten ihn ganz bestimmt nicht weiter, rief er sich zur Räson.

17

Es war nicht mehr viel Verkehr auf den Straßen. Paul musste sich beim Fahren also nicht besonders konzentrieren. Das war auch gut so, denn er hatte jede Menge Stoff zum Grübeln.

Paul war noch immer hin- und hergerissen in seiner Meinung über den Abend bei den Schraders. Die Familie war ohne Frage zuvorkommend und freundlich gewesen. Auch dass Schrader ein Foto von Paul in seine Sammlung aufgenommen hatte, schmeichelte ihm. Aber die Worte des Jungen gingen Paul nicht aus dem Kopf. Sagten sie nicht weit mehr über den wahren Charakter des Vaters aus als all die auf Hochglanz polierten Oberflächlichkeiten, mit denen er in der Villa aufgewartet hatte?

Paul ließ seinen Renault mit exakt Tempo fünfzig über die Gustav-Heinemann-Brücke rollen. Der Wöhrder See glitzerte im Mondlicht.

Und wenn schon, dachte sich Paul. Schrader mochte ja – seiner großbürgerlichen Fassade zum Trotz – ein skrupelloser Taktiker sein, vielleicht sogar mit einem Hang zum Illegalen. Ein Pirat der Moderne. Doch wo blieb der Bezug zu Pauls eigentlichem Problem? Was konnte ein totes Model mit der Kunstsucht eines reichen Sammlers zu tun haben?

Als Paul in die Äußere Sulzbacher Straße einbog und sich dem Stresemannplatz näherte, erinnerte er sich an eine vergangene Begebenheit. Es war nach der langen Funkstille seit ihrer gemeinsamen Schulzeit sein erstes ausschlaggebendes Zusammentreffen mit Katinka gewesen. Hier, in der Kinokneipe *Metropolis*, hatten sie sich einander wieder angenähert.

Unwillkürlich drosselte Paul das Tempo und scherte links ein. Vor dem *Metropolis* parkte er den Wagen und griff zum Handy. Er beschloss spontan, dass hier und jetzt der richtige Moment gekommen war, um die dreiwöchige Konversationspause mit Katinka zu beenden.

Er tippte ihre Nummer ein und merkte, wie sein Zeigefinger dabei zitterte.

»Hallo«, meldete sich Katinka nach gebührender Zeit.

»Ich bin's.«

»Paul? – Wie geht es dir?« Katinkas Stimme klang sanft. Paul meinte sogar, eine Spur Sehnsucht herauszuhören.

Ein Pärchen verließ gerade das *Metropolis*. Vor dem Lokal blieben die beiden noch einmal stehen, um sich zu umarmen und innig zu küssen.

»Ich vermisse dich«, sagte Paul.

»Ich dich auch«, kam es aus dem Handy. Es klang ernst gemeint, aber auch ein wenig distanziert.

»Du bist sauer, weil ich mich so lange nicht gemeldet habe«, mutmaßte Paul.

»Nein«, antwortete Katinka nun sehr nüchtern. »Ich hätte ja auch jederzeit anrufen können. – Aber darauf kommt es nicht an. Du weißt schon ...«

»Ich weiß schon ... was?«, fragte Paul.

Katinka atmete tief durch. »Es ist schön, deine Stimme endlich wieder zu hören. Denn ich denke sehr viel an dich.«

»Ich auch an dich.«

»Ja.« Katinka zögerte, bevor sie weitersprach. »Aber – du weißt schon: Ich bin nicht der Typ für eine Wochenendbeziehung.«

Ja, das weiß ich. Und ich bin es ganz bestimmt auch nicht, dachte Paul. Es wäre nur aufrichtig gewesen, diese Gedanken auch auszusprechen. Doch Paul hatte einen Kloß im Hals.

»Ich will mich ja nicht gebetsmühlenartig wiederholen, aber: Warum ziehst du nicht auch nach Berlin?«, ergriff Katinka erneut das Wort. »Es ist nicht zu spät. Du musst nur über deinen Schatten springen.« Katinka schaffte es irgendwie, gleichzeitig hoffungsfroh und pessimistisch zu klingen.

»Damit hat es nichts zu tun«, sagte Paul gedämpft. »Ich will nicht nach Berlin. Das habe ich dir schon vor deiner Abreise gesagt, und meine Meinung ist immer noch die gleiche.«

Katinka schwieg einen Moment. Dann fragte sie: »Was soll denn die Alternative sein? Soll ich weiter brav darauf warten, dass du es dir eines Tages doch noch anders überlegst? – Oder spekulierst du darauf, dass ich nachgebe und zurück zu dir nach Nürnberg komme?«

»Ich spekuliere auf gar nichts«, sagte Paul ehrlich. »Aber schön wäre es.«

Katinka lachte in den Hörer, aber es war kein amüsiertes Lachen. Sie klang verärgert. »Hör mal gut zu, mein Lieber: Ich habe mir meinen Lebensstandard mit viel Mühe erarbeitet, wie du weißt. Ich habe Hannah allein großgezogen und mich nebenbei durchs Studium geschlagen, ohne jede Unterstützung von zuhause. Dann habe ich mich im Nürnberger Justizpalast durchgeboxt, in einer Männerdomäne. Ich bin stolz auf das, was ich erreicht habe. Es war eine Plackerei, und jetzt möchte ich auch die Früchte ernten. Hier im Ministerium stehen mir viele Türen offen. Das ist die Karriere, auf die ich so lange Zeit hingearbeitet habe, Paul. So etwas wirft man nicht einfach weg.«

Nicht zum ersten Mal kam sich Paul wie ein bloßes Anhängsel seiner großen Liebe vor. Sein eigener Job verblasste neben Katinkas Leistungen – und das zermürbte ihn.

Katinka schien seine Gedanken zu lesen, denn sie sagte: »Ich kenne deine Bedenken – und deine Verlustängste. Aber das habe ich dir schon in Nürnberg erklärt: In Berlin hast du als Fotograf ganz andere Chancen und Herausforderungen.« Dann fügte sie etwas spitz hinzu: »Und wenn es nichts wird, kannst du immer noch Hausmann und Privatier werden. Ich sehe jedenfalls nicht ein, warum immer nur wir Frauen zurückstecken sollen, wenn es um Job, Karriere und Ortswahl geht.«

Das traf ihn. Paul hätte Katinka seinerseits gern die Meinung gesagt. Aber nicht bevor er Argumente gefunden hatte, die ihm selbst überzeugend vorkamen. Denn in vielen Punkten hatte Katinka ja vollkommen recht.

»Können wir uns nicht einfach mal wieder sehen?«, fragte er schließlich.

Paul hörte Katinka unruhig atmen. Es dauerte eine Weile, bis sie antwortete. »Wenn du dich in den Flieger setzt, gern. Aber ich kann jetzt unmöglich aus Berlin fort. Zu viele Termine, Paul, leider.«

»Okay, dann werde ich zusehen, dass ich mir ein günstiges Ticket für einen Flug besorge«, schlug Paul vor. »Aber erst muss ich hier noch etwas zu Ende bringen.«

»Zu Ende bringen?« Katinka spielte die Naive.

»Du weißt, was ich meine«, sagte Paul ernst.

»Ja.« Katinka zögerte. »Ich hoffe, du bist mir nicht böse wegen meiner Einmischung.«

»Natürlich nicht«, sagte Paul kleinlaut. »Ohne dich säße ich jetzt im Gefängnis. Aber ich sage dir gleich: Ich kann meine Schuld bei dir nur in Naturalien ableisten.«

»Die nehme ich gern an«, entgegnete Katinka und klang nun gelöster. »Ich hätte da schon so einige Ideen.« Dann kam sie zurück auf Pauls Sorgen: »Wie genau willst du es denn zu Ende bringen?«

Paul erzählte ihr vorbehaltlos alles, was er bisher erlebt und erfahren hatte. Er versuchte, an möglichst jedes Detail zu denken, damit Katinka sich ein umfassendes Bild von seiner Situation machen konnte. »Wie siehst du meine Chancen?«, fragte er schließlich.

»Die Polizei ermittelt bisher in keine andere Richtung und zieht überhaupt keinen anderen Täter in Betracht als dich«, rekapitulierte Katinka. »Natürlich ist die Last der Indizien erdrückend. Gerade daraus entsteht aber der Eindruck, dass die Ermittler es sich zu einfach machen. Ich stoße mich massiv daran, dass sie dir einen Mord mitsamt Motiv anhängen wollen, wo doch offensichtlich ist, dass du – entschuldige bitte – sturzbetrunken warst. Nicht mal mehr fähig, belastende Indizien wie deinen eigenen Mantel aus dem Weg zu schaffen. Juristisch gesehen gehört zum Mord der Vorsatz. Einem Betrunkenen, der im Affekt einer Frau das Genick bricht und alle Beweise am Tatort liegen lässt, würde man Totschlag vorwerfen, aber keinen Mord. – Ich glaube, mit dieser Argumentation können wir dir ein bisschen mehr Luft verschaffen.«

»Danke«, sagte Paul schlicht. Dann kam er noch auf seinen Besuch bei den Schraders zu sprechen. Eher beiläufig erwähnte er auch die Kinder und seine Unterhaltung mit dem kleinen Quentin, der ihm so begeistert über den angeblichen geheimen Schatz seines Vaters berichtet hatte.

Paul wollte schon darüber hinweggehen, als Katinka ihn unterbrach:

»Wie war das?«, fragte sie mit eindringlichem Ton. »Dieser Junge hat gesagt, dass sich sein Vater alles holt, was ihm gefällt? Notfalls auch mit Gewalt?«

»Von Gewalt hat der Junge nichts gesagt«, korrigierte Paul sie.

»Vielleicht nicht im Wortlaut. Gemeint hat er es aber«, sagte Katinka bestimmt.

»Woher willst du das wissen?«

»Glaube mir, Paul: Ich kenne mich aus mit der kindlichen Psyche. Und das nicht nur aus meinen Erfahrungen mit Hannah, sondern auch aus den vielen Jahren am Jugendgericht.«

»Wie lautet also das Urteil der Richterin?«

»Ganz einfach«, antwortete Katinka. »Kindermund tut Wahrheit kund.«

Paul gab sich bewusst begriffsstutzig: »Was meinst du damit?«

»Genau das, was ich gesagt habe«, versetzte Katinka unbeirrt. »Wenn dir dieser Knips solche Geschichten über seinen Papa erzählt, wird etwas an der Sache dran sein.«

»Aber Kati«, wandte Paul zweifelnd ein, »der Junge hat über ein goldenes Messer geredet. Das ist wahrscheinlich nur seiner Fantasie entsprungen.« Er wollte vor ihr nicht zugeben, dass er selbst schon auf diese – seiner Meinung nach ziemlich naive – Idee gekommen war.

»Mag sein, dass es dieses goldene Messer nur in der Vorstellung des Jungen gibt, aber ein wahrer Kern ist ganz sicher in seiner Geschichte. Hannah hat in diesem Alter auch immer verklausuliert die Wahrheit gesprochen.«

»Worauf willst du hinaus?«, fragte Paul.

»Auf gar nichts. Ich werde mich hüten, einen mutmaßlichen Schwerverbrecher, der auf Kaution frei ist, zu irgendwelchen Dummheiten zu verleiten.«

»Haha, sehr witzig«, sagte Paul bitter. »Welche Art Dummheiten meinst du?«

»Nun – vielleicht hat dieser Junge ja gar nicht von irgendeinem beliebigen Messer gesprochen – oder einem Dolch –, sondern von etwas ganz Bestimmtem.«

»Du denkst doch nicht etwa ...?«, fragte Paul, verwundert, dass Katinka offenbar für möglich hielt, was er schon als Hirngespinst verworfen hatte.

»Warum denn nicht?«, konterte sie.

»Weil das unmöglich ist!«

»Wenn mein Kopf in der Schlinge stecken würde wie deiner, wäre für mich gar nichts unmöglich«, sagte Katinka bestimmt.

18

Paul hatte die Autos vor der Billroth-Schule sehr genau beobachtet. In einigen saß niemand. Sie gehörten anscheinend den Frauen, die auf dem Gehsteig vor dem Schuleingang beisammen standen und eifrig plauderten. In anderen Wagen saßen weitere Frauen, die auf den Schulschluss warteten. Eine hatte ihr Fenster heruntergekurbelt, um die Asche ihrer Zigarette abzuklopfen.

Sein eigentliches Interesse galt allerdings einer dunklen Limousine, deren Fahrer nur noch einen Parkplatz hinter den Autos der Mütter ergattert hatte. Der Mann am Steuer des großen BMW, den Paul anhand seiner Kleidung als Chauffeur einstufte, war in die Lektüre einer Zeitung vertieft.

Paul kalkulierte, dass die recht große Entfernung der Limousine und die Zeitung, die den Chauffeur ablenkte, seine Chancen erhöhten. Außerdem versperrten der Hausmeisterbungalow und die Fahrradständer den Blick auf den Ausgang der Schule. Trotzdem war ihm nicht wohl bei der Sache. Er kam sich mies vor. Dass er hier vor einer Grundschule stand und einem Kind auflauerte, ging ihm ziemlich gegen den Strich – aber anders würde er wohl keine Gelegenheit bekommen, Schrader junior noch einmal auszufragen.

Paul sah auf seine Armbanduhr. Noch fünf Minuten bis zum Ende der sechsten Stunde. So beiläufig wie möglich ging Paul an den wartenden Mamis vorbei, grüßte freundlich und näherte sich dem Eingangsbereich der Schule.

Er war Blohfeld dankbar, dass er für ihn – ohne viel Aufhebens davon zu machen – in seiner persönlichen Promikartei nachgesehen hatte, um die Schule des kleinen Schrader ausfindig zu machen. Das hatte Paul einige Rechercheearbeit erspart. Er hatte sich zunächst darüber gewundert, dass Blohfeld gar keine weiteren Details wissen wollte. Doch dann war ihm aufgegangen, dass der Reporter viel zu viel Respekt vor Schraders Macht hatte, um sich selbst noch weiter in diese Sache verwickeln zu lassen.

Ein Gong ertönte. Keine Minute später wurde die Tür aufgestoßen, und die ersten Kinder strömten heraus. Einige hatten erst einen Arm in der Jacke, andere wurstelten an ihren schief sitzenden Schulranzen herum.

Paul musste seine ganze Konzentration aufwenden, um im Gewimmel der Kinder den kleinen Quentin zu erkennen. Sein fotografischer Blick half ihm dabei. Schneller als erwartet hatte Paul den Jungen entdeckt, er kam direkt auf ihn zugelaufen. Paul stellte sich in den Strom der Schüler, beugte sich hinunter und schnappte Quentin am Riemen seines Ranzens.

Der Junge blieb verdutzt stehen und sah Paul fragend an. Doch dann erkannte er ihn, und seine kindlichen Gesichtszüge entspannten sich.

»Ach, du bist das. Der Fotograf«, sagte Quentin und musterte Paul neugierig. Auch zwei von Quentins Schulkameraden waren zunächst stehengeblieben. Nachdem sie aber gesehen hatten, dass ihr Freund den fremden Mann kannte, gingen sie weiter.

»Ja, Quentin. Ich wollte mal sehen, wie deine Schule aussieht«, versuchte Paul das Vertrauen des Kleinen zu gewinnen.

»Meine Schule? Warum willst du denn meine Schule sehen. Die ist doch öde«, sagte Quentin verständnislos.

»Zugegeben«, lächelte Paul ihn an. »Da ist eure *Lady of Darkness* viel spannender, stimmt's?«

»Unser Piratenschiff?« Die Augen des Jungen leuchteten. »Ja, viel, viel spannender.«

»Genauso wie der Schatz deines Papas«, schob Paul schnell hinterher. Inzwischen verließen die letzten Kinder die Schule.

»Der Schatz? Du meinst sein goldenes Messer?«

»Ja«, bestätigte Paul. »Sag mal, Quentin: Bist du eigentlich sicher, dass das ein Messer ist?«

Quentin sah ihn verwundert an. »Natürlich ist das ein Messer. Nur eben ein ganz, ganz wertvolles. Wir Kinder dürfen es nie, nie, niemals anfassen, sagt Papa.«

»Ja, aber ...« Paul zögerte. »Könnte es nicht auch etwas anderes sein. Eine Speerspitze vielleicht?«

Wieder sah ihn Quentin überrascht an. Dann rollte er mit den Augen und dachte offenbar angestrengt nach. »Aber Speere sind doch viel länger«, sagte er schließlich.

»Das ist richtig«, bestätigte Paul. »Ich meine ja nur die Spitze von einem Speer. Könnte das hinkommen?«

Der Junge wirkte ratlos. Paul merkte, dass er auf diese Weise nicht weiterkam. Er griff in seine Jackentasche und zog ein Bild heraus, das er dem Jungen vor die Nase hielt.

»Sieht das Messer deines Vaters ungefähr so aus?«

Quentin betrachtete das Bild, sah dann Paul an und grinste zufrieden. »Ja! Genau! Das ist Papas Messer! Woher hast du das Bild? Hat dich Papa in sein Arbeitszimmer gelassen?«

Paul war für einen Moment völlig perplex: Der Junge hatte auf dem Foto den angeblichen Schatz seines Vaters Bernhard Schrader wiedererkannt – und das Bild zeigte die Heilige Lanze! Gleichzeitig hatte Quentin unbewusst einen Hinweis auf den Ort gegeben, an dem Schrader das Artefakt aufbewahrte.

Paul hatte damit weit mehr in Erfahrung gebracht, als er zu hoffen gewagt hatte. Nur – diese neue Erkenntnis ergab überhaupt keinen Sinn! Die Heilige Lanze war doch im Rathaus ausgestellt und konnte sich unmöglich in Schraders Arbeitszimmer befinden.

»Lieber Quentin«, wollte sich Paul vergewissern und blickte dem Jungen in die verspielt wirkenden Kinderaugen. »Schau dir das Bild doch bitte noch einmal genau …«

Weiter kam er nicht. Paul spürte einen kräftigen Griff in seinem Nacken und wurde grob herumgerissen.

Der Chauffeur fixierte ihn finster: »Was wollen Sie von dem Jungen?«, herrschte er Paul an.

Paul musste blitzschnell umschalten. Er taxierte seine Umgebung, bemerkte, dass er von einigen Müttern und Kindern argwöhnisch beäugt wurde. Wenn er jetzt nicht clever reagierte, würde man ihn für einen Kinderschreck halten. Oder Schlimmeres.

»Warum denn so unfreundlich?«, sagte er möglichst unaufgeregt. »Ich bin der Vater eines Schulfreundes von Quentin und wollte fragen, ob er zum Kindergeburtstag zu uns kommen will.«

Augenblicklich löste der Chauffeur seinen Griff. Er suchte eine Bestätigung in Quentins Blick.

Dieser sagte begeistert zu Paul: »Du bist auch ein Papa? Wann ist denn die Geburtstagsfeier?«

Paul strich dem Jungen über den Kopf. »Du kriegst die Einladung mit der Post. Da steht alles drin.«

»Habt ihr auch Schokoküsse? Die esse ich am liebsten.«

»Na klar!«, sagte Paul. »Aber jetzt ab mit dir. Sonst wird zu Hause das Essen kalt. Dein Fahrer guckt schon ganz sauer.«

Lachend hüpfte Quentin davon. Der Chauffeur folgte ihm, nachdem er Paul noch einen argwöhnischen Blick zugeworfen hatte.

Paul blieb aufatmend zurück. Das war gerade noch einmal gut gegangen.

19

Paul ignorierte das nervöse Blinken seines Anrufbeantworters, nachdem er in sein Atelier geeilt war und sich das Telefon gegriffen hatte. Er hackte Katinkas Handynummer in die Tastatur und wartete ungeduldig darauf, dass sie abnahm.

Eine Ewigkeit schien zu vergehen, bis sie sich endlich meldete:

»Hallo?«, kam es gepresst aus dem Hörer.

»Hallo, Kati, ich bin's«, sagte Paul erleichtert. »Ich habe mich mit dem Jungen getroffen.«

»Fass dich kurz«, zischte Katinka. »Wichtiges Meeting.«

Paul sammelte sich, bevor er weitersprach: »Der Junge – Quentin heißt er – hat die Heilige Lanze als die Waffe wiedererkannt, die sein Vater als wertvollen Schatz hütet, und zwar in seinem Arbeitszimmer. Merkwürdig, oder?«

»Ich habe jetzt keine Zeit«, flüsterte Katinka, »das ist doch bloß eine Kinderfantasie. Bewerte das nicht zu hoch.«

»Aber du hast doch selbst gesagt ...«, hob Paul zu einem Protest an.

»Ich weiß, was ich gesagt habe. Aber du musst ja nicht immer alles überinterpretieren. Außerdem weißt du genau, dass die Heilige Lanze im Rathaus steht. Also? Der Bub hat wahrscheinlich nur ein Zeitungsbild wiedererkannt und es in seine Märchenwelt eingearbeitet.«

»Aber du warst es doch, die mich überhaupt erst auf diese Spur gebracht hat«, protestierte Paul verärgert.

»Ich bin mitten in einem Geschäftsessen«, sagte Katinka scharf. »Können wir das bitte später ausdiskutieren?« Damit legte sie auf.

Paul starrte noch einige Sekunden auf den Hörer. Dann drückte er ihn wütend zurück in die Ladestation.

Er konnte es sich bildhaft vorstellen, wie Katinka im Kreise blasierter Anzugträger in einem schnieken Berliner Lokal saß, fleißig an ihrer ach so wichtigen Karriere weiterbastelte und Paul gedanklich ganz weit weg in eine dunkle Ecke stellte. Er hatte es ihr deutlich angehört: Er wurde ihr lästig.

Wie sonst war es zu erklären, dass sie sich nicht wenigstens ein paar Minuten für ein Gespräch mit ihm nahm? Denn selbst wenn die Äußerungen des kleinen Quentin wirklich pure Fantasie waren, musste Paul die Sache doch zumindest überprüfen, oder?

Ja, das musste er! Paul mahlte mit den Zähnen: Er war entschlossen, dem Wahrheitsgehalt von Quentins Aussagen auf den Grund zu gehen. Das würde er auch ohne Katinkas Segen schaffen. Am besten noch heute!

Sobald es dunkel war, würde er loslegen und dem Hause Schrader einen weiteren, diesmal allerdings inoffiziellen Besuch abstatten. Paul hatte auch schon eine Idee, wie er das anstellen könnte ...

Er schluckte seine Wut auf Katinka hinunter und betätigte die Abspielfunktion des Anrufbeantworters, der die ganze Zeit über weiter geblinkt hatte. Paul lauschte zunächst eher beiläufig dem aufgesprochenen Text. Es meldete sich eine Frauenstimme, die er nicht auf Anhieb zuordnen konnte:

»Herr Flemming? Bin ich da richtig?« Die Anruferin klang ängstlich und auf unbestimmte Art verletzt. »Wenn Sie zu Hause sind, nehmen Sie bitte den Hörer ab.«

Paul, aufmerksam geworden, beugte sich näher über das Abspielgerät.

»Ich habe es mir überlegt. Ich würde gern mit Ihnen sprechen. Bitte rufen Sie mich zurück. Meine Nummer ist ...«

Paul notierte die Nummer. Obwohl die Frau auf seinem Anrufbeantworter ihren Namen nicht genannt hatte, wusste er jetzt, dass es sich um Nadine Schneider handeln musste, die Kollegin der ermordeten Beate Meinefeld.

Ohne lange zu überlegen, tippte Paul die Zahlen in sein Telefon.

Er musste lange warten, bis abgenommen wurde.

»Hallo?«, meldete sich eine schwache Frauenstimme.

»Flemming hier«, sagte Paul drängend. »Sie hatten bei mir angerufen.«

Ein Stöhnen erklang am anderen Ende der Leitung. »Endlich ...«

»Was ist mit Ihnen los?«, erkundigte sich Paul. »Alles in Ordnung?«

»Ja«, sagte die Stimme nun erleichtert. »Ich hatte nur solche Angst.«

»Wovor hatten Sie Angst?«, fragte Paul.

Statt auf seine Frage zu antworten, sagte Nadine Schneider: »Ich muss Sie unbedingt sprechen. Können wir uns treffen?«

Paul blickte rasch auf seine Uhr: inzwischen war es kurz nach fünf. »Ja, gern. Aber sagen Sie mir doch, worum es eigentlich geht.«

»Nein, nicht am Telefon,« sagte Nadine Schneider angstvoll. »Ich muss Sie unbedingt persönlich treffen.«

»Hat es was mit dem Tod Ihrer Kollegin zu tun?«, ließ Paul nicht locker.

»Verstehen Sie doch: Ich kann Ihnen am Telefon nichts sagen. Wir müssen uns treffen«, flehte die junge Frau.

»Also gut«, willigte Paul ein. »Wann und wo?«

»Je schneller, desto besser. Bei mir zu Hause. Sie wissen ja, wo ich wohne.«

Paul spurtete die Treppe hinunter. Glücklicherweise hatte er seinen Wagen gleich um die Ecke geparkt. Paul startete den Motor. Was mochte ihm Nadine Schneider so Wichtiges zu sagen haben, fragte er sich.

Er schlug das Lenkrad ein, um den Wagen aus der engen Parklücke zu manövrieren. Aus den Augenwinkeln bemerkte er ein Funkeln. Paul trat auf die Bremse, ahnte aber schon, dass es zu spät war. Er stieß die Tür auf, beugte sich neben der Motorhaube nieder – und sah den Hals einer zerborstenen Flasche tief in seinem Reifen stecken.

»Verflucht!«, schimpfte er vor sich hin. »Ausgerechnet jetzt!« Die Flasche konnte von betrunkenen Jugendlichen aus der letzten Nacht stammen, aber ebenso gut auch von Pauls selbsternanntem Erzfeind, dem Bäcker. Aber egal, das durfte jetzt keine Rolle spielen. Paul richtete sich wieder auf und versetzte dem Rad einen wütenden Tritt.

Unter den Möglichkeiten, was er jetzt tun konnte, schied eins sofort aus: Reifenwechseln. Paul war völlig ungeübt in solchen Dingen – und er wollte Nadine Schneider nicht länger als unbedingt nötig warten lassen. Also blieben die öffentlichen Verkehrsmittel oder sein Fahrrad. Nach einem skeptischen Blick gen Himmel rang er sich zur sportlichen Alternative durch.

Er holte sein Fahrrad aus dem Hausflur, trat in die Pedale und raste über das Kopfsteinpflaster des Burgviertels.

Der Verkehr war – wie immer um diese Zeit – ziemlich dicht. Paul fuhr Slalom an Autos vorbei, die vor roten Ampeln warteten. Er nahm Abkürzungen über Bürgersteige und Busspuren, schaute dabei immer wieder nervös auf seine Armbanduhr.

Das unscheinbare Mehrfamilienhaus, vor dem er sich bei seinem letzten Besuch hinter einer Hecke versteckt gehalten hatte, wirkte unspektakulär und friedlich. Paul wusste nicht, womit er gerechnet hatte, doch sein Puls beruhigte sich, als er die Treppe zur Haustür hinaufstieg. Nichts deutete darauf hin, dass Nadine Schneider Gefahr drohte. Wahrscheinlich, reimte sich Paul zusammen, hatte die arme Frau nur noch immer nicht den schrecklichen Tod ihrer Bekannten verkraftet und sah in Paul nun einen Schicksalsgenossen, mit dem sie sich austauschen wollte. Vielleicht war ihr inzwischen ja etwas eingefallen, was ihn entlastete.

Paul wollte gerade klingeln, als die Haustür von innen aufgestoßen wurde. Ein junger Mann mit wirren schwarzen Haaren kam ihm entgegen und rempelte ihn unsanft an, als er an Paul vorbeieilte.

Paul rief ihm ein verärgertes »Hey!« hinterher und trat in den Hausflur ein. Er suchte nach dem richtigen Appartement und klingelte dann an der Wohnungstür von Nadine Schneider.

Nichts tat sich. Paul sah noch einmal auf seine Uhr: Seit ihrem Telefonat war über eine Stunde vergangen. Er klingelte erneut.

Immer noch nichts. Paul wurde allmählich ungeduldig. Er klopfte gegen die Tür. Zuerst nur mit dem gebeugten Zeigefinger, später mit der Faust.

Endlich eine Reaktion! Er hörte Schritte, die sich von innen näherten. Sie näherten sich allerdings nur sehr langsam. Nach Pauls Empfinden dauerte es ewig, bis die Tür geöffnet wurde.

Paul traf beinahe der Schlag, als er Nadine Schneider sah: Ihr Gesicht war geschwollen, über dem rechten Auge klaffte eine böse Wunde, ihre Kleidung war teilweise zerrissen.

Schluchzend warf sie sich in seine Arme. Paul war völlig hilflos angesichts dieser Wendung. Er hob die junge Frau hoch, drückte mit dem Fuß die Wohnungstür zu und trug die stöhnende und wimmernde Nadine zu einem Sofa. Vorsichtig legte er sie ab und nestelte nach seinem Handy. Er musste sofort den Notruf wählen!

»Was tun Sie da?«, hauchte Nadine mit schmerzerfülltem Gesicht.

»Ich rufe einen Arzt.«

»Nein! Bitte nicht!« Die nackte Angst stand in ihren Augen.

»Sie sind verletzt«, sagte Paul. »Wir müssen Hilfe für Sie holen.«

Nadine hob ihre blutverschmierten Arme. »Bitte, keinen Arzt. Er hat mir verboten, einen Arzt zu rufen. Weil dann auch die Polizei kommt und Fragen stellt.«

Langsam ließ Paul das Handy sinken. »Was soll das heißen? Sie decken denjenigen, der Sie so übel zugerichtet hat?«

»Sie haben ja keine Ahnung!«, jammerte Nadine mit tränenerstickter Stimme. »Wenn ich die Polizei einschalte, bringt er mich um.«

Paul ging neben der Verletzten in die Knie. Eindringlich fragte er: »Von wem sprechen Sie? Wer hat Ihnen das angetan? Warum haben Sie so viel Angst vor ihm?«

»Sehen Sie das nicht?«, fragte Nadine weinend. »Wenn er es ernst gemeint hätte, hätte er mir alle Knochen gebrochen. Das hier sollte nur eine Warnung sein.«

»Wer ist er?«, fragte Paul und blickte sie besorgt an.

»Das darf ich Ihnen nicht sagen«, wimmerte Nadine.

»Aber Sie haben mich extra hierher kommen lassen, um mit mir zu reden.«

»Das war, bevor er mich zusammengeschlagen hat«, sagte Nadine mit schwächer werdender Stimme. »Warum waren Sie nicht früher hier?«

»Ich bin so schnell gekommen, wie ich konnte«, rechtfertigte sich Paul. »Also: Sagen Sie mir jetzt, wer Ihnen das angetan hat?«

»Ich kann nicht. Ich darf nicht.« Sie wirkte verzweifelt.

Paul strich ihr fürsorglich über den Arm. »Aber Sie müssen es tun. Die Polizei wird diesen Kerl ganz sicher schnappen, und dann brauchen Sie sich keine Sorgen mehr zu machen.«

Nadine lächelte matt. »Sie kennen ihn nicht. Er wird niemals Ruhe geben.« Ihre Augen fielen zu.

»Nadine.« Paul rüttelte sanft an ihren Schultern. »Nadine, Sie müssen mit mir reden.«

»Bitte lassen Sie mich in Frieden«, flüsterte sie. »Lassen Sie mich.« Dann schlief sie völlig erschöpft ein.

Paul blieb noch einen Moment neben dem Sofa sitzen. Dann stand er auf, raufte sich die Haare und wusste nicht weiter.

Er war versucht, Nadines Wunsch zu ignorieren und trotz allem einen Arzt und die Polizei zu rufen. Dann dachte er an seine eigene Lage. Die Polizei würde wissen wollen, was er bei Nadine zu suchen hatte. Sollte sie an ihrem Schweigen festhalten, würde womöglich Paul selbst für denjenigen gehalten, der sie verprügelt hatte. Das konnte für ihn nur schlecht ausgehen. Denn Nadine wäre bei der Schwurgerichtsverhandlung wegen der Ermordung von Beate Meinefeld eine Hauptbelastungszeugin gegen Paul – womit er in den Augen der Ermittler einen Grund hätte, sie mundtot zu machen ...

Paul sah sich in der Wohnung nach einem Erste-Hilfe-Kasten um und wurde in der Küche fündig. Er versorgte die Blutung über Nadines Auge und untersuchte sie behutsam auf weitere Verletzungen. Dann stellte er ein Glas Leitungswasser auf den Tisch neben dem Sofa. Daneben legte er eine Aspirin-Tablette, die er im Bad gefunden hatte. Leise zog er die Wohnungstür hinter sich zu.

Als er draußen auf der Straße stand, musste er sich erst einmal sammeln. Nadine wusste etwas über den Mord – etwas, das Paul vielleicht helfen könnte, seine eigene Haut zu retten. In ihrer momentanen Verfassung würde er allerdings nichts aus ihr herauskriegen, da war nichts zu machen. Aber er würde bald wiederkommen, dachte er und sah auf seine Armbanduhr.

»Mist«, sagte er. Nur noch eine Stunde bis Geschäftsschluss. Jetzt musste er sich aber beeilen, wenn er seinen Plan für die Nacht noch durchziehen wollte!

20

Paul atmete tief durch, bevor er wieder auf die Pumpe trat. Das Schlauchboot füllte sich viel langsamer mit Luft, als er sich das vorgestellt hatte.

Hinter ihm lag ein wahrer Marathon, dachte er und tat sich selbst leid. Nach dem Schock wegen Nadine hatte er keine Ruhe finden können. Er hatte sich ja fest vorgenommen, noch am selben Tag mehr Licht in diesen Fall zu bringen. Das wollte er erreichen, indem er seine einzige heiße Spur weiterverfolgte.

Weil der Vorderreifen seines Renaults noch immer platt war, hatte er sich den Wagen seines Nachbarn Jan-Patrick geliehen, um sich im *Marktkauf* mit dem nötigen Equipment auszustatten: ein Schlauchboot in Tarnfarben mit aufgedrucktem Hai am Bug für 19,90 Euro, plus ein Paar Paddel für 4,99. Die passende Luftpumpe hatte ihm Jan-Patrick auch gleich geliehen.

An der Baustelle am Rande des Schrader'schen Anwesens, wo der halbfertige Rumpf der *Lady of Darkness* ruhte, hatte Paul wie erwartet leichtes Spiel, um auf das Grundstück zu gelangen. Überall sonst verhinderte der im Übrigen lückenlose, zwei Meter hohe Sicherheitszaun ein Eindringen auf das weitläufige Gelände.

Paul verschanzte sich hinter einem Baugerüst und beobachtete die Villa am gegenüberliegenden Ufer des Teiches, während er das Gummiboot nun langsam mit Luft füllte.

Sein Plan sah vor, den Teich im Schutze der Dunkelheit zu überqueren. Denn – das hatte er schon während seines offiziellen Besuchs bei den Schraders festgestellt – die Uferböschung war viel zu steil und mit dornigem Gestrüpp bewachsen, so dass eine Annäherung auf dem Landweg ausschied.

Als er mit seinen Vorbereitungen fertig war, brannte im Haus der Schraders noch Licht. Paul wartete geduldig. Er zog den Kragen seiner Jacke zusammen – zu dieser Jahreszeit war es nachts mitunter noch sehr frisch.

Endlich – es war längst Mitternacht vorbei – wurde das Haus dunkel. Paul rappelte sich auf und ließ sein Boot zu Wasser. Als er einsteigen wollte, kenterte es beinahe. Ungelenk suchte er nach Halt und plumpste dann mit Wucht auf den feuchten Boden des Bootes.

Leise schimpfend legte er die Paddel an und ruderte los. Paul hielt sich tunlichst am schilfigen Rand des Teichs. Dadurch wurde die zurückzulegende Strecke zwar größer, aber es verringerte die Gefahr, entdeckt zu werden.

Schließlich hatte er es geschafft. Möglichst leise versuchte er, sich an einer Böschung hinaufzuziehen. Das Gummiboot verbarg er unter den tief hängenden Ästen einer Trauerweide.

Mit vor Aufregung klopfendem Herzen näherte er sich über eine deckungslose Wiese der Villa. Nach wie vor war alles dunkel. Paul schlich sich bis zur Hauswand heran und lehnte sich aufatmend gegen die kalte Mauer.

Bis hierher hatte er es also geschafft. Nun musste er nur noch den ominösen Schatz finden, von dem der kleine Quentin gesprochen hatte. Das Arbeitszimmer seines Vaters hatte er genannt. Da es sich bei der Villa um einen ebenerdigen Flachbau handelte, brauchte Paul nur den ganzen Bungalow zu umrunden, um irgendwann fündig zu werden.

Vorsichtig zog er seine Stabtaschenlampe aus der Hosentasche und machte sich ans Werk. Mit dem Strahl seiner Lampe tastete er die Hausfront ab. Zu seiner großen Enttäuschung waren vor den meisten Fenstern robuste Außenjalousien heruntergelassen worden. Paul hatte keine Chance, durch sie hindurch etwas vom Inneren des Hauses zu erkennen.

Mit nachlassender Euphorie ging er weiter und gelangte zu den großen Glasfronten des Wohnzimmers. Hier hatte er ungehinderten Einblick, doch das nützte ihm wenig, da er diesen Teil des Gebäudes ja schon von seinem letzten Besuch kannte.

Paul hörte ein Knacken hinter sich und zuckte zusammen. Mit Schrecken fiel ihm ein, dass Schrader Wachhunde haben oder sein Windhund anschlagen könnte. Doch alles blieb ruhig, und Paul setzte seine Erkundungstour fort.

Hinter der nächsten Hausecke entdeckte er ein weiteres Fenster, das nicht durch eine Jalousie geschützt war. Paul leuchtete hinein und machte gedanklich einen Freudensprung.

Er hatte es gefunden! Das Arbeitszimmer von Bernhard Schrader lag groß, nobel und nahezu unbeleuchtet vor ihm. Paul ließ den Strahl der Lampe langsam durch den Raum gleiten. Er konnte einen ausladenden Schreibtisch mit einem lederbezogenen Bürostuhl in ausgefallenem Design ausmachen. Weiter hinten sah er eine mannshohe Skulptur, hinter der Regale mit Aktenordnern standen.

Er richtete seine Lampe weiter nach links. Dann wurde er von einer Reflektion des Taschenlampenlichts geblendet. Er schaute genauer hin und erkannte eine Glasvitrine in Augenhöhe an der Wand hinter dem Schreibtisch. Paul leuchtete hinein – und erschrak.

In der Vitrine thronte auf einer goldenen Halterung tatsächlich die Heilige Lanze.

Paul lief es eiskalt den Rücken hinunter. Was hatte er da entdeckt? Und wie sollte er mit dieser Entdeckung umgehen?

Er fühlte, wie ihm das Herz bis zum Hals schlug. Er schaffte es kaum, seine Gedanken zu ordnen: Paul fragte sich, wie Schrader es geschafft hatte, die Lanze aus der gut geschützten Ausstellung herauszuholen und ob er – um nicht aufzufliegen – das Original durch eine gute Fälschung ersetzt hatte.

Während der kalte Wind vom Teich herüber wehte, spekulierte Paul über die Möglichkeit, dass Schrader den Austausch der Lanze schon vor der Ausstellung während des Transports vorgenommen hatte. Doch dann wurde ihm klar, wie unwahrscheinlich seine Vorstellungen waren. Das Sicherheitssystem war ja bestimmt lückenlos. Außerdem drängte sich die Frage auf, warum Schrader sein wertvolles Beutestück so unverblümt in seinem Arbeitszimmer platzierte, wo es jeder sehen konnte – inklusive Paul.

»Nehmen Sie Ihre Hände hoch.« Die Stimme hinter ihm klang ruhig, aber entschieden.

Paul erstarrte. Er wagte sich nicht zu bewegen, geschweige denn etwas zu sagen.

»Die Hände nach oben!«, kam die Forderung jetzt lauter.

Nun erkannte Paul die Stimme. Es war Schrader! Eine bleierne Angst ergriff Paul. Sein törichtes Unterfangen hatte genau das Ende genommen, das er hätte erwarten müssen.

Er zwang sich, die eigene Angst zu unterdrücken, und hob zögernd die Hände.

»Langsam umdrehen«, befahl Schrader.

Paul kam der Aufforderung im Zeitlupentempo nach. Er sah in die Mündung einer Pistole, von der er nicht annehmen konnte, dass sie aus dem Spielzeugarsenal von Quentin stammte.

Schrader trug eine Art Hausanzug aus einem nachtschwarzen Material, das im fahlen Mondlicht schimmerte wie Seide. Seine Füße steckten in eleganten Hausslippern. Er fixierte Paul mit kalten Augen. Jede Liebenswürdigkeit war aus seinem Blick gewichen.

»Entschuldigen Sie ...«, setzte Paul zu einer Erklärung an, doch ihm fiel keine auch nur halbwegs überzeugende ein.

»Sie sind das«, sagte Schrader mit verwundertem Ausdruck. Er schien Paul erst jetzt wiederzuerkennen. Sein Blick wanderte von Paul in das hinter ihm liegende Arbeitszimmer und zu der Heiligen Lanze an der Wand. »Sind Sie etwa deswegen gekommen?«

Paul nickte, ohne dass seine Aufmerksamkeit für die Pistole in Schraders Händen nachließ.

»Ja, sie ist wirklich etwas Einmaliges«, sagte Schrader getragen und nickte in Richtung der Lanze. »Ich habe schon immer den unbändigen Drang verspürt, ein derart von Mythen umranktes Unikat in meinen Besitz zu bringen.«

Pauls Herz schlug noch immer wie wild. Wenn Schrader ihm gegenüber die ganze Sache zugab, konnte das für Paul nur eines bedeuten: dass er als Mitwisser nicht überleben durfte.

»Die Heilige Lanze ist die Krönung jeder ambitionierten Sammlung sakraler Kunst«, fuhr Schrader fort. »Ich wüsste nichts, was mit ihrer Vollkommenheit und Ausstrahlung mithalten könnte.« Er hob die Pistole um einige Zentimeter an. Sie zielte nun genau auf Pauls Brust. »Ja«, sagte Schrader bedeutungsschwer. »Ich verstehe sogar die Menschen, die getötet haben, um diesen Mythos für sich in Anspruch nehmen zu können.«

»Nein!«, platzte es aus Paul heraus. »Bitte tun Sie das nicht.«

Schrader hob die Brauen. »Was meinen Sie?«, fragte er.

Paul sah voller Überraschung, wie Schrader seine Waffe sinken ließ. Im gleichen Moment hörte er ein leises Geräusch, das von der Straße gegenüber des Teichs bis zu ihnen herüberwehte. Es klang wie das Martinshorn eines näherkommenden Polizeiautos.

Schrader verstaute die Pistole in der Tasche seines Hausanzugs. »Nun – ich habe mich gut genug im Griff, um derartig archaischen Anwandlungen zu widerstehen. Ich gebe mich mit einem Duplikat zufrieden – und dem Wissen darüber, dass das Original zumindest für ein paar Wochen in Nürnberg und damit ganz in meiner Nähe ist.«

Das Martinshorn wurde lauter, worauf Schrader besorgt seine Stirn kräuselte. »Sie müssen wissen, Herr Flemming: Ich habe nicht besonders viel übrig für Paparazzi, die nachts heimlich um mein Haus schleichen. Wenn Sie bei Ihrem Besuch bei mir offen angesprochen hätten, um was es Ihnen eigentlich ging, hätten wir uns diese peinliche Situation hier ersparen können. So aber ...«

»So aber?«, fragte Paul hin- und hergerissen zwischen Erleichterung und neu entfachter Besorgnis.

»So aber fürchte ich, dass wir die Polizei nicht außen vor lassen können«, endete Schrader. »Sie haben den Lautlosalarm ausgelöst, als Sie sich angeschlichen haben. Deshalb habe ich Sie ja anfangs für einen Einbrecher gehalten.«

Der Intensität des Martinshorns nach zu urteilen, konnte der Polizeiwagen nicht mehr weit entfernt sein. Paul dachte sofort an die Konsequenzen einer Anzeige und sah seine Kaution in Rauch aufgehen. Eilig schlug er vor: »Herr Schrader, drücken Sie doch bitte ein Auge zu. Wir werden ganz sicher keine Zeile über heute Abend veröffentlichen. Und Sie bekommen wie verabredet eine tolle Story.«

Schrader taxierte Paul abschätzig.

»Es wird nicht wieder vorkommen, dass ich Sie gegen Ihren Willen ausspioniere«, fügte Paul eilig hinzu.

»Auch nicht, dass Sie ohne mein Einverständnis versuchen, meinen Sohn auszuquetschen?«, fragte Schrader scharf.

Verflucht, dachte Paul, das wusste er also auch! Sie hörten das Quietschen der Bremsen, als der Polizeiwagen auf der anderen Seite der Villa ankam. »Nein, ich verspreche es!«, versicherte Paul.

»Dann will ich noch einmal Gnade vor Recht ergehen lassen«, sagte Schrader ohne Eile. »Ich kenne die Zwänge Ihres Jobs – und ich möchte es mir nicht mit meinem Golfpartner verderben«, setzte er süffisant hinzu.

»Ihrem Golfpartner?«, fragte Paul kleinlaut. Er fürchtete, dass jeden Moment ein Polizist um die Ecke biegen würde.

»Ja«, sagte Schrader selbstgefällig. »Dem Verleger Ihrer Zeitung.«

»Ach so«, lächelte Paul angespannt. Er warf einen letzten, zweifelnden Blick ins Arbeitszimmer, sah das Schimmern der Heiligen Lanze und setzte zum Spurt an. »Danke«, rief er im Laufen. »Das Gummiboot können Sie Quentin schenken.«

Paul schlug sich in die Büsche. Ein dorniger Ast ritzte ihm eine schmerzhafte Erinnerung an sein kindisches Abenteuer in den linken Unterarm. Mit unterdrücktem Schmerzensschrei lief er weiter. Nur weg von hier!

Eine Anzeige wegen Hausfriedensbruchs und womöglich sogar versuchten Einbruchs hätte es ihm eingebracht, wenn ihn Schrader nicht laufen gelassen hätte, dachte Paul, als er sich in den Sitz von Jan-Patricks Wagen fallen ließ. Er lehnte sich an die Kopfstütze und atmete tief durch. Ganz sicher wäre er diesmal im Gefängnis gelandet, und weder das Geld seiner Eltern noch der Einfluss von Kantinka hätte ihm noch helfen können.

Er war mit einem blauen Auge davongekommen, weil Schrader ihn bloß für einen Paparazzo gehalten und die eigentliche Sachlage verkannt hatte, dachte Paul erleichtert.

Doch war es wirklich so gewesen?

Paul konnte sich zwar inzwischen kaum noch vorstellen, dass Schrader so abgebrüht war, die echte gestohlene Lanze in seinem Arbeitszimmer aufzubahren. Aber einen Restverdacht gegen diesen aalglatten Saubermann wollte sich Paul nicht nehmen lassen. Vielleicht hatte Schrader Pauls unglücklichen Auftritt ja ganz bewusst in Kauf genommen, um ihn endgültig loszuwerden und weitere Nachforschungen zu verhindern.

Denn eines hatte der heutige Abend zweifelsfrei bewirkt, dachte Paul zerknirscht: Er konnte es keinesfalls riskieren, Schrader noch weiter auf die Pelle zu rücken …

21

Ihre Lippen berührten sich. Paul schloss die Augen und spürte, wie sich ihre Zunge in seinen Mund drängte. Seine Finger schoben sich unter ihr T-Shirt, sie zerrte an seinem Reißverschluss.

Sie stieß ein gehauchtes Stöhnen aus, als seine Hände sich über ihren Brüsten schlossen. Paul schmeckte das Salz auf ihrer Haut, während sich seine Zähne sanft in das weiche Fleisch ihres Nackens vertieften.

Ekstatisch wälzten sie sich auf dem Boden. Paul spürte die steigende Lust. Er wollte mehr, immer mehr! Sie liebten sich ungestüm. Fest hielt er dabei die Augen geschlossen. In das tiefe Schwarz der Dunkelheit mischten sich in seiner Euphorie helle Funken. Weiße und gelbe Blitze zunächst, die im rasenden Wahn von roten abgelöst wurden.

Das tiefe Rot dominierte bald sein Gesichtsfeld. Es war plötzlich überall.

Paul löste sich aus seiner Lust, riss die Augen auf. Er blickte auf seine Hände. Überall dieses Rot!

Das Mädchen unter ihm bewegte sich nicht mehr. Der Körper war blutüberströmt.

Paul schrie auf. Er hatte mit Bea Meinefeld geschlafen. Nun lag sie tot vor ihm. Übersät mit tiefen Wunden. Blutrote Rinnsale bahnten sich ihren Weg über ihren Körper und mündeten in eine purpurne Pfütze auf dem steinernen Boden.

Plötzlich hielt Paul ein Messer in der Hand. Mit langer Klinge. Von der Schneide tropfte das Blut.

Paul schleuderte das Messer beiseite. Es wirbelte durch die Luft und blieb im Fuß des Türrahmens stecken. Während Paul zusah, wie die Klinge nachfederte, trat der schwere Stiefel eines römischen Legionärs neben die Schneide.

Der Römer bückte sich. Er zog das Messer aus dem Rahmen und wischte das Blut an seinem ledernen Wams ab. Dann hielt er die blitzende Klinge vor sein Gesicht.

Nun erkannte Paul den Römer. Es war Schrader. Sein feindseliger Blick verriet Paul, dass er den Tod des Models rächen würde. Schrader schwenkte die Spitze des Messers langsam nach vorn.

Laut brüllend stürmte er auf Paul zu. Dabei verwandelte sich das Messer in einen Speer. Am Kopf der Waffe steckte die Heilige Lanze.

»Nein!«, schrie Paul. Als er sich auf seinem Schlafsofa mit einem Ruck aufrichtete, war er klatschnass geschwitzt.

Er sah auf den Radiowecker: mitten in der Nacht.

Ein Alptraum von dem Opfer, ein erotischer noch dazu – war das etwa ein Signal seines Unterbewusstseins? Ein heimliches Schuldeingeständnis?

Paul schüttelte den Kopf. »Das darf doch alles nicht wahr sein!«, schimpfte er vor sich hin.

Er zog seinen nassen Pyjama aus, steckte den Kopf unter die Decke und zwang sich, an etwas Harmloses zu denken.

Es fiel ihm schwer, etwas Geeignetes zu finden. Und noch schwerer, tatsächlich noch einmal einzuschlafen.

22

Nachdenklich kaute er am nächsten Morgen auf seinem Brötchen herum. Der böse Traum der letzten Nacht zeigte seine Folgen – Paul fühlte sich, als hätte er einen Kater.

Er hatte das dringende Bedürfnis nach Ruhe und Frieden. Am liebsten hätte er sich in seinem Loft verbarrikadiert und die Schnüffelei in Sachen Reichskleinodien ein für allemal sein gelassen. Aber ihm war klar, dass sich die Schlinge um seinen Hals immer enger zusammenzog. Er war und blieb eine Schlüsselfigur im Mordfall Meinefeld. Seine Möglichkeiten, aktiv etwas zu tun, schmolzen währenddessen dahin: Die

Spur zu Schrader war erkaltet – oder zumindest auf unabsehbare Zeit verbaut. Und in der Nähe des Tatorts, der in Paul vielleicht schlafende Erinnerungen hätte wachrufen können, war er ja schon während der Ausstellungseröffnung gewesen.

Eine Option bestünde darin, sich unter Hypnose setzen zu lassen, in der Hoffnung, dass sich die fehlenden Erinnerungen an die Mordnacht doch noch einstellen würden. Aber Paul zweifelte am Erfolg solcher Methoden.

Folglich blieb ihm als letzte Möglichkeit, sich doch noch einmal an die zweite Zeugin zu halten.

Paul mochte gar nicht daran denken, die arme Nadine Schneider erneut behelligen zu müssen. Vor allem aber fürchtete er abzublitzen, denn sie hatte ihm ja klar zu verstehen gegeben, dass sie zu viel Angst davor hatte, ihr Wissen preiszugeben. Um die eingeschüchterte junge Frau zur Kooperation zu bewegen, bedurfte es besonderen Einfühlungsvermögens.

Paul dachte nach, während er die zweite Brötchenhälfte mit Butter bestrich. Die einzige aussichtsreiche Hilfe, die ihm einfiel, konnte er von Hannah erwarten.

Paul trank seinen Kaffee aus und rang sich dann zu einer Entscheidung durch. Er tippte Hannahs Handynummer ein.

Das laute Motorengeräusch im Hintergrund verkündete ihm, dass Hannah gerade am Norisring war.

»Ja? Was gibt's?«, rief sie ins Telefon, um den Lärm zu übertönen.

»Ich brauche dich für eine kleine Gefälligkeit. Ein Job sozusagen«, sagte Paul und sprach dabei automatisch ebenfalls lauter.

»Moment!«, rief Hannah. Dann wurden die Hintergrundgeräusche leiser. »So, jetzt können Sie reden.«

»Ich habe einen kleinen Job für dich«, wiederholte Paul.

»Was für ein Job soll das denn sein?«, fragte Hannah.

Paul erklärte es ihr und sparte dabei auch die Ereignisse seines letzten Zusammentreffens mit Nadine Schneider nicht aus.

»Das ist verrückt«, war Hannahs spontane Reaktion darauf. Dann aber erkundigte sie sich: »Was springt denn dabei für mich raus?«

»Wieso?«, entgegnete Paul verblüfft.

»Naja, Sie sprachen von einem Job. Einen Hunderter möchte ich schon sehen, wenn ich für Sie wieder einmal als Türöffner herhalten soll.«

»Hundert?«, fragte Paul erschrocken. »Ich dachte, du hilfst mir, weil du an meine Unschuld glaubst. Wie wäre es mit der Einladung zu einem Cocktail in der Happy Hour?«

»Fünfzig. Keinen Cent weniger«, bestimmte Hannah. »Schließlich bin ich eine arme Studentin.«

Paul gab schweren Herzens nach. Erst die teure Zigarre, die er Blohfeld noch schuldete, und jetzt das Geld für Hannah – der Fall wurde allmählich kostspielig. Paul raffte sich auf und ging endlich daran, den Reifen seines Renaults zu wechseln.

23

Diesmal wartete Paul nur so lange im Verborgenen, bis Hannah es geschafft hatte und Nadine Schneider die Wohnungstür öffnete. Er trat aus einer Nische heraus und drängte die überrumpelte Nadine in ihre Wohnung.

»Was soll denn das heißen?«, stieß sie verstört hervor. »Ich habe Ihnen doch gesagt, dass ich nicht mehr darüber sprechen werde.«

Paul platzierte die schlanke junge Frau mit sanftem Druck auf ihrem Sofa. Hannah setzte sich daneben und sah sie mitfühlend an.

»Wer hat dir denn das Veilchen verpasst?« fragte sie.

Nadine blickte zwischen Hannah und Paul hin und her.

»Das verrät sie nicht«, sagte Paul. »Sie legt es lieber darauf an, noch einmal verprügelt zu werden.«

Hannah funkelte ihn böse an. »Wie wäre es mit ein wenig Taktgefühl?« Sie wandte sich der eingeschüchterten Nadine zu und sagte sanft: »Du musst uns nicht erzählen, wer dich geschlagen hat. Und der Polizei brauchst du auch nichts zu verraten.«

»Aber Hannah«, protestierte Paul.

Diese hob die Hand und signalisierte Paul damit, dass er sich zurückhalten sollte. »Du brauchst dich ... – ich darf dich doch duzen, oder?«, wandte sich Hannah Nadine zu und rückte ein Stück näher an sie heran. »Wir sind ja ungefähr gleich alt.«

»Ja, klar«, nickte Nadine und fischte ein Tempotaschentuch aus ihrer Hose. Sie tupfte ihre Augen ab.

»Wie gesagt: Keiner kann dich dazu zwingen zu reden«, sagte Hannah. »Aber dann kannst du auch von niemandem verlangen, dass er dich vor diesem Schwein beschützt.«

»Er ist kein Schwein«, entgegnete Nadine und strich ihr braunes Haar zurück. Ihr Blick war wie der eines scheuen Rehs.

»Wie würden Sie denn sonst einen Typen bezeichnen, der Frauen schlägt?«, mischte sich Paul ein.

Hannah blickte ihn an und drückte demonstrativ ihren Zeigefinger auf die Lippen.

»Er meint es nicht so«, lavierte Nadine herum. »Er ist nur manchmal etwas aufbrausend.«

»Nadine«, sagte Hannah und rückte noch näher. »Vergessen wir mal deinen Bekannten. Sein Name interessiert uns nicht.«

»Nicht?«, fragte Paul ebenso überrascht wie verärgert über Hannahs Eigenmächtigkeiten.

»Nein«, bestätigte Hannah und fixierte Paul mit ihren himmelblauen Augen. Dann sagte sie zu Nadine: »Wir möchten nur wissen, wie die letzten Stunden vor dem Tod deiner Freundin abgelaufen sind.«

»Sie war nicht meine Freundin, nur eine Kollegin«, sagte Nadine nervös.

Hannah legte ihre Hand auf Nadines Knie. »Das ist okay. Aber was genau ist da vorgefallen?«

»Das habe ich alles schon der Polizei erzählt«, sagte Nadine nun beinahe hysterisch. Sie war mit ihren Nerven am Ende.

»Keine Panik«, sagte Hannah. »Wir wollen einfach nur wissen, ob du bei deiner Vernehmung etwas vergessen hast zu erwähnen. Eine Kleinigkeit vielleicht, irgendetwas Nebensächliches?«

Paul biss sich auf die Lippen, um Hannah nicht wieder dazwischenzufunken.

»Ich habe alles gesagt, was ich weiß!«, beteuerte Nadine, während ihre Augen sie Lügen straften.

Hannah setzte sich gerade auf und schaute Nadine direkt an. »Mein Freund Paul ist nach eurem gemeinsamen Besuch im *Goldenen Ritter* mit Beate um die Häuser gezogen und später ins Lochgefängnis abgeschwirrt, um dort in aller Ruhe zu vögeln?«

»Das habe ich nie behauptetet«, entgegnete Nadine und wirkte nach wie vor unruhig.

»Hast du doch«, sagte Hannah in hartem Ton. »Und genau diese Aussage bringt Paul an den Galgen.«

»Das ist doch Quatsch. In Deutschland gibt es keine Todesstrafe mehr«, sagte Nadine verunsichert.

»In Deutschland vielleicht. Aber im Bayerischen Grundgesetz ist die Todesstrafe nach wie vor verankert«, nahm Hannah zu Pauls Überraschung den Faden auf. »In Ausnahmefällen ...«, deutete sie an und fuhr sich mit der Handkante über die Kehle.

Nadine sah beide ratlos an. Schließlich gab sie sich einen Ruck: »Also gut. – Bea wollte an dem Abend nach dem Fotoshooting noch einen draufmachen. Am liebsten mit Ihnen, Herr Flemming.«

Paul senkte betroffen den Blick.

»Bea hat sich angestrengt, aber Sie waren ... – nicht mehr so richtig bei der Sache«, redete Nadine weiter.

»Alkoholbedingt, nehme ich an«, warf Hannah mit einem belustigten Seitenblick auf Paul ein.

»Ja«, bestätigte Nadine. »Bea hat sich wirklich Mühe gegeben, aber ...«

»Ich verstehe«, sagte Paul, um sich und Hannah weitere Details zu ersparen.

»Sie war aufgedreht und hat es nicht eingesehen, unbefriedigt schlafen zu gehen?«, brachte es Hannah in ihrer direkten Art auf den Punkt. Paul sah sie böse an.

»Das ist richtig«, flüsterte Nadine.

»Also hat sie sich Ersatz beschafft«, folgerte Hannah und zwinkerte Paul hinterlistig zu.

Nadine sah sie erschrocken an: »Das weiß ich nicht genau«, sagte sie eilig.

»Was soll das heißen?«, fragte Hannah scharf. »Weißt du es oder weißt du es nicht? Verkauf uns doch nicht für dumm!«

»Naja«, druckste Nadine herum. »Ich vermute es.«

»Aha«, sagte Hannah. »Du vermutest also, dass Bea in der Nacht noch mit jemand anderem herumgezogen ist.«

Nadine nickte stumm und blickte dabei zu Boden.

Paul war eigentlich zu beleidigt, um sich weiter an der Unterhaltung zu beteiligen. Andererseits wollte er wissen, wer dieser Ersatzhengst gewesen war. Denn wenn es stimmte, was Nadine angedeutet hatte, gab es endlich einen zweiten Verdächtigen neben ihm: »Sein Name?«

Nadine zögerte. Ihre Augenlider zuckten nervös. »Ich weiß es wirklich nicht genau«, beteuerte sie. »Der Letzte, mit dem ich Bea gesehen hatte, waren Sie, Herr Flemming.«

Paul sah seine kurz aufgeflackerte Hoffnung schon wieder schwinden, doch Hannah ließ nicht so schnell locker wie er:

»Aber du hast doch eine Vermutung«, sagte sie energisch. »Und die wollen wir endlich hören. Wie heißt der Typ, mit dem sich Bea vielleicht noch getroffen haben könnte?«

»Er macht mich fertig, wenn ich es euch sage«, wimmerte Nadine. Sie zitterte wie Espenlaub.

Pauls Mitgefühl wuchs, doch er war sich im Klaren darüber, dass er diese Information unbedingt brauchte, wenn er sich die Chance auf einen Freispruch bewahren wollte. Also blieb auch er hart und sagte: »Raus damit! Wie heißt er?«

Nadine schossen wieder die Tränen in die Augen. Sie schluchzte herzerweichend. Doch schließlich gab sie den Namen preis: »Ken.«

»Ken?«, hakte Hannah nach. »Und weiter?«

»Eigentlich Konrad Adam«, sagte Nadine und sah sich unsicher um, als würde sie erwarten, dass dieser Mann jeden Moment das Zimmer betrat. »Aber alle nennen ihn nur Ken. Er jobbt an einer Tankstelle an der Bucher Straße.«

24

Paul fuhr viel zu schnell, aber die geballten Fäuste seiner Beifahrerin signalisierten ihm, dass er immer noch zu langsam unterwegs war. Er legte waghalsige Überholmanöver hin und preschte durch die City, als wäre er auf dem Norisring unterwegs.

»Schneller, schneller«, hörte er Hannahs anfeuernde Stimme. »Wir schnappen uns den Kerl!«

Paul folgte der Aufforderung. Doch dann erhaschte er beim Blick in den Rückspiegel plötzlich ein Bild von sich selbst. Unwillkürlich bog er den Spiegel weiter nach unten und sah einen reifen Mann vor sich. Einen mit ungekämmtem, grau meliertem Haar, tiefen Ringen unter den Augen und einem Dreitagebart, der aus mehr weißen als schwarzen Stoppeln bestand.

Dieses Bild führte Paul einmal mehr vor Augen, dass er die Mitte seines Lebens erreicht, vielleicht bereits überschritten hatte, sich aber wie ein Jugendlicher benahm. Er war permanent auf der Jagd – oder auf der Flucht? Wie auch immer, jedenfalls war sein Benehmen grundsätzlich konträr zu dem, was seiner Generation angemessen war. Wie seltsam, dass sein inneres Selbstbild mit zunehmendem Alter immer stärker von der äußeren Erscheinung abwich. Und damit wohl auch von den Erwartungen, die andere an ihn richteten.

»Da ist die Tanke!«, hörte er Hannah plötzlich rufen. »Verdammt, Flemming, treten Sie auf die Bremse!«

Die Reifen quietschten, als der Renault an den Zapfsäulen vorbeischoss und vor dem Kassengebäude stehen blieb.

Paul sprang gleichzeitig mit Hannah aus dem Wagen. Sie hatten es sehr eilig, in den Kassenraum zu gelangen. Nach allem, was sie von Nadine erfahren hatten, und nach den Eindrücken ihres jämmerlichen Zustands wollten sie sich diesen Ken so schnell wie möglich vorknöpfen.

Sie hetzten an Zeitschriftenauslagen und Regalen mit Kartoffelchips und Sixpacks vorbei, direkt auf die Kasse zu. Dahinter stand ein junger Mann mit modisch ungeordnetem Haar. Er war athletisch gebaut und groß.

»Welche Nummer?«, fragte er, als Paul und Hannah vor ihm zum Stehen kamen.

»Er meint die Zapfsäule«, raunte Hannah Paul zu und sagte laut: »Wir haben nicht getankt. Wir suchen Ken Adam.«

Der junge Mann hob kaum merklich seine rechte Augenbraue. »Das bin ich. Was gibt's denn?«

Paul baute sich vor ihm auf. »So einiges.« Er war erleichtert, auf Anhieb den richtigen Ansprechpartner gefunden zu haben, aber sogleich regte sich auch wieder die Wut darüber, welche Angst Ken der armen Nadine eingeflößt hatte. Entsprechend unwirsch kam Pauls erste Frage heraus: »Was haben Sie sich verdammt noch mal dabei gedacht, Nadine zusammenzuschlagen?«

Ken kniff die Augen zusammen.

Jetzt erst erkannte Paul in ihm eindeutig den jungen Mann, der ihn im Eingang von Nadines Haus angerempelt hatte.

»Ich weiß gar nicht, wovon Sie sprechen«, sagte Ken und klang ziemlich cool.

»Aber ich!« Paul kochte vor Wut. »Und ich weiß auch, dass Sie sich mit Beate Meinefeld getroffen haben – in ihrer Todesnacht.«

Hannah trat Paul schmerzhaft ans Schienbein, aber er merkte auch so, dass er einen Fehler gemacht hatte. Ken war viel zu ausgekocht, um sich so schnell aus der Reserve locken zu lassen.

»Moment, Moment, da komme ich nicht mit«, sagte der schlaksige Kerl und wirkte dabei amüsiert. »Erst geht es um Nadine und dann um Bea? Sie müssen sich schon entscheiden, über wen Sie mit mir sprechen wollen.«

»Bea!«, presste Paul heraus. »Wir wollen über Beate Meinefeld reden.«

»Bea also«, wiederholte Ken mit gespielt naivem Augenaufschlag. »Mein Gott, es ist eine Ewigkeit her, dass ich sie gesehen habe.«

»Sie haben sich mit ihr getroffen«, sagte Paul energisch. »Sie waren der Letzte, der sie lebend gesehen hat.«

»Wohl kaum.« Ken stemmte sich auf den Tresen. Sein ausgeprägter Bizeps zeichnete sich unter den Ärmeln seines Hemds ab. »Soviel ich weiß, wird bereits gegen einen Schmuddelfotografen ermittelt, der sie getötet haben soll. Bea war ja bekannt für ihren Hang zum Billigen.«

Ohne nachzudenken, ließ Paul seine Fäuste nach vorn schnellen. Er packte Ken am Kragen und zog fest an. Als ihre Köpfe keine zehn Zentimeter mehr voneinander entfernt waren, zischte Paul: »Halten Sie mich nicht zum Narren! Ich weiß, wann jemand etwas vor mir verheimlicht.«

Paul registrierte, wie Hannah an seinem Ärmel zog.

Gleichzeitig sagte Ken in alarmierend lässigem Tonfall: »Ich glaube, Sie wissen gar nichts, Herr Flemming.«

»Sie kennen mich?«, fragte Paul irritiert und löste seinen Griff.

Ken rieb sich den Hals, trat einen Schritt zurück und sagte voller Genugtuung: »Ja, ich kenne Sie. Und wenn Sie so weitermachen, wird Sie die ganze Stadt als Mörder kennen.«

»Sie ...!«, begehrte Paul auf, doch Hannah hielt ihn zurück.

»Sie können mir gar nichts anhaben«, sagte Ken höhnisch grinsend. »Ich an Ihrer Stelle wäre sehr vorsichtig mit dem, was ich in nächster Zeit tue.« Dann nickte er in Richtung einer an der Decke angebrachten Überwachungskamera.

Paul bebte vor Zorn, doch er musste einsehen, dass er ohne Nadines Aussage bei der Polizei kaum etwas erreichen würde. Er war emotional viel zu sehr ergriffen, um kühl und nüchtern zu handeln. Das hatte Ken ausgenutzt und war dadurch im Vorteil, dachte Paul verbittert.

»Gehen wir«, murmelte Hannah, während sie sich bereits umdrehte.

›Wir kommen wieder‹, hätte Paul seinem Kontrahenten am liebsten an den Kopf geworfen. Doch er presste seine Lippen fest zusammen.

Denn er hatte ja wirklich nichts gegen diesen Mann in der Hand. Nichts außer den dünnen Aussagen eines verängstigten Mädchens, das bei einer Gegenüberstellung mit großer Wahrscheinlichkeit schwach werden und umfallen würde.

Dann aber wandte er sich zu Hannahs Missfallen doch noch einmal um und ging zurück zum Kassentresen:

»Eins noch«, sagte Paul in drohendem Ton. »Lassen Sie Ihre Finger von Nadine, sonst ...«

»Sonst was?«, fragte Ken unbeeindruckt.

Doch Paul sah seinen Augen an, dass die Warnung angekommen war.

25

Wortlos fuhr Paul los. Auch Hannah wartete mit ihren Kommentaren, bis sie sich weit genug von der Tankstelle entfernt hatten. Paul ließ den Renault auf den Park-and-Ride-Platz an der Straßenbahnhaltestelle Thon rollen und lehnte sich kraftlos gegen das Steuer.

»Auf die Art kommen wir an Ken nicht heran«, sagte Hannah und musterte Paul strafend.

»Ich habe es vermasselt, ja?«, fragte er aggressiv.

»Ja, das haben Sie, Paul Flemming! Und Sie machen die Sache nicht besser, indem Sie mich angiften.«

»Entschuldige, aber ich bin noch immer stinksauer auf den Typen. Es liegt doch auf der Hand, dass Ken Dreck am Stecken hat.«

»Das mag sein«, sagte Hannah besonnen. »Aber wir wissen nicht, welche Art von Dreck. Um das herauszufinden, müssen wir andere Waffen einsetzen.«

»Unsere Fäuste?«, fragte Paul zweifelnd.

»Hinterlist!«, sagte Hannah triumphierend.

Paul sah sie interessiert an. »Was stellst du dir darunter vor?«, wollte er wissen.

»Wir werden ihm eine hübsche kleine Falle stellen.«

»Eine Falle? Was für eine Falle?«

Hannah sah ihn spitzbübisch an. »Wir wissen nicht viel über Ken. Eines aber mit Sicherheit: Er fliegt auf schöne Frauen. Was wir brauchen, ist also ein geeigneter Lockvogel.«

»Du willst doch nicht ernsthaft eine Sexfalle vorschlagen?« Paul war baff über Hannahs Erfindungsreichtum, wenn es darum ging, Bösewichter zu überführen. Aber eine solche Eigenmächtigkeit an der Polizei vorbei kam für ihn nicht mehr in Frage.

»Nein, nein, Hannah, vergiss es!«, sagte er. »Außerdem: Wen sollten wir denn als Lockvogel ins Rennen schicken?«

»Wenn wir niemanden finden, könnte ich notfalls selbst ...«, deutete Hannah an.

»Aber er kennt dich doch«, lehnte Paul den Vorschlag ab.

»Ich könnte eine Perücke aufsetzen und mich stärker schminken.«

Paul sah seine junge Begleiterin liebevoll an. Hannah bewies einmal mehr, dass sie für ihn durchs Feuer gehen würde. Aber seine Überfahrt mit dem Gummiboot war schon verrückt genug gewesen. Keinesfalls wollte er sich eine weitere Dummheit dieser Art leisten.

Während er einer abfahrenden Straßenbahn nachsah, grübelte er über Alternativen zu Hannahs Idee nach. Wie, fragte er sich immer wieder, konnten sie Ken zum Reden bringen? Wo lag sein schwacher Punkt?

Bei der Abfahrt der dritten Straßenbahn sah Paul allmählich ein, dass Hannah den Kern des Problems ja eigentlich schon benannt hatte: Sie wussten so gut wie nichts über Ken. Also waren die Chancen, durch ihn in der Sache weiterzukommen, ausgesprochen gering.

Verflixt, dachte Paul und trommelte mit den Fingern auf das Lenkrad. Es musste noch eine andere Möglichkeit geben. Wenn er doch bloß endlich seine Erinnerungen an die Mordnacht wiederfinden würde!

»Wir drehen uns im Kreis, ja?«, fragte Hannah leise.

Paul nickte. »Ich fürchte ja«, sagte er niedergeschlagen. »Ich muss es wohl oder übel einsehen: In erster Linie muss ich nicht Ken oder irgend jemand anderen zum Sprechen bringen, sondern mich selbst.« Er sah Hannah ernst an. »Ich müsste die entscheidenden Stunden irgendwo in meinem Kopf gespeichert haben.« Paul tippte sich an die Stirn. »Hier drin liegt der Schlüssel.«

»Wie wäre es mit einer operativen Entfernung Ihrer Schädelplatte?«, flachste Hannah.

»Zu einer anderen Zeit würde ich darüber lachen«, sagte Paul, noch immer ernst. »Ich bin davon überzeugt, dass ich nur an Ort und Stelle den richtigen Auslöser finden werde, der mir mein Gedächtnis zurückgibt.«

»Aber Sie waren doch schon im Rathaus«, sagte Hannah und wirkte etwas genervt. »Sie waren bei der Ausstellungseröffnung, ohne dass sich in Ihrem Oberstübchen irgendetwas geregt hätte. Schon vergessen?«

»Nein, das meine ich nicht«, wehrte Paul ab. »Ich muss noch einmal an den eigentlichen Tatort zurück: ins Lochgefängnis!«

»Unmöglich.« Hannah verschränkte die Arme. »Das gesamte Kellergeschoss des Rathauses ist während der Ausstellung gesperrt. Das wissen Sie doch selbst, Flemming.«

»Aber es muss einen Weg geben«, sagte Paul verbissen. »Es muss!«

»Wenn Sie gleich vorschlagen, ins Lochgefängnis einzubrechen, ist dieser Plan nicht weniger irr als meine Sexfalle.«

»Nein, ich werde nichts Illegales mehr unternehmen«, versicherte Paul. In seinen Augen glomm ein Schimmer neuer Hoffnung auf. »Ich werde mir offizielle Hilfe organisieren.«

Hannah stutzte kurz und winkte dann entschieden ab: »Wenn Sie darauf spekulieren, dass Mama Ihnen noch einmal ...«

Weiter kam sie nicht, denn Paul eröffnete ihr sein neuestes Vorhaben: »Ich kenne eine sehr hilfsbereite Kriminalbeamtin. Ich denke, sie wird mir diesen Gefallen tun.«

Hannahs Kinnlade klappte nach unten. »Jasmin Stahl?«, fragte sie voller Verachtung.

»Ja«, bestätigte Paul, dem die Idee, diese aufgeweckte und engagierte Kriminalbeamtin hinzuzuziehen, als die perfekte Lösung erschien. »In der Mordsache Henlein hat sie uns vor einem halben Jahr wertvolle Dienste geleistet. Das wird sie bestimmt auch dieses Mal.«

»Wertvolle Dienste«, wiederholte Hannah süffisant. »Was hat Sie Ihnen denn sonst noch so für Dienste geleistet?«

Paul warf ihr einen verärgerten Blick zu. »Ich glaube kaum, dass jetzt die richtige Zeit für Zickenalarm ist.«

»Nein«, bestätigte Hannah und stieß die Tür auf. »Aber Sie sollten mal darüber nachdenken, ob es die richtige Wahl ist, Ihr Schicksal ausgerechnet in die Hände von Mamas größter Kontrahentin zu legen.« Mit diesen Worten erhob sie sich vom Beifahrersitz und stieg aus.

Ehe Paul ganz begreifen konnte, was vor sich ging, knallte Hannah die Tür zu.

Paul drehte die Scheibe herunter und rief ihr nach: »Hannah, was ist denn plötzlich in dich gefahren?«

»Sie glauben wohl, dass es mit Frauen so ist wie mit Notebooks – es gibt immer eines, das schlanker und neuer ist.«

»Was hat denn das damit zu tun?«, fragte Paul entgeistert.

»Denken Sie doch zur Abwechslung einfach mal nach, bevor Sie noch mehr Frauen ins Unglück stürzen«, rief Hannah im Gehen. »Ich nehme die Straba!«

»Warte! Du bekommst noch deine fünfzig Euro!«

»Kaufen Sie Ihrer Liebsten Blumen davon«, antwortete Hannah, ohne sich noch einmal umzudrehen.

Unweigerlich kamen Paul Bilder der jungen Kommissarin in den Kopf. Drahtig, kurzes rotes Haar, Sommersprossen. Bei ihrer ersten Begegnung war die studierte Maschinenbauingenieurin Katinka, seiner Begleiterin, ziemlich frech ins Wort gefallen.

Paul war nicht blind: Natürlich war ihm aufgefallen, dass Jasmin ihm schöne Augen gemacht hatte. Und später dann – das wusste nicht einmal Hannah – hatte Jasmin ihn in seinem Atelier besucht. Mit einer roten Rose als Gastgeschenk.

Er ließ Hannahs Worte auf sich wirken: Paul – ein Herzensbrecher? Er schüttelte den Kopf. Wenn er einer war, dann zumindest nicht aus Kalkül. »Leben und leben lassen«, lautete Pauls Devise. So wollte er es auch dieses Mal halten.

Er würde sich also mit Jasmin Stahl in Verbindung setzen. Sie war die Einzige, die ihm legal Zutritt zum Lochgefängnis verschaffen konnte und der er noch dazu vertraute.

26

»Du kommst genau zur rechten Zeit!« Paul wurde von Jan-Patrick mit offenen Armen begrüßt. Er hatte sich mitsamt seinem Handy in den *Goldenen Ritter* geflüchtet, nachdem ihm zuhause die Decke auf den Kopf gefallen war. Seit Stunden wartete er auf einen Rückruf von Jasmin Stahl, der er sein Anliegen auf Band gesprochen hatte. Doch die Kommissarin ließ ihn warten.

»Du bist mein Versuchskaninchen, einverstanden?« Der kleine Küchenmeister mit dem dunklen Teint eines Südeuropäers führte ihn durch das gut besuchte Lokal. Im Vorbeigehen winkte Paul der Kellnerin Marlen zu, die wie immer eifrig dabei war, übervolle Tabletts im Slalom an Stühlen und Tischen vorbei durch die verwinkelten Gasträume zu balancieren, ohne je ihr Lächeln zu verlieren. Jan-Patrick leitete Paul direkt bis in die Küche, in der ein verheißungsvoll duftender Dunst hing.

»Was soll ich denn probieren?«, fragte Paul, dem Jan-Patricks herzlicher Empfang gut tat.

»Ein Spargelgericht natürlich.« Der Koch drückte Paul in eine schmale Sitzecke und wandte sich seinen brodelnden Töpfen zu. »Das fränkische Gold! Diesmal ist es allerdings nur eine Beigabe.«

»Also?« Paul lief bereits das Wasser im Mund zusammen. Er bemerkte erst jetzt, dass er seit Stunden keinen Bissen zu sich genommen hatte.

»Haxe und Bries vom Milchlamm, Confit von der Schulter, gebratenes Karree und getrüffelte Kutteln vom Lamm mit Kartoffel-Törtchen und Butterspargel.«

»Das ist ja eine ganze Speisekarte«, sagte Paul ehrfürchtig.

»Nein, nein, alles nur Kleinigkeiten. Fränkische Tapas«, säuselte Jan-Patrick mit kokettierender Bescheidenheit und ließ die Kochlöffel wirbeln. »Bloß ein paar erlesene Gaumenfreuden.« Dann machte er sich daran, die Lammschulter zu salzen, zu pfeffern und mit Erdnussöl einzureiben. In einem Bräter schob er das Fleisch anschließend in einen vorgeheizten Ofen.

»Darf ich fragen, ob es bei dir inzwischen Fortschritte gibt?«, erkundigte sich der Koch beiläufig. Doch Paul hörte ihm an, wie unangenehm ihm die Angelegenheit war.

»Um ehrlich zu sein …« Paul warf einen bangen Blick auf sein Handy. Aber es blieb stumm. »Ich komme nicht so recht von der Stelle.«

Jan-Patrick hob den Deckel eines großen Topfs an. »Die Haxe. Sie kocht eineinhalb Stunden mit Salzwasser bedeckt. Eine zweite habe ich schon entbeint und in kleine Stücke geschnitten.« Paul sah zu, wie sein Freund gleich darauf das Bries trocken tupfte, das er in kochendem Wasser blanchiert hatte. Während er rohen Speck fein schnitt und mit fränkischen Schieferntrüffeln mischte, sagte der Koch: »Weißt du, ich war im Germanischen Nationalmuseum und habe mir dieses Gold-Buch angesehen.«

»Was meinst du?«, fragte Paul, ein wenig verwundert über Jan-Patricks plötzlichen Themenwechsel.

»Das Goldene Evangelienbuch«, erklärte der Küchenmeister, während er aus den Kutteln kleine Quadrate schnitt, die Speck-Trüffel-Mischung darauf strich, die Stücke einrollte und mit Küchengarn festband, um sie dann im Lammfond zu kochen. »Mit Goldtinte geschrieben, der Einband aus Edelsteinen. Du weißt schon.«

»Ach, die Evangelien von Echternach«, begriff Paul. »Das Germanische hat sie Mitte der fünfziger Jahre ziemlich günstig gekauft, für etwas mehr als eine Million Mark. Seitdem ein echter Publikumsrenner«. So viel fiel Paul zu dem berühmten Codex Aureus ein. »Wie kommst du jetzt darauf?«

Jan-Patrick drückte in Salzwasser gekochte Kartoffeln durch eine Presse und rührte Butter darunter. Mit einem weiteren großen Klecks Butter bräunte er den Rest des Brieses in einer gusseisernen Pfanne. Im Nachbartopf köchelte bereits der Spargel. »Weißt du auch, dass ein Restaurator den Evangelienband einmal wöchentlich umblättert, damit die Besucher im Laufe der Zeit alle Seiten sehen können.«

»Ja«, nickte Paul, »davon habe ich gehört.«

Der Küchenmeister machte sich daran, mit Butter gefettete Formen schichtweise zu füllen. Zunächst eine Lage Kartoffelpürree, dann die getrüffelte Fleischmischung, darauf wieder Pürree. »Ich bin beim Lesen im Evangelienbuch auf diese Lanze gestoßen. Sie spielt eine ziemlich große Rolle in der Kirchengeschichte.«

»Das ist mir bewusst«, belächelte Paul den etwas unbedarften Hinweis seines Freundes. »Die Heilige Lanze durchzieht unsere Vergangenheit seit der Kreuzigung wie ein roter Faden.«

»Das meine ich ja«, sagte Jan-Patrick betont und begann, einen vorgewärmten Teller zu garnieren. Aus einem seiner Öfen holte er eine fertige Backform und stürzte ein köstlich duftendes Kartoffel-Törtchen auf den Teller. Daneben legte er zwei bereits gegarte Kuttelpakete, eine Portion Lammkarree und ein knusprig nachgebratenes Stück Schulter. Den Rahmen bildete der schneeweiße Spargel, von dem goldbraune Butter perlte. »Guten Appetit«, wünschte der Koch, als er Paul den Teller vorsetzte.

Paul ließ sich nicht lange bitten und langte zu. »Köstlich«, sagte er schlemmend. »Aber ich weiß noch immer nicht, worauf du hinauswillst.«

»Ich mache mir eben meine eigenen Gedanken«, sagte Jan-Patrick und überließ seinen Küchenhilfen den Rest der Arbeit. Er setzte sich Paul gegenüber. »Die Heilige Lanze ist in meinen Augen eine Art Magnet.«

»Magnet?«, fragte Paul zufrieden kauend.

»Ja«, sagte der Koch und stützte nachdenklich sein Kinn auf die verschränkten Hände. »Sie zieht seit jeher das Gute an – ebenso wie das Böse.«

»Was meinst du damit?«

»Es ist ja offensichtlich, dass es im Laufe der Zeit einige üble Gestalten auf die Lanze abgesehen hatten – und wohl noch immer haben. Andererseits reisen anerkannte Größen aus aller Welt nach Nürnberg, nur um einen Blick auf die Reliquie werfen zu können. Diese ganzen Kongressteilnehmer zum Beispiel ...«

»Du sprichst von den Metallurgen?«, warf Paul ein und piekste das nächste Stück Spargel auf.

»Wie auch immer.« Der Koch sah Paul eindringlich an. »Ich bin fest davon überzeugt, dass dein Schicksal eng mit dem der Heiligen Lanze verbunden ist«, sagte er pathetisch.

Paul hob gerade den Zeigefinger, um darauf einzugehen, als sein Handy klingelte.

27

Ihr erstes Wiedersehen nach mehr als einem halben Jahr war für Paul mit gemischten Gefühlen verbunden.

Kriminaloberkommissarin Jasmin Stahl vom K 33 stand mit offenem Lächeln vor der trutzigen Fassade des Alten Rathauses und erwartete ihn. Während Paul noch überlegte, was die passendste Begrüßung wäre, stellte sie sich bereits auf die Zehenspitzen, um den deutlich größeren Paul umarmen zu können.

»Schön, dich mal wieder zu sehen«, freute sie sich. »Wir waren doch beim Du, oder?«

»Ich glaube schon. Und ich hätte es verstanden, wenn du nicht gekommen wärst«, sagte Paul, als sie sich voneinander gelöst hatten.

»Weshalb hätte ich nicht kommen sollen?«, fragte Jasmin belustigt und fuhr sich durch ihr struppiges rotes Haar. »Weil du mir einen Korb gegeben hast?«

»Naja, Korb würde ich es nicht nennen«, versuchte Paul abzuwiegeln. Hätte er doch bloß nicht davon angefangen!

»Wie denn sonst?« Die sportliche junge Frau neigte den Kopf und taxierte Paul forschend. Um nicht nervös zu werden, begann Paul ihre Sommersprossen zu zählen.

Doch Jasmin ließ sich nicht beirren: »Ich wollte etwas von dir, das du offensichtlich nicht wolltest. Das ist doch völlig okay. Vielleicht ist es eines Tages mal umgekehrt. Oder besser noch: Vielleicht wollen wir es irgendwann beide.«

Paul war normalerweise nicht so schnell aus dem Konzept zu bringen. Aber Jasmin mit ihrer forschen, direkten Art brachte dies zustande. Schulterzuckend sah er sie an.

»Bloß nicht verlegen werden, Mister Flemming«, sagte sie augenzwinkernd. »Keine Angst, ich gehe dir nicht an die Wäsche. Wir haben heute anderes zu tun.« Dann schwenkte sie schlagartig um und wurde sachlich. Sie deutete auf eine Gruppe von Demonstranten, die sich ihnen näherte, und raunte Paul zu: »Die warten wir noch ab, bevor wir reingehen. Versuch, möglichst unauffällig auszusehen.«

Noch während Paul darüber nachdachte, wie man unauffällig aussah, kamen die Demonstranten näher. Es handelte sich um eine überschaubare Gruppe, bestehend aus Männern und Frauen, die größtenteils das Rentenalter erreicht hatten. Sie sahen von der Kleidung her bürgerlich-konservativ aus. Die Sprüche auf ihren Transparenten allerdings waren aus Pauls Sicht ziemlich radikal:

»Den Franken, was Franken gebührt!«, las er. Auf einem anderen Plakat stand: »Stoppt den Kunst- und Kulturraub: Die Reichskleinodien müssen in Nürnberg bleiben!« Weitere Spruchbänder trugen ähnlich direkte Forderungen. Paul war erleichtert, als die Gruppe endlich an ihnen vorbeigezogen war.

»Also gut«, forderte ihn Jasmin auf. »Packen wir's!«

Gleich im Eingangsbereich liefen sie Stockinger, dem Sicherheitschef, über den Weg. Jasmin zückte kurz ihre Dienstmarke, woraufhin der hagere Österreicher zwei muskelbepackten Männern in schwarzen Anzügen mit einem Wink zu verstehen gab, dass die beiden Besucher kein Sicherheitsrisiko darstellten.

»Was verschafft uns die Ehre?«, fragte Stockinger mit neugierigem Blick auf Pauls Fotokamera. »Ein weiteres Fotoshooting, diesmal mit Polizeischutz?«, mutmaßte er augenzwinkernd.

Jasmin übernahm das Antworten. »Nein, wir sind nicht wegen der Ausstellung gekommen.«

»Wir müssen dringend hinunter ins Lochgefängnis«, sagte Paul drängend.

Stockinger ließ seine Blicke zwischen beiden hin- und hergleiten. »Aber das ist nicht möglich. Der gesamte Kellerbereich gehört zur Sicherheitszone.«

Jasmin straffte die Schultern und sagte eindringlich: »Wichtige polizeiliche Nachermittlungen. Herr Flemming ist unser Kronzeuge im Mordfall Meinefeld und muss sich noch einmal am Tatort umsehen.«

»Ach – es geht um den Mord an diesem Model«, sagte Stockinger. Er rieb sich das spitze Kinn. »Hat das nicht Zeit bis nach der Ausstellung?«

»Mein lieber Herr Hofrat«, sagte Jasmin, wobei Paul sofort auffiel, dass diese Anrede Stockinger durchaus schmeichelte. »Die Aufklärung eines Mordes duldet keinen Aufschub.«

»Nicht Hofrat«, korrigierte Stockinger sie, »Magister lautet mein Titel.« Dann besann er sich auf das Wesentliche und betonte: »Unser Sicherheitskonzept besagt, dass …«

»Sicherheit, Sicherheit, Sicherheit«, regte sich Jasmin auf. »Sie können uns ja begleiten, wenn Sie uns nicht trauen. Aber Herr Flemming und ich werden jetzt in das Lochgefängnis gehen, ob es Ihnen passt oder nicht.«

»Also gut«, willigte Stockinger mit Leidensmiene ein. »Ich gehe voraus.«

Paul sog die trockene, kühle Luft gierig ein, als würde er allein dadurch die erhoffte Erkenntnis erlangen. Gemeinsam mit

Jasmin und Stockinger durchschritt er im schummrigen Licht einiger weniger Glühbirnen den engen Gang, der zu den Zellen des Lochgefängnisses führte. Die Wände bestanden aus großen roten Sandsteinquadern und wahrscheinlich nachträglich eingesetzten Ziegelsteinen, die teilweise unter aschgrauem Kalkputz verborgen waren. Sie bückten sich durch niedrige Türrahmen aus dunklem Holz hindurch, und schon nach wenigen Abzweigungen hatte Paul den Eindruck, sich in einem Labyrinth zu befinden. Er fand sich kaum zurecht, obwohl er doch erst vor kurzem hier gearbeitet hatte.

»Diese Kellergewölbe wurden von meinen Vorgängern schon im 14. Jahrhundert genutzt«, erklärte Jasmin, wozu Stockinger interessiert nickte. »Die Reichsstadt hatte damals ein ehemaliges Brothaus zum Rathaus umgebaut. Weil das Rathaus gleichzeitig auch als Gerichtsstätte diente, wurden die Kellerräume zu den mittelalterlichen Lochgefängnissen umgewandelt.«

»Mussten hier die Schwerverbrecher ihre lebenslange Haft absitzen?«, erkundigte sich Stockinger, als sie einen kahlen, kleinen Raum von etwa zwei mal zwei Metern passierten, der von einer wuchtigen vergitterten Tür verschlossen war.

»Nein«, sagte Jasmin. »Es war eher eine Art Untersuchungsgefängnis. Nur dass die Untersuchungsmethoden damals etwas anders aussahen als heute«, ergänzte sie mit einem seltsamen Blick in Pauls Richtung. Stockinger bekam davon nichts mit, glücklicherweise, dachte Paul.

»Und hier ist es«, sagte Jasmin, als sie auf der Schwelle zur Folterkammer standen, die wegen ihrer schlanken Höhe und der gewölbten Decke auch ehrfürchtig »Kapelle« genannt wurde. Der Raum war deutlich größer als die anderen Verliese. Paul schätzte seine Länge auf fünf Meter, die Breite auf drei und die Höhe auf knappe vier. Direkt hinter dem Türbogen führten sechs Stufen abwärts. Paul gegenüber, am anderen Ende der »Kapelle«, war eine einfache Holzpritsche an der Wand befestigt. Darüber war eine hölzerne Walze, um die ein starkes Seil gewickelt war, horizontal zwischen den Wänden verankert. Daran hing ein Gewicht in Form einer schweren steinernen Halbkugel. Rechts an der Wand lehnte eine Leiter, die ebenfalls mit einer Winde versehen war – die Streckbank.

Paul stockte der Atem, als er die Kreidesilhouette eines menschlichen Körpers auf dem steinernen Boden der Kammer sah.

Ihn erschütterte der Gedanke, dass genau an dieser Stelle, auf den harten, kalten Bodenplatten, Bea Meinefeld ihr Leben ausgehaucht hatte. Wie durch einen heilsamen Schock bemerkte Paul, wie sich in diesem Augenblick tatsächlich etwas in ihm löste. Vage, anfangs noch verschwommene Bilder rasten durch seinen Kopf.

»Paul? Ist alles okay mit dir?«, erkundigte sich Jasmin, als er sich an die Stirn fasste und Halt am Türrahmen suchte.

»Ja, ja, es geht schon«, sagte er. »Gib mir bitte einen Moment Zeit.«

Er sah Bea plötzlich leibhaft vor sich. Ihre für ein Model fast zu zierliche Figur, die sie während des Shootings in einen nachtschwarzen Tangaslip und ein Oberteil aus spinnennetzartig verschränkten Lederriemen gezwängt hatte. Ihr gebräunter, durchtrainierter Bauch kam in dieser Kombination gut zur Geltung. Dazu trug sie samtschwarze Stilettos, auf denen sie auf dem unebenen Boden nur staksend vorankam. Paul sah ihr kurzes, platinblondes Haar, die hübsche zierliche Nase, den etwas kleinen Mund mit den schneeweißen Zähnen. Und er sah ihre herausfordernd grünen Augen.

Aber ... Bea blieb in seinen Gedanken lebendig! So sehr sich Paul auch anstrengte und sich auf den Umriss der Toten auf dem Boden konzentrierte, konnte er immer nur die Bilder der lebenden Beate vor sich sehen. Die Bilder, die er von dem Fotoshooting am Nachmittag im Kopf hatte. So konnte er sich noch genau daran erinnern, in welchen Posen er die junge Frau abgelichtet hatte. Er hatte zwei Fünfhundert-Watt-Strahler auf sie gerichtet und damit ein gelbliches Licht erzeugt. Denn die

Halogenstrahler hatten eine ähnliche Farbtemperatur wie die Glühbirnen an den Decken des Gewölbes. Er hatte Bea an die Streckbank dirigiert, an die sie sich bereitwillig schmiegte. Er hatte sie angewiesen, die Luft anzuhalten, um ihre Bauchmuskulatur zu betonen und ihre Brüste größer erscheinen zu lassen. Paul wusste noch jedes Detail, selbst die technischen: eine sechzigstel Sekunde, ISO 400, Blende vier ...

»Die ›Kapelle‹ hat oben in der Decke eine Öffnung«, unterbrach Jasmin seine Gedanken. »Sie führt bis in den alten Rathaussaal. Dort konnten die Ratsherren und Schöffen mithören, was in der Folterkammer vor sich ging. Die Folter führte immer der Henker zusammen mit seinen Gehilfen durch.«

»Ich nehme an, er hat viele Geständnisse erzielt«, sagte Stockinger mit einem prüfenden Blick auf die Seilwinde mit dem schweren Gewicht.

»Alle haben gestanden«, sagte Jasmin. »Denn es kam nicht auf eine wahrheitsgemäße Aussage an, sondern auf ein Schuldeingeständnis. Wer einmal hier unten gelandet ist, war im Grunde schon vorher verurteilt.« Jasmin deutete auf ein furchteinflößendes Instrument, das an einem rostigen Haken hing. »Es gab allein fünf Folterstufen mit der Daumenschraube. Bei Stufe fünf hatte man keinen Daumen mehr.« Dann zeigte sie auf die Streckbank: »Mit der Dreh- und Streckleiter ließ sich ein Körper angeblich um bis zu fünfzehn Zentimeter in die Länge ziehen.«

»Schauriges Rechtsgebaren. Wann wurde diese Praxis denn eingestellt?«, wollte Stockinger wissen.

»Ab 1813 durfte laut bayerischem Kriminalrecht nicht mehr gefoltert werden«, wusste Jasmin und fügte mit zuckersüßem Lächeln hinzu: »Einige meiner Kollegen aus dem Präsidium würden die Räumlichkeiten hier aber gern wieder in Betrieb nehmen. Für gewisse Fälle zumindest.«

Paul hatte sehr wohl verstanden, auf wen sie da anspielte. Abermals bemühte er sich um Konzentration, um seine verschütteten Erinnerungen freizulegen. Er fixierte die

Kreidestriche zu seinen Füßen. Den Umrissen nach zu urteilen, hatte die tote Beate mit dem Kopf in Richtung der Streckbank auf dem Steinboden gelegen. Ihr Kopf war offenbar zur Seite gedreht gewesen, die rechte Hand weit ausgestreckt, die Linke an der Stelle eingeknickt, an der sie die raue Seitenwand berührt hatte. Feine rote Spritzer an der Wand deuteten darauf hin, dass sie sich dabei die Hand verletzt hatte.

Das rechte Bein hatte auf der Treppe gelegen. Es war ausgestreckt gewesen und hatte bis zur zweiten Stufe hinauf gereicht. Das andere Bein hatte – mit offenbar verbogenem Fuß – weiter unten auf der ersten Stufe gelegen.

Paul versuchte sich einen Reim auf die eigentümliche Körperhaltung zu machen. Das einzige, was ihm dazu einfiel, war, dass Beate rückwärts von der steinernen Treppe gestürzt war. Eine Erinnerung an diesen Vorfall hatte er aber nicht.

»Wahrscheinlich wurde sie gestoßen«, sagte Jasmin, die seine Gedanken offenbar ahnte. »Aber das werden wir sehr bald definitiv wissen, nicht wahr, Herr Flemming?«

»Möglicherweise«, nuschelte Paul und hob seine Kamera an. »Ich darf doch«, sagte er und fotografierte die Kapelle, ohne eine Erlaubnis durch Jasmin oder Stockinger abzuwarten.

»Sind Sie dann fertig?«, fragte Stockinger, nachdem Paul seine Fotos gemacht hatte.

Paul sah Jasmin an, die ihn wiederum mit fragenden Blicken bedrängte. »Ich denke schon«, sagte Paul unschlüssig.

»Haben Sie denn gefunden, wonach Sie gesucht haben?«, erkundigte sich Stockinger, als sie den Rückweg durch den engen Gang antraten.

»Nicht direkt«, antwortete Paul wahrheitsgemäß. Erst jetzt spürte er das ganze Ausmaß seiner Enttäuschung. Sein Gedächtnis war auch hier, am Schauplatz des Geschehens, nicht zurückgekehrt. Das große dunkle Loch in seinem Kopf war geblieben.

Ihm wurde plötzlich schwindlig. Auf der Suche nach einer Sitzgelegenheit ließ er sich in einen Stuhl fallen, der unter seinem Gewicht beängstigend ächzte. »Tut mir leid«, sagte er und vergrub sein Gesicht zwischen seinen Händen. »Ich brauche eine kleine Verschnaufpause. «

Die beiden anderen schwiegen zunächst. Dann sagte Jasmin: »Ist dir bewusst, wo du da Platz genommen hast?«

Paul schaute auf.

»Das ist der Stuhl, auf dem die Verurteilten saßen«, sagte sie mit süffisantem Unterton. »Danach ging es zu Fuß zwei Kilometer weit bis zum Galgenhof. Unterwegs wurden die Leute beschimpft und bespuckt. Am Ende wollten sie nur noch sterben – freiwillig.«

Paul war hundeelend zumute. Der Besuch in den finsteren Katakomben hatte ihm nichts gebracht. Er zweifelte stärker denn je an sich selbst und an seiner Urteilskraft. Vielleicht lag Jasmin mit ihren Anspielungen ja richtig: Paul saß nicht ohne Grund auf dem Stuhl des Sünders ...

Schließlich rappelte er sich auf, um gemeinsam mit den anderen das Lochgefängnis zu verlassen. Sie gingen schon auf das Treppenhaus zu, als Stockinger sie bremste.

»Moment«, sagte er mit verhaltener Stimme. »Mir ist, als hätte ich da etwas gehört.«

Paul und Jasmin sahen ihn gleichermaßen verwundert an. Hier unten herrschte im wahrsten Sinne des Wortes Grabesstille. Außer ihren Schritten und dem Knirschen der Steinchen, die unter ihren Sohlen zerbarsten, war nichts zu hören. Absolut nichts. Denn die dicken Wände schirmten die Geräusche der Außenwelt hermetisch ab.

»Glauben Sie mir«, sagte Stockinger den kritischen Gesichtern seiner Begleiter zum Trotz. In seinen Augen war ein seltsames Funkeln zu erkennen. »Ich habe ein sehr gutes Gehör. Gute Augen und Ohren gehören dazu, wenn man in meinem Beruf erfolgreich sein will.«

»Was haben Sie denn gehört?«, erkundigte sich Jasmin, klang aber nicht richtig überzeugt.

»Ein Geräusch, das ganz sicher nicht in eine mittelalterliche Kulisse passt«, sagte Stockinger und wirkte mit einem

Mal sehr entschlossen. »Folgen Sie mir«, sagte er und wandte sich zurück in die Richtung, aus der sie gekommen waren. Die anderen folgten ihm.

Als sie tiefer in die verwinkelten Gänge eindrangen, hörten auch sie das verdächtige Geräusch. Ein feines Summen und Pfeifen. Es klang in Pauls Ohren wie ein defektes elektronisches Gerät.

Stockinger eilte bis zur letzten der zwölf Gefangenenzellen und blieb dann keuchend stehen. Jetzt war das Geräusch für aller Ohren klar und deutlich zu hören. Ein knisterndes Surren. Hier war etwas ganz und gar nicht in Ordnung, dachte Paul. Stockinger zog eine dünne, aber effektive Stabtaschenlampe aus seiner Hosentasche und leuchtete in die zwölfte Zelle. Sie war an der hinteren Wand mit einer vergitterten Öffnung versehen, die ganz offensichtlich die Geräuschquelle barg.

Neugierig näherten sich die drei und machten sich daran, das Gitter zu entfernen.

»Was ist das für eine Öffnung?«, fragte Stockinger.

»Keine Ahnung«, gab Jasmin zu. »Ich bin ja keine Stadtführerin. Wahrscheinlich ein Entlüftungsschacht.«

»Ja«, bestätigte Paul, während er an dem angerosteten Gitter zerrte. »Ich habe mal gelesen, dass in den fünfziger Jahren nachträglich einige dieser Schächte eingebaut wurden, nachdem sich in den Kellern Feuchtigkeitsschimmel gebildet hatte.«

»Richtig«, bestätigte Jasmin. »Jetzt fällt es mir wieder ein: Früher waren die Zellen direkt mit der historischen Lochwasserleitung verbunden. So war für Durchzug und eine ausreichende Belüftung gesorgt. Im Krieg wurden die unterirdischen Gänge teilweise verschüttet, wodurch sich später das Schimmelproblem ergab.«

»Ich habe nichts von diesen nachträglich installierten Schächten gewusst«, sagte Stockinger sehr ernst.

Endlich gelang es ihnen, die Gittertür aufzustoßen.

Als Stockinger den Strahl seiner Stablampe in die Öffnung richtete, staunten alle drei.

Vor ihnen tat sich eine Hightech-Welt aus hochmodernen technischen Anlagen auf. Sie sahen Bündel von Kabeln, drei eingeschaltete Laptops und allerlei blinkende und leise surrende Kästen, von denen Paul nicht sagen konnte, wofür sie gut waren.

Jasmin war die erste, die sich aus ihrem starren Erstaunen löste und wieselflink in die enge Öffnung kroch. Sie ließ sich von Stockinger die Lampe reichen und begutachtete die Gerätschaften, wobei sie anerkennend pfiff: »Wow!«, sagte sie. »Die Notebooks sind allererste Sahne. Riesenspeicher und irre schnell.« Sie ließ den Strahl der Lampe weitergleiten. »Koaxialkabel, gut abgeschirmtes Kupferkabel, Signalverstärker ...« Dann richtete sie den Lichtstrahl nach oben an die Decke. Die anderen folgten mit ihren Blicken, als Jasmin auf einen mausgrauen Kabelstrang deutete, der sich zwischen den Nischen der Steinwand entlangschlängelte. »Ganz schön raffiniert«, sagte sie, »für die Stromversorgung ihrer Apparate haben sie einfach die Überputzleitung der Flurbeleuchtung angezapft.«

»Aber wozu dient der ganze Hokuspokus?«, fragte Paul.

Statt zu antworten, wandte sich Jasmin noch einmal den Laptops zu. »Dieser hier übernimmt die Tonaufzeichnung aus eins ... zwei, drei ...«, sie stieß abermals einen Pfiff aus, »aus insgesamt achtzehn Quellen. Das zweite Notebook bündelt Kamerasignale. Und hier ist sogar eine Motiondetection installiert.«

»Eine was?«, fragte Paul.

»Bewegungsmelder«, sagte Stockinger mechanisch. Er war leichenblass.

»Ja«, sagte Jasmin, als sie aus dem Loch herauskroch. »Wir sind auf ein Netzwerk modernster Technik gestoßen. Die perfekte Basis zum Ausspionieren.«

»Verflucht!«, schimpfte Stockinger. »Wie konnte uns das bloß entgehen?«

»Die Anlage ist ziemlich gut versteckt«, sagte Jasmin. »So wie es aussieht, haben die Ihre ganze Ausstellung verwanzt.

Ich kann mir jedenfalls kaum vorstellen, dass dieser ganze Aufwand zum Abhören der Fraktionsbüros im Rathaus dient.«

Stockingers Gesichtszüge wirkten sehr verkniffen. »Das ist das Equipment für die Vorbereitung eines perfekten Coups«, sagte er bitter. »Die wollten uns ausspionieren, um unsere Schwachstellen im Sicherheitssystem offenzulegen.« Er war immer noch sehr blass. »Mein Gott – wenn ihnen das gelungen wäre ...«

»Ist es aber nicht«, sagte Jasmin und straffte die Schultern. »Ich finde, Sie dürfen uns dankbar sein.«

»Das bin ich«, sagte Stockinger niedergeschlagen und erleichtert zugleich. »Ich bin Ihnen mehr als nur dankbar.«

»Dann schlage ich vor, dass wir jetzt gehen und Sie die weiteren Ermittlungen in dieser Sache gemeinsam mit meinen Kollegen aus dem Einbruchsdezernat fortsetzen.« Sie stieß Paul an. »Wir sind hier nämlich fertig.«

28

Als Paul am nächsten Vormittag im *Café Sebald* die Tageszeitung durchblätterte, saß die Enttäuschung über seine persönliche Niederlage im Lochgefängnis noch tief. Er hatte in den unterirdischen Katakomben nicht einmal den kleinsten Erinnerungsbrocken aufsammeln können. Das Fotoshooting, ja, das hatte er lückenlos aus seinem angeschlagenen Gedächtnis rekonstruieren können – aber über den Geschehnissen der Nacht lag nach wie vor ein Schleier des Vergessens.

Es war zum Verrücktwerden, dachte er, nippte an seinem Cappuccino und stieß dann beinahe mit der Nase auf einen großen Aufmacher im Lokalteil, der die Ereignisse des gestrigen Tages zum Thema hatte. Paul sog jede Zeile des Textes interessiert auf. Und wunderte sich etwas über die unbescheidene Selbstbeweihräucherung der Polizei, die laut Aussage des

Polizeipräsidenten »einen dezidiert und professionell geplanten schweren Diebstahl verhindert hat – ich möchte sogar sagen, den Coup des Jahrzehnts«.

Wäre Paul nicht in einer so misslichen Lage gewesen, hätte er angesichts dieser Verdrehung der Tatsachen laut aufgelacht. Aber ihm war nicht nach Lachen zumute. Und dass er und Jasmin in dem Artikel mit keiner Silbe erwähnt wurden, konnte ihm ja nur recht sein – denn ihre gemeinsame und keineswegs mit dem Präsidium abgestimmte Aktion hätte ihnen auch jede Menge Ärger einbringen können.

Er las weiter. Was folgte, waren einige an den Haaren herbeigezogene Erklärungsversuche der Zeitung, wer oder was hinter dem geplanten Einbruch stecken könnte. Die Polizei hielt sich bei dieser Frage nämlich bedeckt. Paul meinte auch den Grund dafür zu kennen: Die Ermittler hatten keine Ahnung. Denn wer eine so aufwendige und clever versteckte Anlage installierte, hinterließ keine Fingerabdrücke oder ähnliche Hinweise auf seine Identität, folgerte Paul.

Der Text endete mit einer Erklärung des städtischen Presseamtes, dass die Ausstellung bis auf Weiteres geschlossen bleibe. Ganz am Schluss kam eine Nachricht, der nach Pauls Empfinden ein weitaus größerer Stellenwert in der Berichterstattung hätte eingeräumt werden müssen: Wegen der Erhöhung der Sicherheitsstufe hatten die Veranstalter die Untersuchung der Heiligen Lanze durch den Metallurgenkongress abgesagt!

Paul stieß einen leisen Pfiff aus. Donnerwetter, dachte er, von dieser Entscheidung dürften die Herren Wissenschaftler aber alles andere als begeistert sein.

Nachdenklich hob er den Kopf und sah durch die große Frontscheibe des Cafés auf den Weinmarkt. Wieder hatten ihn seine Nachforschungen über den Mordfall Meinefeld auf die Reichskleinodien und ganz explizit auf die Heilige Lanze gebracht. Mit den Abhörutensilien, auf die sie gestoßen waren, war ein weiteres Teil dieses komplizierten Puzzles dazugekommen. Aber wohin führte ihn das alles, fragte sich Paul.

Im Spiegel der großen Fensterscheibe beobachtete er sich dabei, wie er sich unruhig die Hände rieb. Er sah nicht besonders glücklich aus, dachte Paul. Die Augenpartie war verkniffen, der Mund wirkte verbittert. Die Stoppeln an Kinn und Wangen zeigten, dass es sich inzwischen mindestens um einen Fünftagebart handelte.

Mitten in der kritischen Selbstanalyse winkte jemand durch das Spiegelbild. Paul sah verwundert hin. Und er fragte sich, ob es ein Zufall war, sie vorm *Café Sebald* zu sehen.

»Ich hatte dich eigentlich bei dir zuhause vermutet«, sagte Jasmin und ließ sich auf den freien Stuhl neben Paul fallen. »Puh«, sagte sie außer Atem. »Dann habe ich im *Goldenen Ritter* nach dir gesucht, beim Bäcker und beim Metzger. Sogar beim Gemüsestand habe ich nachgefragt.«

»Was gibt es denn so Wichtiges?« Paul war neugierig geworden.

Jasmin sah ihn ehrlich erstaunt an.

Es war ein etwas naiver Blick mit geneigtem Kopf und großen Augen. Paul empfand es als sehr angenehm, die schlagfertige Jasmin einmal sprachlos zu erleben.

»Also?«, hakte er mit einem Lächeln nach.

»Also – na ja«, druckste Jasmin herum.

Wollte sie ihn vielleicht einfach nur wiedersehen?, kam es Paul in den Sinn. Wollte sie sich erkundigen, wie es ihm ging und ob seine Erinnerungen inzwischen zurückgekehrt waren? Paul sah sie angenehm berührt an.

Dann fiel Jasmins Blick auf die aufgeschlagene Zeitung. Sie tippte mit dem Zeigefinger auf den Artikel, den Paul gerade gelesen hatte und sagte: »Damit haben wir meinen Kollegen eine harte Nuss zum Knacken gegeben.« Sie lächelte ein wenig boshaft, als sie ausführte: »In dem Versorgungsschacht wurde jede Menge technischer Schnickschnack sichergestellt. Die komplette Hardware für den großen Lauschangriff. Aber es gab nicht den kleinsten Anhaltspunkt auf denjenigen, dem der ganze Krempel gehört.«

»Das habe ich mir gedacht«, sagte Paul und war ein wenig enttäuscht, dass Jasmin gleich auf das Thema Lochgefängnis gekommen war.

»Außerdem waren die Meisterdiebe von Nürnberg wohl noch nicht fertig mit ihren Vorbereitungen«, verriet Jasmin.

»Wieso das?«, fragte Paul.

»Die Anlagen in dem Schacht bildeten zwar einen guten Grundstock, aber die Schnittstellen endeten vorm Ausstellungsraum. Es gab also noch einiges zu tun für den großen Coup.«

»Verstehe ich nicht.«

»Tröste dich: Wir auch nicht.«

Paul kratzte sich an den Bartstoppeln. »Wann wurden die ganzen Kabel eurer Meinung nach denn gezogen?«

»Das ist schwer zu sagen. Die Kollegen gehen davon aus, dass die Anlagen schon einige Zeit vor Ausstellungsbeginn eingebaut wurden, als die Sicherheitsmaßnahmen noch nicht griffen.«

»Dann hätten sie ihr heimliches Überwachungssystem doch auch fertig stellen können«, meinte Paul.

»Vielleicht ist ihnen die Zeit ausgegangen«, mutmaßte Jasmin. »Aber zerbrich dir darüber nicht den Kopf. Meine Kollegen sind in solchen Angelegenheiten schwer auf Zack. Früher oder später werden wir all diese Fragen beantworten können.«

Paul winkte der Kellnerin, um für Jasmin ebenfalls einen Cappuccino zu bestellen.

Ihr Gespräch kam dann sehr schnell auf den Metallurgenkongress. Auch Jasmin hatte von der Absage für die Untersuchung der Heiligen Lanze gehört.

»Dafür habe ich vollstes Verständnis«, sagte sie resolut.

»Aber eine solche Untersuchung hätte wertvolle Erkenntnisse liefern können«, wandte Paul ein.

»Hast du eine Ahnung, was für einen Stress uns diese Ausstellung auch schon so bereitet? Allein für den Schutz des Transports der Lanze ins Laboratorium hätten wir eine Hundertschaft von der Bepo aus Bamberg anfordern müssen.«

»Bepo?«

»Die Bereitschaftspolizei«, erklärte Jasmin, »unsere jungen Prügelknaben und -damen.«

»Ich dachte, du als studierte Ingenieurin hättest ein wenig mehr Verständnis für die Belange der Wissenschaft«, wollte Paul sie aus der Reserve locken.

Tatsächlich zuckte Jasmin prompt mit dem linken Mundwinkel. »Klar wäre das für die Metallurgen wichtig. Aber der Sicherheitsapparat ist auch so schon groß genug. Je eher die Reichskleinodien wieder in der Schatzkammer der Wiener Hofburg sind, umso besser für uns.«

Eher aus einer spontanen Eingebung heraus, als dass er darüber nachgedacht hätte, griff Paul nach Jasmins Hand. »Würdest du mir einen Gefallen tun?«, fragte er.

Jasmin sah auf ihre Hand, dann auf Paul und wieder auf ihre Hand. Aber sie zog sie nicht weg. »Schon wieder einen Gefallen?«

Paul nickte. Er schilderte ihr seine Gedanken und berichtete von dem imaginären Puzzlespiel, zu dessen Teilen ganz offensichtlich die Heilige Lanze zählte. Schließlich bat er ganz konkret:

»Begleitest du mich auf den Metallurgenkongress? Ich könnte deinen Sachverstand sehr gut gebrauchen, um einige Wissenslücken über die Reichskleinodien zu schließen. Und vielleicht bekommst du dort ja sogar einen Hinweis auf die verhinderten Diebe.«

Jasmin sah ihn eine Weile an. Dann legte sie ihre zweite Hand auf die von Paul. »Es wird ja langsam zur Gewohnheit, dass ich dir einen Gefallen tue.« Sie lächelte. »Aber okay, ich bin dabei.«

Paul spürte die Wärme ihrer Hände. Er freute sich über ihre spontane Zusage. Aber er fragte sich allmählich, ob er für

Jasmin, die er bislang einfach nur für eine fesche und kompetente junge Frau und willkommene Ablenkung von seinen Problemen mit Katinka gehalten hatte, nicht doch ein wenig mehr empfand.

29

Paul nahm die U-Bahn, während Jasmin sich nach Schichtende von einem Kollegen zum Treffpunkt fahren lassen wollte. Als die Bahn aus dem Untergrund auftauchte und er die Hochhäuser von Neuselsbrunn und Langwasser sah, machte er sich zum Aussteigen bereit.

Jasmin blickte ihn erwartungsfroh an, als er am verabredeten Treffpunkt vor Messehalle 2 eintraf. Sie war wie immer leger gekleidet, das rote Haar zerzaust. Was für ein Kontrast zu Katinka, durchfuhr es Paul. Und ehe er sich's versah, umarmte ihn Jasmin zur Begrüßung.

»Gehen wir rein?«, fragte sie unternehmungslustig. Dann fügte sie etwas ernster hinzu: »Ich bin übrigens außer Dienst. Meine Marke und Dienstwaffe habe ich nicht dabei.«

»Ist wohl auch besser so«, sagte Paul augenzwinkernd.

Sie betraten die Messehalle und waren zunächst einmal überrascht. Die große Halle war bestuhlt, am anderen Ende war ein breites Podium aufgebaut worden. Auf einer Leinwand wurde eine Powerpointpräsentation gezeigt, und ein einzelner Mann auf dem Podium gab dazu Erklärungen ab, die wegen seiner leisen Fistelstimme hinten im Saal kaum zu verstehen waren. Die Zuhörer waren entweder in Gespräche vertieft oder aber gerade dabei, ihre mitgebrachte Brotzeit zu verspeisen.

»Unter wissenschaftlicher Arbeit habe ich mir etwas anderes vorgestellt«, raunte Paul Jasmin zu.

»Bei uns im Hörsaal sah es oft ähnlich aus«, sagte sie und stieß Paul an. »Suchen wir uns einen Gesprächspartner!«

Sie setzten sich auf halbem Weg zum Podium neben eine ältere Dame mit grauem Dutt. Jasmin sprach sie an:

»Entschuldigen Sie.«

Die Frau wandte sich ihr zu. »Ja, bitte?«

»Verzeihen Sie unsere Neugierde: Hat es denn einen Zweck, den Kongress fortzusetzen, wenn Ihnen Ihr eigentliches Untersuchungsobjekt entzogen wurde?«, kam Jasmin gleich zum Punkt.

Die Frau stutzte einen Moment. Dann sah sie Jasmin und Paul freundlich an und sagte: »Aber sicher. Es wäre zwar reizvoll gewesen, sich über das Gebot der Unberührbarkeit hinwegzusetzen und tief ins innerste Geheimnis des Objekts einzudringen, aber wir respektieren selbstverständlich die Haltung der Kunstgeschichtler und Sicherheitsexperten. Außerdem sollte es ja bloß das i-Tüpfelchen auf den Erträgen unserer Tagung sein«, meinte sie lächelnd. Sie suchte vergeblich nach einen Namensschildchen an Jasmins T-Shirt und erkundigte sich: »Woher kommen Sie, bitte? Sind Sie Journalisten?«

»Nein«, antwortete Jasmin.

»Ja«, widersprach ihr Paul. »Wie wollten Sie der Heiligen Lanze denn ihre Geheimnisse abtrotzen?«

»Oh«, sagte die Kongressteilnehmerin etwas verlegen. »Da fragen Sie die Falsche. Ich selbst bin Radiologin. Ich kann Ihnen nur sagen, dass unter anderem ein spezielles Elektronenmikroskop, das Environmental Scanning Electron Microscope, eingesetzt werden sollte.«

»Ein was?«, fragte Paul.

»Eine raffinierte Weiterentwicklung des Rastertunnelmikroskops«, flüsterte ihm Jasmin zu.

»Es tastet im Vakuum Oberflächen mit einer winzig kleinen Nadel berührungsfrei ab«, erläuterte die Wissenschaftlerin geduldig. »Dadurch lässt sich ein topografisches Abbild der atomaren Landschaft eines Gegenstandes gewinnen.«

»Und die Heilige Lanze würde bei dieser Prozedur nicht zu Schaden kommen?«, wollte Paul wissen.

»Dadurch nicht«, sagte die Forscherin.

»Aber durch andere Untersuchungsmethoden?«, hakte Paul nach.

»Das will ich so nicht sagen«, wich die Frau aus.

»Nennen Sie doch mal ein Beispiel«, forderte Jasmin sie auf.

Die Frau wiegte den Kopf. Sie sprach jetzt leiser: »Einige Analysten bevorzugen die Getty-Methode.«

»Was kann man sich darunter vorstellen?«, fragte Paul.

Die Forscherin schaute sich nach ihren Kollegen um, bevor sie weitersprach: »Mit einer wassergekühlten Diamantsäge zerkleinert man eine kleine Probe des Untersuchungsobjekts. Das ist nicht sehr fein, aber effektiv. Zugegeben: Es erleichtert die Analyse auch in meinem Sachgebiet, der Röntgenfluoreszenz. Die Bestandteile der mit Strahlung beschossenen Metallprobe erzeugen entsprechend ihrer Zusammensetzung ein charakteristisches Spektrum.«

Paul konnte das nicht ganz nachvollziehen: »Warum ist es denn nötig, dafür ein Stück aus der Lanze herauszusägen?«

»Bei harten, dickwandigen Gegenständen reichen die Röntgenstrahlen oft nicht aus, um das Objekt vollständig zu durchdringen«, erklärte die Wissenschaftlerin. »In solchen Fällen erreicht man höchstens noch mit Gammastrahlen zufriedenstellende Ergebnisse – oder aber man konzentriert sich auf die Untersuchung einer zuvor herausgelösten und zerkleinerten Probe.«

»Wollten Sie dieses Verfahren bei der Heiligen Lanze wirklich anwenden?«, fragte Jasmin nun direkt.

»Nein«, sagte die Wissenschaftlerin entschieden. »Ich nicht, aber es wäre – wie gesagt – effektiv.« Dann lächelte sie schelmisch und fragte: »Kennen Sie nicht die nette Episode über die *Campbell's*-Suppendosen?«

Paul und Jasmin sahen sie verständnislos an.

»Ganz normale Dosen aus dem Supermarkt, aber Andy Warhol hatte sie per Namenszug zum Kunstwerk erhoben. Sie waren schnell Sammlerstücke und erzielten Liebhaberpreise von mehreren tausend Dollar. Da rangen die Experten darum, wie man die Kunstwerke dauerhaft erhalten konnte, ohne dass der Inhalt irgendwann gären würde und die Dosen explodierten.«

»Und was hat man unternommen?«, fragte Paul.

»Es bildeten sich zwei Fraktionen. Die einen wollten einen Papierkonservator das Etikett ablösen lassen, anschließend die Naht der Dose auftrennen, den Inhalt zwischenlagern und mit Konservierungsmitteln auffrischen oder den Sauerstoffgehalt senken, damit die Suppe stabil bleibt. Anschließend hätte man alles wieder in den ursprünglichen Zustand versetzt.«

»Und die andere Fraktion?«, erkundigte sich Jasmin.

»Die anderen wollten einfach ein Loch hineinbohren, den Inhalt ablassen und die Suppe entsorgen.«

»Wenn ich Sie richtig verstehe, sind Sie für solche Brachialmethoden nicht zu haben, stimmt's?«, fragte Jasmin.

Die Frau nickte. »Ja. Da bewahre ich lieber die Illusion, als die Beschädigung eines so kostbaren und einzigartigen Kulturguts zu riskieren.«

»Welcher Ihrer Kollegen wäre denn weniger zimperlich?«, fragte Paul.

Die Frau sah ihn fragend an. »Sie erwarten darauf doch nicht wirklich eine Antwort, junger Mann?«

Jasmin sprang Paul zur Seite, indem sie sich erkundigte: »Welcher Ihrer Kollegen ist besonders enttäuscht darüber, dass es mit der Untersuchung nun leider nichts wird?«

Die Forscherin zögerte. Sie strich sich mit der rechten Hand über ihren Dutt. Schließlich sagte sie sehr leise: »Sprechen Sie mit Professor Dr. Rubach.« Sie sah sich wieder nach den anderen Wissenschaftlern um. »Ingolf Rubach. Er ist eine Koryphäe auf dem Gebiet der Reliquienforschung. Manche von uns belächeln ihn wegen seiner gewagten Thesen, aber sprechen Sie mit ihm. Ich halte ihn für einen kompetenten Analysten. Und als Dozent ist er allemal ein Unterhaltungsgenie.«

Ob das nun ein Lob war, wollte Paul dahingestellt sein lassen. Dennoch waren sie dankbar für diesen Hinweis.

30

Prof. Dr. Ingolf Rubach war leicht zu identifizieren. Nachdem sie weitere Kongressteilnehmer angesprochen hatten, die ihn – mit zumeist missbilligendem Ausdruck – als vollschlanken Endvierziger mit wallendem Haar, Vollbart, starker Brille und Abneigung gegen den sonst üblichen Krawattenzwang beschrieben, fanden sie den Forscher auf einer verwaisten Bank am äußeren Ende der Halle. Er saß allein über ein Notebook gebeugt und war offenbar tief in Gedanken versunken.

Paul und Jasmin wechselten einen fragenden Blick, dann räusperte sich Jasmin, worauf der Professor zu ihnen aufblickte.

»Äh ... – Kann ich Ihnen helfen?« In seiner Stimme schwang vorsichtige Zurückhaltung mit.

»Flemming ist mein Name. Paul Flemming«, stellte Paul sich vor. »Das ist meine Kollegin, Kriminaloberkommissarin Stahl.« Jasmin, die bereits ihre Hand ausgestreckt hatte, verschluckte sich an ihren eigenen Begrüßungsworten und sah Paul böse an.

»Ich kann mir denken, weshalb Sie gekommen sind«, sagte Rubach und räumte einen Stapel Computerausdrucke von seinem Nachbarsitz. »Nehmen Sie doch bitte Platz. Es geht um den geplanten Diebstahl der Reichskleinodien, richtig?«

»Wir sind nicht als offizielle Ermittler zu Ihnen gekommen«, stellte Jasmin klar und trat Paul mit ihrem Hacken auf den Schuh, als sie sich setzte.

»Dennoch wäre es hilfreich, wenn Sie uns über einige Hintergründe aufklären könnten«, sagte Paul und ignorierte den Schmerz.

Rubach kratzte sich am Bart. »Hintergründe? Also gut.« Er machte eine weitausholende Handbewegung. »Sehen Sie sich um. Wir haben hier einige sehr kluge Köpfe versammelt. Experten der Archäometrie, der Archäologie, Chemie, Physik, Mineralogie, Kapazitäten aus dem Gießerei- und Hüttenwesen, Kreationisten, Religionswissenschaftler – ja, wahrscheinlich sogar den einen oder anderen Spion des Vatikans. Und wofür das alles?« Er ließ die Hände schlaff in seinen Schoß fallen. »Für nichts und wieder nichts.«

»Aber der Kongress befasst sich ja nicht nur mit der Heiligen Lanze«, warf Paul ein. »Sie werden sicherlich genug andere Themen …«

Weiter kam er nicht, denn Rubach unterbrach ihn barsch: »Papperlapapp! Nürnberg war die Chance des Jahrhunderts für uns, um die Heilige Lanze zu erforschen. Eine solche gebündelte Kompetenz aus Fachwissen, Erfahrung und Intelligenz werden wir auf internationaler Ebene kein zweites Mal zusammenbekommen.«

Der Professor hackte wild auf seine Tastatur ein. Er ließ eine dreidimensionale Darstellung der Heiligen Lanze auf dem Bildschirm erscheinen, die sich langsam um ihre eigene Achse drehte. »Wir hätten all die offenen Fragen klären können: Wo und wann genau wurde die Lanze hergestellt? Bronze, Messing, Gold, Silber – wie sieht die exakte Zusammensetzung der Mantelschichten aus, auch abhängig von Umschmelzungen und ähnlichen späteren Einflüssen? Und schließlich der Kern: Besteht er – wie der Nagel im Kreuz des Heilands – tatsächlich aus Eisen? Falls ja, ist er dann erschmolzen oder terrestrisch gediegen?«

»Wie sieht denn ihre persönliche Theorie aus?«, unterbrach Jasmin den Redefluss des Professors.

Rubach sah sie einen Moment irritiert an. Dann fand er den verlorenen Faden wieder und sagte sehr bestimmt: »Ich bin Pragmatiker. Nach allem, was die Historiker über die sehr wechselvolle Geschichte der Heiligen Lanze herausgefunden haben, gehe ich davon aus, dass sie weder die originale Lanze des Heiligen Longinus ist, noch dass sie einen Kreuznagel umschließt.«

»Nicht einmal einen Splitter des Nagels?«, fragte Jasmin und klang ein wenig desillusioniert.

Rubach schüttelte langsam den Kopf. »Nein, nicht einmal einen Splitter. Wenn es je eine Reliquie dieser Art gegeben haben sollte, ist sie längst in den Wirren der Zeitgeschichte verschollen.«

»Aber die Heilswirkung«, wandte Paul ein. »Der Lanze werden übernatürliche Kräfte nachgesagt. Irgendetwas Wahres muss an der ganzen Geschichte ja dran sein.«

»Ist es auch«, sagte Rubach, wobei seine Augen plötzlich blitzten. »Aber auch dafür haben einige Kollegen plausible Erklärungen: Zum Beispiel die Wirkung bestimmter metallischer Legierungen als sogenannte Handschmeichler, also das angenehme Gefühl beim Streichen über die Oberfläche.«

»Das kommt wohl kaum in Frage, da das einfache Volk gestern wie heute kaum eine Gelegenheit hatte, die Reliquie anzufassen.«

»Stimmt«, nickte Rubach anerkennend. »Dann war es wohl Wunderglaube kombiniert mit Ehrfurcht, angereichert mit Herrschaftsdenken, Gottesgnadentum. Meine Kollegen von der theologischen Fraktion meinen, dass die katholische Kirche gezielt das Empfinden vermittelte, durch die Lanze dem Martyrium von Jesus Christus nahe zu sein, und zwar körperlich wie geistig. Diese Überzeugung sollte ein besonderes Gespür für Hoffnung und Zuversicht auf Heilung bei gleichzeitiger Demut vermitteln.«

»Um meine Frage zu wiederholen«, sagte Jasmin, »was glauben Sie persönlich?«

Rubach sah sie offen an. »Ich glaube überhaupt nichts. Und genau das ist der Punkt: Ich gehe davon aus, dass die Heilige Lanze tatsächlich einen Kern mit spezifischen Eigenschaften beinhaltet. Aber diese Eigenschaften haben nichts mit Wundern oder Heilswirkungen im biblischen Sinn gemein.«

»Sondern?«, zwang Paul ihn, auf den Punkt zu kommen.

»Ich gehe davon aus, dass der Kern der Lanze ein ganz besonderes Metall birgt. Möglicherweise eine unbekannte Legierung. Oder sogar eines, das im Periodensystem bisher nicht vorkommt.«

»Was wollen Sie damit sagen?«, fragte Jasmin skeptisch.

»Ich spreche von extraterrestrischem, meteoritischem Eisen oder einem noch unbekannten Metall mit bestimmten eingeschlossenen Mineralien, die Auswirkungen auf den menschlichen Organismus haben könnten.«

»Sie meinen, der Kern der Lanze ist vom Himmel gefallen?«, fragte Paul verblüfft.

»Ja«, lächelte Rubach. »Genau das meine ich – und letztlich könnte ein Beweis meiner These sogar mit dem religiösen Glauben in Einklang gebracht werden. Denn wie Sie ja selbst sagten: Der Kern ist direkt aus dem Himmel zu uns gekommen.«

»Das klingt ziemlich spektakulär«, sagte Jasmin, die wenig überzeugt wirkte.

»Ich weiß selbst, dass meine Thesen ohne eine empirische Beweisführung ein leichtes Opfer für Skeptiker sind«, sagte Rubach eingeschnappt. »Deshalb ja der Nürnberger Kongress und die Untersuchung der Lanze.«

»Aber die Lanze wurde doch bereits vor ein paar Jahren geröntgt und sogar teilweise zerlegt«, meldete Paul sich wieder zu Wort. »Da hätte es auffallen müssen, wenn unbekannte Bestandteile enthalten gewesen wären.«

»Ach was«, winkte Rubach ab. »Dilettantengeschwätz! Die Zusammensetzung des Kerns ist von außen nicht zu erkennen. Wir müssen bohren und brauchen eine Analyse des Bohrkerns.« Abermals flogen seine Hände über die Tastatur des Notebooks. Auf dem Bildschirm zeigte nun ein animierter Film, wie eine Probeentnahme aus dem Lanzenkern aussehen würde.

Paul und Jasmin sahen sich den kurzen Film an, während Rubach unablässig wegen seiner verweigerten Zugriffsrechte grummelte.

»Ich war so nahe dran«, sagte er voller Enttäuschung.

Mit Blicken verständigten sich Paul und Jasmin darüber, dass sie fürs Erste genug von Rubach erfahren hatten, und verabschiedeten sich höflich.

»Gern geschehen«, sagte der Professor, nachdem Paul sich für seine Ausführungen bedankt hatte.

Sie wollten gerade die Messehalle verlassen, als die Wissenschaftlerin sie einholte, mit der sie anfangs gesprochen hatten.

»Haben Sie Rubach gefunden?«, wollte sie wissen.

»Ja, danke, haben wir«, sagte Paul.

»Hat er Ihnen von seiner Theorie erzählt?«, fragte die Frau.

»Ja, das hat er«, sagte Paul.

»Dann können Sie sich denken, dass Kollege Rubach in Forscherkreisen recht umstritten ist.«

»Na ja«, antwortete Paul, »seine Hypothesen sind zumindest ungewöhnlich.«

»Rubach steht schon länger im Abseits«, sagte die Frau nun sehr offenherzig. »Er bräuchte dringend einen Erfolg – und der Entzug der Heiligen Lanze bedeutet für ihn quasi das wissenschaftliche Aus.«

Dann drehte sie sich abrupt um und ließ Paul und Jasmin stehen.

»Ein seltsames Verhalten«, sagte Jasmin. Dann grinste sie spöttisch: »Ich fühle mich heute mal wieder darin bestätigt, dass ich die richtige Entscheidung getroffen habe.«

»Entscheidung?«, fragte Paul. »Entscheidung worüber?«

»Dass ich nach dem Studium nicht in die Forschung oder den Lehrbetrieb gegangen bin, sondern in die Praxis. Denn die haben hier offensichtlich alle eine Schraube locker.«

Paul schmunzelte, während sie aus der Halle gingen.

»Übrigens«, sagte Jasmin. Sie schaute zu Paul auf und stemmte dabei die Arme in ihre Hüften. »Ich erwarte nichts von dir.«

»Wie meinst du das?«, fragte Paul etwas ratlos.

»Na, wie schon? Für den Gefallen, um den du mich gebeten hast, brauchst du dich nicht zu revanchieren – es sei denn, du möchtest es gern.«

Paul blinzelte in die Frühlingssonne. »Ich werde mir etwas Passendes einfallen lassen …«

31

Als Paul an seiner Mokkabraunen im Flur vorbeikam, hätte er diesem vertrauten Gesicht am liebsten sein Herz ausgeschüttet. Denn als hätte er nicht schon genug um die Ohren, war er auf dem besten Wege, sich in Jasmin zu verlieben und sich damit in neue Schwierigkeiten zu stürzen.

Dass Jasmin eine Menge für ihn übrig hatte, war ja mehr als deutlich. Sicher war es schmeichelhaft für Paul, wenn sich eine deutlich jüngere und noch dazu ziemlich attraktive Frau in ihn verguckte. Aber konnte er das in seiner aktuellen Situation gebrauchen? Mal ganz abgesehen davon, dass sich seine Gefühle für Katinka trotz allem – noch – nicht abgekühlt hatten.

Paul sah die Mokkabraune fragend an. Aber diese blieb natürlich stumm.

»Wenigstens ein kleines Zeichen könntest du mir geben«, blaffte Paul das Poster an und ging in sein Atelier.

Das Lämpchen des Anrufbeantworters blinkte wieder. Paul kam sofort in den Sinn, dass Nadine Schneider noch einmal versucht hatte, ihn zu erreichen. Ob sie wieder Ärger mit ihrem Schlägerfreund Ken bekommen hatte?

Er hatte es jetzt eilig, die Abhörtaste zu betätigen.

»Mann, Flemming!« Das Gehäuse des Anrufbeantworters schepperte, weil Hannah so laut sprach. »Warum haben Sie denn Ihr Handy ausgeschaltet? Ich versuche seit Ewigkeiten, Sie zu erreichen.«

An den Hintergrundgeräuschen erkannte Paul, dass Hannah vom Norisring aus angerufen hatte.

»Ich muss Sie ganz, ganz dringend sprechen«, redete sie weiter. »Ich habe hier jemanden kennengelernt, der angeblich etwas über die Tote im Lochgefängnis weiß. Er glaubt, dass ihr Tod mit dem geplanten Einbruch zu tun hat. Wissen Sie, was das für Sie bedeuten könnte?«

Paul wusste das nur zu gut. Er fieberte darauf, was Hannah noch zu sagen hatte, und war mit seinem Ohr nun dicht am Lautsprecher des Anrufbeantworters.

»Der Typ ist Mechaniker im Rennstall von Stromberg, meinem Chef. Er ist etwas schmierig – und das nicht nur wegen des Getriebeöls. Aber einen Versuch ist es wert, man sollte sich seine Story anhören. Also, Flemming, wenn Sie dieses Band endlich abhören, schwingen Sie die Hufe und kommen Sie so schnell wie möglich zum Norisring!«

Den letzten Satz bekam Paul kaum noch mit, denn er hatte sich bereits den Renaultschlüssel geschnappt und war zur Tür gelaufen.

Paul stellte einen persönlichen Geschwindigkeitsrekord auf, um das Rennsportgelände am Dutzendteich möglichst schnell zu erreichen. Er fand einen freien Parkplatz am Rande des riesigen Areals und eilte dann zur Boxengasse.

Als hätte sie die ganze Zeit auf ihn gewartet, ging Hannah in ihrem schrillen Nummerngirl-Trikot vor dem Stromberg-Camp auf und ab.

»Da sind Sie ja!« Sie wirkte angespannt.

»Das Rennen beginnt doch erst in ein paar Tagen«, sagte Paul, »warum läufst du jetzt schon ständig in diesem albernen Aufzug herum?«

Hannah funkelte ihn verärgert an. »Es gibt vorab schon jede Menge Fototermine. Außerdem: Geht es hier eigentlich darum, meinen Hals zu retten oder Ihren? Warum zum Teufel sind Sie nicht erreichbar?«

Paul hob beschwichtigend seine Hände. »Du weißt ja, dass ich nie daran denke, den Akku meines Handys zu laden. Entschuldige, dass du warten musstest.«

»Sie können von Glück sagen, dass Schumi noch da ist.«

»Schumi?«, fragte Paul überrascht. Doch Hannah winkte ab. »Er hat nur zufällig den gleichen Nachnamen.«

Schumi lag unter dem aufgebockten Korpus eines DTM-Wagens im erstaunlich geräumigen Werkstattzelt des Stromberg-Teams. Wie Paul feststellen konnte, hielt schon der ausgeprägte Bauch keinem Vergleich mit dem mehrfachen Formel-1-Weltmeister und Namensvetter des Mechanikers stand.

Schumi richtete sich auf, wischte seine Hände am Overall ab und blickte Paul aus gewitzten Schweinsäuglein an: »Ah, Sie sind der Kollege, der gern ein paar Infos hätte«, stellte er fest und musterte Paul dabei eingehend.

»Kollege? Wie man's nimmt. Ich bin Paul Flemming, Fotograf.« Paul deutete auf die Kamera, die um seiner Schulter hing.

»Zeitungsfotograf, ich weiß«, sagte Schumi und klang dabei eigentümlich gierig.

»Ab und zu, ja«, bestätigte Paul. Er wollte diesem Schumi nicht allzu offensichtlich zeigen, wie scharf er auf seine Informationen war, denn umso mehr würde sich der Mechaniker dann von ihm hofieren lassen. Also suchte Paul zunächst nach einem neutralen Einstiegsthema und schaute sich um.

Sein Blick blieb an einer Reihe von Logos an der Wand der Werkstatt hängen. Einige waren die bekannter Mineralölkonzerne und Reifenhersteller. Andere dagegen hatte Paul noch nie gesehen. »Wofür stehen diese Symbole?«, fragte er.

»Ach, äh, die Schilder meinen Sie?«, fragte er und war sichtlich aus dem Konzept gebracht. »Das sind unsere Sponsoren.« Er begann damit, einige der Firmen und Namen aufzuzählen.

»Und dieses Emblem?«, fragte Paul aufs Geratewohl. »Das ›W‹ mit dem Oval drum herum?«

»Das ist die Wormser-Gruppe.« Der pummelige Mechaniker klang ein wenig genervt, weil er sich ganz offensichtlich etwas anderes von dieser Unterhaltung versprochen hatte, als über Sponsorenwappen zu reden.

»Sie meinen den Wormser aus Schweden? Diesen Aktienmillionär?«

»Eigentlich ist er ja Nürnberger«, verbesserte ihn Schumi. »Aber wollen wir nicht langsam mal zum Geschäft kommen?«

»Gern«, sagte Paul jovial. »Ich bin ganz Ohr: Was haben Sie der Öffentlichkeit denn mitzuteilen?«

Der Mechaniker strich sich zufrieden über sein unrasiertes Kinn. »Die Presse ist ganz wichtig für unsere Branche«, sagte er nun beinahe schwärmerisch. »Das habe ich schon sehr früh gelernt, als ich noch selbst gefahren bin.«

Paul betrachtete Schumis Figur und konnte sich ihn kaum in einem engen Rennwagen vorstellen. Doch die angespannt neben ihm stehende Hannah gab ihm durch ihren Gesichtsausdruck zu verstehen, dass Paul jetzt die Klappe halten und zuhören sollte.

Mechaniker Schumi schien Vertrauen zu Paul gefasst zu haben, denn nun sprudelte es aus ihm heraus: »Wissen Sie: Ein bisschen enttäuscht war ich damals ja schon, weil ich mir mehr vorgestellt hatte, als nur eine Saison zu fahren. Ein Rennfahrer muss egoistisch sein, weil jeder seine Leistung bringen will. Aber am Ende zählt dann doch nur das Team. Ich hatte einfach Pech, dass mich das Team nicht unterstützt hat ...«

Schumi strich zärtlich über den großen Schraubenschlüssel, den er bis eben an seiner linken Hand hatte baumeln lassen. »Das Tempo auf der Geraden konnte ich gut halten«, sagte er und klang bei diesen Erinnerungen sentimental. »Die Geschwindigkeit mag für Außenstehende sehr hoch sein, doch für uns ist das einfach unser Arbeitstempo. Wir gehen ans Limit, aber das ist normal.«

»Schumi hatte eine vielversprechende Karriere vor sich«, schaltete sich Hannah ein. »Drei nationale Kart-Titel, ein ziemlich guter Platz bei der portugiesischen Formel ADAC, sogar fast ein DTM-Sieg ...«

»Ja, aber dann hat es mich erwischt«, sagte Schumi und verdrehte gequält die Augen.

»Das war doch sogar hier in Nürnberg, richtig?«, warf Hannah ein.

Schumi nickte. »1999 am Norisring. Nach der langen Geraden hat die Bremse nicht mehr richtig funktioniert. Da bin ich dann sehr unsanft in die Reifenstapel eingeschlagen. Ein heftiger Abflug, aber – toi, toi, toi – mir ist nichts passiert.«

»Deiner Karriere leider schon«, erinnerte Hannah ihn.

Schumi zuckte zusammen. »Ja, ich war raus aus dem Team, weil sich niemand für mich eingesetzt hat. Man wollte mir keine zweite Chance geben.«

»Mit ›man‹ meint er Stromberg«, raunte Hannah Paul zu. »Er war damals in seinem Fahrerteam.«

»Nur als Mechaniker tauge ich noch zu was«, sagte Schumi verbittert.

»Ach was!« Hannah klopfte ihm aufmunternd auf die Schulter. »Die Mechaniker sind wichtiger als die Fahrer. Wenn die Technik nicht reibungslos funktioniert, geht auf der Strecke doch gar nichts.«

Schumi fühlte sich sichtlich geschmeichelt, denn er sah Hannah entzückt an. Dann aber sagte er: »Ich weiß sehr genau, wann eine Karriere vorbei ist. Und ich weiß auch, wer dafür verantwortlich ist.« Nun richtete er seine Aufmerksamkeit auf Paul: »Herr Stromberg zahlt mir hier einen Hungerlohn.«

Wie jemand, der am Hungertuch nagte, sah der Mechaniker eigentlich nicht aus, dachte Paul, schwieg aber.

»Dabei könnte er sich mit seiner Kohle zwei Rennställe mit erfolgreichen Fahrern leisten«, plauderte Schumi weiter.

»Ich wusste gar nicht, dass bei der DTM so viel zu verdienen ist«, sagte Paul.

»Es ist nicht die Formel 1, aber die Profite wachsen«, antwortete Schumi.

Das war es nicht, was Paul hören wollte. Also hakte er noch einmal nach: »Aber Ihr Chef, Herr Stromberg, muss offenbar noch eine zweite Einnahmequelle haben, verstehe ich Sie da richtig?«

Schumis listige Augen funkelten Paul erwartungsfroh an: »Ja! Seine Privatautos sind zu groß, seine Uhren zu dick und seine Frauen zu nuttig.« Er warf Hannah einen Verständnis heischenden Blick zu. »Stromberg lebt auf viel zu großem Fuß. Es ist doch kein Geheimnis, dass er nicht allein von den Rennen lebt.«

»Sondern?«, fragte Paul nun sehr interessiert.

Schumi kniff die Schweinsaugen zusammen. »Auftragsarbeiten.« Er legte eine übertrieben betonte Pause ein. »Gut bezahlte Auftragsarbeiten.«

»Was verstehen Sie denn darunter?«, fühlte ihm Paul auf den Zahn.

»Alles, was Geld bringt. Natürlich nur die großen Dinger.«

»Natürlich«, wiederholte Paul und sah Hannah fragend an. Was sollte er von diesem Mechaniker halten? Ein frustrierter Ex-Rennfahrer, der einen Groll gegen seinen Chef hegte. Dieser Schumi war nicht besonders glaubwürdig.

»Sie sind doch an dieser Sache mit dem Mord im Lochgefängnis dran«, schwenkte Schumi plötzlich um. »Dort unten wurde ja ein großer Coup vorbereitet, wie es heißt.«

»Ja«, sagte Paul. »Worauf wollen Sie hinaus?«

»Die Ausstattung der Diebe soll ja vom Feinsten gewesen sein.« Schumi gab sich rätselhaft. »In der Zeitung stand, dass da unten haufenweise allerneueste Technik gefunden wurde.«

»Was wissen Sie darüber?«, fragte Paul energisch.

»Ich weiß, dass sich Herr Stromberg in den letzten Wochen sehr intensiv um ein paar neue Mitarbeiter bemüht hat. Die haben wenig Ahnung von Autos, dafür kennen sie sich aber bestens mit Fernmeldetechnik, Elektronik und diesem ganzen Computerzeug aus.«

»Das beweist nichts«, sagte Paul.

»Mag sein«, antwortete Schumi, ohne seinen Blick von Paul zu lösen. »Vielleicht spielt es überhaupt keine Rolle. Vielleicht ist es auch egal, dass Stromberg – der Autofreak – sich ganz plötzlich für Kultur interessiert.«

»Was soll das nun wieder heißen?«, fragte Paul mit wachsender Ungeduld.

Schumi sah ihn überlegen an. »Mein Chef saugt alles, was über die Ausstellung der Reichskleinodien bekannt wird, auf wie ein Schwamm.«

»Tut das nicht jeder Nürnberger?«

»Kann sein, aber Stromberg verfolgte ganz andere Ziele.«

»Sie sprechen mit einem Mal in der Vergangenheitsform«, fiel Paul auf. »Hat das einen Grund?«

»Strombergs Team kam etwas in die Quere.«

»Spielen Sie auf mein Fotoshooting im Lochgefängnis an?«, fragte Paul und verschluckte sich fast beim Sprechen.

»Ich spiele auf gar nichts mehr an, bevor ...« Nun sah Schumi Hannah an.

Diese schnalzte mit der Zunge und sagte zu Paul: »Es gibt eine Bedingung dafür, dass er weiterredet.«

»Was denn für eine Bedingung?«, fragte Paul, dem das dauernde Feilschen um Informationen auf die Nerven ging.

»Dass Sie mich dafür bezahlen«, antwortete Schumi offen. »Wenn Sie etwas in Ihrem Blatt drucken wollen, muss es sich für mich lohnen.«

»Aber ich will nichts drucken«, entgegnete Paul.

»Selbstverständlich will er das«, schaltete Hannah sich ein. »Wie viel?«

Schumi nannte seinen Preis. »Dafür bekommen Sie von mir exklusiv die ganze Story, alle Namen, auch den des Auftraggebers.«

Paul musste tief durchatmen. »Das ist verdammt viel Geld. Und – kennen Sie denn den Auftraggeber überhaupt?«

Schumi sah zur Seite. »Ich kann mir zumindest vorstellen, wer es sein könnte.«

»Das ist etwas dünn für einen solchen Batzen Geld, finden Sie nicht auch?«, versuchte Paul den Mechaniker herunterzuhandeln.

»Es spielt keine Rolle«, sagte Schumi selbstbewusst. »Entweder Sie kaufen die Story oder ich gehe zur Konkurrenz. Die wird bestimmt nicht so knauserig sein und darauf verzichten.«

Ganz bestimmt nicht, dachte Paul alarmiert. Er musste Schumi irgendwie zum Reden bringen. Aber wie?

»Haben Sie denn irgendwelche Beweise für einen Zusammenhang zwischen dem geplanten Einbruch und dem Tod des Models?«

Schumi blickte ihn ein wenig gekränkt an. »Natürlich habe ich Beweise. Ich könnte Ihnen Dinge erzählen, die Sie nicht für möglich halten.«

»Dann reden Sie schon«, appellierte Paul an den Mechaniker. »Wir haben keine Zeit zu verlieren!«

Schumi legte geruhsam den großen Schraubenschlüssel beiseite. Dann sagte er ohne Eile: »Sie kennen meinen Preis. Besprechen Sie das Ganze doch einfach mit Ihrer Redaktion und kommen dann wieder. Ich laufe nicht weg. Und die Story auch nicht.«

Hannah versetzte Paul einen Stoß mit dem Ellenbogen, um ihm zu bedeuten, er solle es gut sein lassen.

Paul wollte aufbegehren, riss sich dann aber zusammen. »Na gut. Wenn Sie das Geld bekommen, klären Sie die Sache mit dem Mord im Lochgefängnis also auf?«

Schumi sah ihn verständnislos an. »Das kann ich nicht. Ich war ja nicht dabei. Aber ich werde Ihnen sagen, wie die ganze Sache geplant war und wer dahinter steckte.«

Paul widerstrebte es, unverrichteter Dinge wieder abziehen zu müssen. Doch ihm blieb wohl nichts anderes übrig, als auf Schumis Deal einzugehen und sich vorerst in Geduld zu üben. Also sagte er: »Einverstanden. Ich erkundige mich wegen des Informantenhonorars und werde mich wieder mit Ihnen in Verbindung setzen.«

Schumi sah ihn zufrieden an. In Hannahs Ausdruck lagen dagegen leichte Zweifel.

32

»Wir haben den Bezug zum Essen verloren. Seit die Industrialisierung Anfang des neunzehnten Jahrhunderts den Berufsstand der Bauern ausgedünnt hat und die Menschen in die Großstädte gezogen sind, haben wir mit Milch, Fleisch und Karotten so gut wie nichts mehr zu tun«, stellte Victor Blohfeld in den Raum.

»Was folgern Sie daraus?« Jan-Patricks Kopf war rot angelaufen. Mit aufgestemmten Fäusten lehnte er sich weit über den Tisch in Blohfelds Richtung. Paul befürchtete ernsthaft, dass der Koch jeden Moment auf den Reporter losgehen würde. »Etwa, dass wir alle nur noch bei *McDonald's* essen sollten?«

Blohfeld blieb gelassen und lehnte sich zurück. »Mir schmeckt's dort. Die paar Schritte von der Redaktion bis zum Hauptmarkt hinüber gehe ich immer gern.«

»Dann verstehe ich nicht, warum Sie heute Abend bei mir im *Goldenen Ritter* sitzen«, grollte der Küchenmeister.

Paul fürchtete schon die nächste Spitze aus dem Mund des Reporters. Doch dieser überraschte ihn mit einer plötzlichen Kehrtwende:

»Kochen ist die älteste Kulturleistung der Menschheit, älter noch als die Sprache«, sagte Blohfeld, »und Sie sind ohne Frage einer, der diese Kunst perfekt beherrscht.«

»Oh ...« Jan-Patrick sah ihn verdutzt an. »Danke.«

»Wir brauchen das Essen nicht nur zum Überleben«, redete Blohfeld sich warm, »es dient der Kommunikation, als Mittel zur sozialen Integration, manchmal auch als Trost. Vor allem bedeutet eine authentische Mahlzeit jedoch eines – nämlich Heimat.«

Damit hatte sich Blohfeld mal wieder selbst übertroffen, dachte Paul und war gespannt darauf, ob Jan-Patrick diese gezuckerte Kröte schlucken oder aber den Reporter vor die Tür setzen würde.

Der Wirt schien tatsächlich eine Weile mit sich zu hadern. Doch dann legte er Paul und Blohfeld die Speisekarte vor und zückte seinen Notizblock, um die Bestellungen aufzunehmen.

»Was haben wir denn Schönes auf der Spargelkarte?«, fragte Blohfeld mit gespitzten Lippen und studierte die handgeschriebenen Zeilen: »Ah, hier, für Genießer: Spargelkreation mit Avocados, zarten Crêpes, Eiern und Kapuzinerkresseblüten. Klingt verführerisch. Und da: Bunter Salat aus grünem, weißem und violettem Spargel an fränkischem Flusskrebs mit raffiniertem Kräuterdressing. – Ich wusste gar nicht, dass es sie in so vielen Farben gibt, die köstlichen Stangen!«

»Doch, doch«, erklärte Jan-Patrick, der sich durch Blohfelds Interesse an seiner Karte offenbar geschmeichelt fühlte. »Der grüne Spargel wird oberirdisch gezogen, ist würzig, sehr dünn und muss kaum geschält werden. Der violette ist etwas teurer. Er schmeckt leicht bitter, weil er mehr Anthozyan enthält, also Pflanzenfarbstoff. Meine Gäste essen schon immer am liebsten den klassischen Bleichspargel. Er wird gestochen, bevor er mit dem Licht in Berührung kommt, deshalb bleibt er weiß.«

»Soso«, sagte Blohfeld. »Was empfiehlt denn der Meister?«

Jan-Patrick hatte nun vollends zu seiner professionellen Routine zurückgefunden und rezitierte in einer Sprache, die einem das Wasser im Mund zusammenlaufen ließ: »Nürnberger Goldspargel an lauwarmem Kartoffel-Carpaccio. Das ist leichte Küche: in Dampf gegarte Knoblauchsländer Kartoffeln mit Marinade beträufelt, hauchfeine Zwiebelringe, Radieschenspäne, Pfeffer und Salz. Dazu bringe ich euch einen prickelnden Schaumwein von meinem Stammlieferanten aus Unterfranken.« Jan-Patrick zwinkerte Blohfeld zu. »Der regt die Diskussion an.«

»Jaja«, stimmte der Reporter vergnügt zu, »wie gesagt: Essen, Trinken und Kommunikation sind im Grunde ein und dasselbe.«

Der Koch wollte bereits in die Küche entschwinden, als ihm noch etwas einfiel: »Übrigens, Paul: Diese Spargelvorschläge wären doch auch etwas für deine Geburtstagsparty, oder?«

Paul atmete tief ein und blies die Backen auf. »Party? Mir ist zur Zeit gar nicht danach. Außerdem bezweifle ich immer mehr, dass man das Älterwerden ab vierzig wirklich noch so groß feiern sollte.«

»Spielverderber!«, sagten Jan-Patrick und Blohfeld wie aus einem Mund.

Kaum waren Paul und Blohfeld allein, wurde der Reporter plötzlich ernst. »Also, was ist das für eine Sache, wegen der Sie mich heute Abend unbedingt noch einmal sehen wollten?«, fragte er Paul und sah ihn dabei intensiv an. »Damit das gleich klar ist: Die Zeche für das Essen übernehmen Sie.«

Paul nickte gequält. Dann berichtete er von seinen Erlebnissen des Tages und speziell von seinem Gespräch mit Mechaniker Schumi.

»Schumi?«, fragte Blohfeld distanziert. »Hört sich nicht gerade nach einem soliden Informanten an.« Er fuhr sich mit dem Zeigefinger langsam über den Rücken seiner dünnen Himmelfahrtsnase. Paul fielen dabei die ausgeprägten Augenringe auf, die sich dunkel von dem blassen Gesicht des Reporters abhoben.

»Er ist bereit zu reden, wenn wir ihn dafür bezahlen«, sagte Paul und nannte den Preis.

Blohfeld lachte so laut auf, dass die Gäste der umstehenden Tische zu ihnen herübersahen. »Das ist ja wohl ein schlechter Scherz! Diese Summe ist horrend! Außerdem wissen Sie, dass ich nichts von Scheckbuchjournalismus halte.«

Paul wollte gerade zu einem Gegenargument ansetzen, als Blohfeld die Hand hob:

»Andererseits sehe ich eine gewisse moralische Flexibilität durchaus als Voraussetzung für unseren Beruf«, sagte er und grinste vieldeutig. »Im Übrigen gehöre ich bekanntlich nicht der Ethikkommission des Bayerischen Journalistenverbandes an.«

»Das heißt?«, erkundigte sich Paul vorsichtig.

»Das heißt, dass ich interessiert bin«, sagte Blohfeld, als Kellnerin Marlen den Gruß der Küche auftischte:

»Blätterteigzigarre, gefüllt mit pikant geschmortem Rotkohl an Grüne-Bohnen-Butter«, sagte Marlen mit charmantem Augenaufschlag und zog sich sofort wieder diskret zurück.

Blohfeld steckte die Blätterteigrolle in den Mund wie eine seiner echten Havannas. Es fehlte nur noch, dass er Paul um Feuer bat.

»Sie sind also dabei?«, fragte Paul hoffungsvoll.

»Ich bin theoretisch dabei«, sagte er kauend. »Mmm. Köstlich, dieses Ding.«

»Was meinen Sie mit ›theoretisch‹?«

»Mit ›theoretisch‹ meine ich das Gegenteil von ›praktisch‹. Denn praktisch ist mein Chefredakteur ein sehr knauseriger Mann. Wenn ich dem mit einem Informantenhonorar oberhalb des Budgets komme, kriegt der aus Angst vorm Verleger das große Fracksausen und sagt nein.«

»Sie werden mir also doch nicht helfen«, folgerte Paul niedergeschlagen.

»Es geht nicht darum, Ihnen zu helfen, lieber Flemming«, stellte Blohfeld klar. »Es geht um eine gute Story. Deshalb habe ich zugesagt – und dazu stehe ich: Ich bin interessiert.«

»Also?«, fragte Paul. »Was genau stellen Sie sich vor?«

Blohfeld schluckte den Rest der Vorspeise hinunter. »Bevor ich Geld locker machen kann, brauche ich Fakten oder zumindest ein paar Details. Bringen Sie den Mann zum Reden!«

Paul zuckte ratlos die Achseln. »Das sagt sich so leicht.«

»Sie kriegen das hin.« Blohfeld klopfte ihm aufmunternd auf die Schulter. »Sagen Sie ihm einfach, das Geld wäre ihm so gut wie sicher. Das ist zwar eine glatte Lüge, hilft aber ganz bestimmt.«

Jetzt trat Jan-Patrick mit dem duftenden Hauptgang an den Tisch. »Guten Appetit, die Herren«, sagte er mit einem zufriedenen Blick auf die eigene Leistung.

»Danke«, sagte Blohfeld und griff sofort zu Messer und Gabel.

Paul deutete auf den Stuhl neben sich und sagte: »Setz dich, Jan-Patrick.« Leise raunte er seinem Freund zu: »Haben deine Anzeigen eigentlich schon Erfolge gezeitigt?«

Der Koch sah misstrauisch zu Blohfeld hinüber, doch der Reporter war voll und ganz mit dem Essen beschäftigt. »Die Zeitungsannoncen waren glatte Flops. Inzwischen versuche ich es über eine Kontaktbörse im Internet.«

»Glaubst du, dass endlich die Richtige für dich dabei ist?«

»Ich hoffe es zumindest«, sagte Jan-Patrick geknickt. »Aber es ist nicht einfach, jemanden mit den gleichen Vorlieben und Eigenheiten zu finden. Es ist nun mal nicht zu leugnen – das Kochen ist mein Leben.«

»Das klingt schwieriger als bei *Bauer sucht Frau* im Fernsehen«, witzelte Paul.

Jan-Patrick stieß ihn freundschaftlich in die Seite. Dann hob er die Stimme wieder: »Was möchten die Herren denn zum Dessert? Sie haben die Wahl zwischen Spargelpralinen und Spargelschnaps.«

Blohfeld und Paul sahen einander fragend an.

»Im Zweifelsfall nehmen wir den Schnaps«, entschied der Reporter.

33

Paul hatte es am nächsten Morgen eilig, zu Strombergs Fahrerlager am Norisring zu kommen. Über eine Woche war nun seit dem Mord im Lochgefängnis vergangen, dachte er besorgt, während er seinen Renault durch den dichten Verkehr trieb, und übermorgen würde das dreitägige Rennen beginnen. Dann würde hier keiner mehr Zeit für ihn haben.

Er brauchte länger, als ihm lieb war, und mit jeder Minute, die verstrich, wuchs das nervöse Kribbeln in ihm. Er fand diesmal nur einen Parkplatz am Strandcafé und musste den Rest des Weges zu Fuß gehen.

Endlich erreichte er das Fahrerlager und Strombergs Rennstall. Mechaniker Schumi erwartete ihn bereits. Sein dicklicher Körper, der in einen zu engen Overall gezwängt war, und die erwartungsvoll glänzenden kleinen Augen verliehen dem Mechaniker den Ausdruck eines großen Teddybären. Aber Paul wusste, dass dieser Teddybär gleich gar nicht mehr freundlich gucken würde.

Und tatsächlich musterte Schumi Paul mit sichtlich nachlassender Euphorie und fragte dann: »Sind Sie etwa ohne das Geld gekommen?«

Paul war nicht sofort klar, worauf Schumis Mutmaßung beruhte. Hatte der Mechaniker etwa einen Geldkoffer erwartet? Aber dann wurde Paul bewusst, dass sein eigener Gesichtsausdruck ihn verraten hatte. Er zuckte die Schultern und sagte mit gespieltem Bedauern: »Ich habe alles versucht, denn ich bin davon überzeugt, dass Ihre Story jeden Euro wert ist. Aber ...«

»Was aber?«, fragte Schumi gereizt. Er wischte sich die ölverschmierten Hände an seinem Overall ab. »Ohne Kohle keine Infos.«

»Ja, das habe ich denen bei der Zeitung auch gesagt«, beeilte sich Paul zu erklären. »Aber ich muss ihnen irgendetwas hinwerfen, damit sie anbeißen. Verstehen Sie? Das ist wie beim Angeln: Nur wenn der Köder groß genug ist, zieht man einen dicken Fisch an Land.«

»Was meinen Sie mit ›dicker Fisch‹?«, fragte der Mechaniker nun noch verärgerter. »Wollen Sie mich beleidigen, oder was?«

»Nein, nein«, versuchte Paul seinen Fauxpas wieder gut zu machen. »Ich meine natürlich nicht Sie, sondern das Geld, das Sie bekommen werden.«

»Ich dachte, ich bekomme es nicht?«, fragte Schumi verständnislos.

Paul trat näher an ihn heran. »Sie bekommen es – aber nur, wenn ich denen bei der Zeitung ein paar handfeste Informationen liefere, die beweisen, dass Sie tatsächlich eine gute Quelle sind.«

Schumi sah Paul zunächst nachdenklich, dann verächtlich an. Er wandte sich ab und ging zielstrebig auf eine Hebeanlage zu. Auf vier pneumatischen Stempeln, die jeweils an armdicke Druckluftschläuche angeschlossen waren, thronte ein silberner DTM-Wagen, dessen Frontpartie Schäden an Kotflügel und Scheinwerfern aufwies. Schumi legte sich auf ein flaches Rollbrett und zog sich mit rascher Bewegung unter den Motorraum des Tourenwagens. »Sie können mich mit Ihrem Geschwätz über dicke Fische mal gern haben«, hörte Paul den Mechaniker reden und gleichzeitig mit Werkzeug hantieren. »Wenn Sie mir nichts zahlen wollen, gehe ich eben doch zur Konkurrenz. Die lese ich sowieso lieber, weil die immer eine schöne Nackte auf der Titelseite haben und der Sportteil auch besser ist.«

Paul ließ sich neben der Hebeanlage in die Hocke sinken. »Aber Schumi, spielen Sie doch bitte nicht die beleidigte Leberwurst. Die anderen werden Sie auch erst bezahlen, wenn sie sicher sind, dass Ihre Informationen es wert sind.«

Schumis grimmiges Lachen klang unter dem Motorblock eigentümlich dumpf. »Es weiß doch jeder hier auf dem

Norisring, dass Stromberg gute Kontakte zur Unterwelt hat«, sagte er, als sei dies eine Selbstverständlichkeit. »Wie Sie ja selbst sehen können, sind die Planen unserer Zelte nicht besonders dick. Da bekommt man das eine oder andere mit.«

Paul neigte den Kopf, um seinen Gesprächspartner besser sehen zu können. »Was meinen Sie denn mit ›das eine oder andere‹?«

Schumi ächzte, als er einen schweren Ringschlüssel ansetzte. »Mein Boss ist ja nie besonders sparsam gewesen«, redete Schumi nun etwas leiser weiter. »Aber in letzter Zeit hat er verflucht viel Geld unter die Leute gebracht. Fast jeden Tag sind bei ihm neue Gesichter aufgetaucht. So einige von den schrägen Vögeln habe ich nachher dabei beobachtet, wie sie Daumenkino mit Hundert-Euro-Scheinen gespielt haben. Ich kann nur ahnen, woher er den ganzen Schotter genommen hat.«

»Waren das Helfer für das Norisring-Rennen?«, fragte Paul bewusst arglos. Er stützte sich auf seinen Ellenbogen ab und kroch ein Stück weit unter den Wagen.

»Sehr witzig«, zischte Schumi. »Unsereins bekommt sein Geld per Lohnabrechung aufs Konto überwiesen, und die Hälfte kassiert das Finanzamt.« Er hantierte wieder mit dem Ringschlüssel. »Nein, das waren dunkle Gestalten, die man nur für Bares bekommt. Stromberg hat ein großes Ding geplant, bei dessen Vorbereitung Geld wohl keine Rolle spielte.«

»Das ist eine ziemlich gewagte Schlussfolgerung«, sagte Paul und beäugte das Profil eines breiten Regenreifens unmittelbar über seiner Nase.

»Das ist nicht gewagt, sondern einfach nur gesunder Menschenverstand. Ich kann zwischen einem Mechaniker oder Rennfahrer und einem Berufsverbrecher unterscheiden, wenn ich sie vor mir habe.«

»Berufsverbrecher?«, fragte Paul, wobei er seine Skepsis kaum mehr verbergen konnte. Unwillkürlich kamen ihm die gestreiften Sträflingsanzüge der Panzerknacker aus den Donald-Duck-Bänden in den Sinn. »Neulich haben Sie noch von Elektronikern und Computerspezialisten erzählt. Und nun sollen es Berufsverbrecher sein? Woher wollen Sie das denn so genau wissen?«

Schumi stellte sein geschäftig wirkendes Hantieren am Motor mit einem Mal ein. Er sagte nun sehr getragen: »Ich arbeite seit fünfzehn Jahren für den Laden hier. Ich kenne Strombergs Geschäfte genau.«

»Ihre Erfahrung und Menschenkenntnis in allen Ehren, Schumi, aber haben Sie denn irgendwelche Beweise für das, was Sie da behaupten?«

»Beweise? Was wollen Sie denn noch für Beweise?«, murrte der pummelige Mann.

»Zum Beispiel irgendetwas Schriftliches. Notizen, die Sie in die Hände bekommen haben, wie auch immer. Oder ein konkretes Gespräch, das Sie zufällig belauscht haben – was Sie dann auch vor Gericht bezeugen könnten.«

»Vor Gericht?«, fragte Schumi erschrocken. Durch seine nervöse Bewegung verrenkte er sich beinahe den Hals. Er ließ sein Rollbrett so weit zur Seite gleiten, dass er Paul wieder ins Gesicht sehen konnte. »Mit dem Gericht will ich nichts zu tun haben. Ich will in Ihrer Story anonym bleiben, können Sie mir das garantieren?«

»Ja«, sagte Paul halbherzig. Er hatte sich wahrlich mehr von diesem Gespräch erhofft. Mit merklich nachlassendem Elan fragte er dann: »Haben Sie denn wenigstens eine bestimmte Vermutung? Eine Ahnung, worauf das verdächtige Verhalten Ihres Chefs hindeuten könnte? Wissen Sie, woran er gearbeitet hat?«

»Es ging ihm darum, alles für den Einbruch vorzubereiten«, sagte Schumi dann deutlich leiser als zuvor. »Er hat seine Meisterdiebe um sich versammelt.«

»Was für ein Einbruch?«, fragte Paul und hoffte inständig, dass sich Schumi nicht plötzlich wieder an sein Schweigegelübde erinnern würde, das er wegen des ausstehenden Honorars abgelegt hatte.

»Das habe ich doch schon bei Ihrem letzten Besuch angedeutet: Stromberg wollte an diesen Königsschmuck heran. Das ganze Zeug im Rathaus. Sie haben sicher darüber gelesen«, ließ Schumi die Bombe platzen.

»Die Reichskleinodien?«, versicherte sich Paul.

»Genau die. Das ganze Gold und die Edelsteine sind verdammt gut geschützt. Stromberg hat sich die besten Leute geholt und jede Menge teure Ausrüstung angeschafft, um den Bruch machen zu können.«

Paul stutzte. Egal, wie lange Schumi schon als Mechaniker für Stromberg arbeiten mochte – derart detaillierte Informationen konnte er unmöglich aus ein paar zufällig aufgeschnappten Gesprächsfetzen und einigen vagen Beobachtungen gewonnen haben. Es sei denn, Stromberg wäre bei seinen Vorbereitungen so unbekümmert vorgegangen, wie Paul es sich schwerlich vorstellen konnte. Er entschied sich dafür, es nun direkter anzugehen, und fragte:

»Kann es sein, dass Sie selbst mit der Sache zu tun haben?«

Schumi riss die Augen auf und sah Paul erstaunt an. Dann fasste er sich wieder und sagte empört: »Ich? Niemals! Für wen halten Sie mich?«

»Es hörte sich zumindest so an.«

»Nein«, beteuerte der Mechaniker und wurde zusehends unruhiger. »Ich bin nur neugierig. Ich wollte wissen, wofür Stromberg so viel Geld ausgibt.«

Also doch. Paul fühlte sich bestätigt: Der Mechaniker hatte seinen Chef ausspioniert und sehen wollen, ob er nicht auch einen Teil vom Kuchen bekommen könnte. »Hat Herr Stromberg es Ihnen verraten?«

»Er hat mich zum Teufel gejagt!« Schumi ließ seinem Frust jetzt freien Lauf. Er verschwand nun wieder ganz unter dem Wagen. »Aber dann habe ich mich vor das Fenster seines VW-Busses gestellt, als wieder so ein zwielichtiger Typ auftauchte. Ich habe nicht das ganze Gespräch mitbekommen. Doch was ich gehört habe, hat ausgereicht.«

»Wenn Sie meinen«, sagte Paul mäßig überzeugt. Er konnte sich die Frage nicht verkneifen: »Und Sie waren wirklich nicht selbst einer dieser Meisterdiebe?«

Schumi hustete nervös. »Ich hätte mich nie an sowas beteiligt. Es geht ja immerhin um ein Verbrechen!«, sagte er dann mit übertriebener Empörung.

Ein ehrlicher Mensch?, fragte sich Paul. Eher wohl ein ebenso geldgieriger wie rachsüchtiger Zeitgenosse. Schumi konnte es nicht ertragen, dass sein Chef ihn bei der Auswahl der Helfershelfer übergangen hatte, und pfiff daher auf die Loyalität, die man von einem seit fünfzehn Jahren beschäftigten Mitarbeiter hätte erwarten sollen.

Paul zwang sich dazu, sich seine Verachtung nicht anmerken zu lassen. Es kam jetzt darauf an, so viel wie möglich über diesen Coup in Erfahrung zu bringen. Also beugte er sich noch tiefer hinunter und kroch selbst unter das Gefährt. Mit unterdrückter Ungeduld fragte er: »Wie weit erinnern Sie sich an das Gespräch, das Sie belauscht haben? Oder anders gefragt: Wie sah Strombergs Plan genau aus?«

Schumi setzte zu einer Antwort an, doch dann verengten sich seine Schweinsäuglein. »Verarschen kann ich mich selber«, sagte er schroff. »Ich habe Ihnen mehr als genug verraten. Jetzt will ich erst mal meine Kohle sehen, bevor ich weiter rede.«

»Sollte das Sicherheitssystem erst durch Kameras und Abhöranlagen ausgekundschaftet werden, um dann den besten Weg für den Einbruch festzulegen?«

»Vergessen Sie es, Flemming«, wiegelte Schumi ab. »Ohne Geld keine Auskunft.«

»Erzählen Sie doch wenigstens etwas über die Hintermänner«, appellierte Paul an das angeblich so rechtschaffene Wesen des Mechanikers. »Allein kann sich Stromberg einen solchen Jahrhundertcoup doch wohl kaum leisten.«

Schumi presste die Lippen zusammen. Aber aus der Unruhe in seinem Blick meinte Paul ablesen zu können, dass

Schumi am liebsten ausgepackt hätte. Er wusste zweifellos sehr viel mehr über den Fall, als Paul es sich vorgestellt hatte.

Obwohl er bereits ahnte, dass er auf Granit beißen würde, nahm Paul einen letzten Anlauf: »Ist Bernhard Schrader im Spiel?«, fragte er.

Paul kam es so vor, als wäre Schumi bei der Erwähnung dieses Namens leicht zusammengezuckt. Aber das konnte auch bloß Einbildung gewesen sein.

Statt auf Pauls Frage zu antworten, vollführte der Mechaniker einen überraschenden Themenwechsel: »Sie sehen diesem Hollywoodschauspieler ähnlich, wissen Sie das? George Clooney. Beinahe wie aus dem Gesicht geschnitten. Vielleicht ein bisschen jünger.«

Paul versuchte diese Anspielung zu überhören und dachte fieberhaft über einen Weg nach, dem Mechaniker weitere Details zu entlocken.

Doch Schumi knüpfte an sein anscheinend zusammenhangloses Hollywood-Gerede an: »Clooney hat in meinem Lieblingsfilm mitgespielt. *Ocean's Eleven*. Der Casinoüberfall in Las Vegas. Julia Roberts war auch dabei. Den Film kennen Sie bestimmt, oder?«

»Weiß nicht«, sagte Paul ausweichend.

Die Karosserie des DTM-Wagens gab ein leises Ächzen von sich, als Schumi sich wieder an seine Reparaturarbeiten machte. »Sie sollten sich den Film noch mal ansehen«, sagte Schumi. »Der Schluss ist besonders gut. Als sich der ganze Spaß aufklärt und herauskommt, dass ...«

Weiter kam er nicht. Paul nahm ein weiteres Knarren des Fahrzeugrahmens wahr. Dann ertönte ein ohrenbetäubendes Zischen. Innerhalb des Bruchteils einer Sekunde senkte sich einer der Zylinder der Hebeanlage ab. Unmittelbar danach gaben auch die anderen drei Hebestempel nach.

Ihm blieb keine Zeit, Schumi zu warnen. Mit einer reflexartigen Bewegung schmiss sich Paul zur Seite. Er versuchte, so schnell wie möglich unter dem Fahrzeugrumpf hervorzukriechen. Mit der einen Hand drückte er sich vom Boden ab, mit der anderen wollte er den Kopf schützen.

Sein Oberkörper war bereits aus der Gefahrenzone heraus. Dann spürte er, wie sich der Fahrzeugrahmen schwer auf sein Bein senkte. Er nahm einen dumpfen Schmerz wahr. Im selben Moment sackte die Hebeanlage ein weiteres Stück ab. Paul hörte ein grausames Splittern. Es war das Splittern von Knochen, abgedämpft nur durch die Muskeln, das Fleisch und die Haut. Paul war außerstande zu sagen, ob dieses Geräusch seinem eigenen Körper entsprang oder dem seines Schicksalsgenossen Schumi. Paul wollte sich nach ihm umsehen.

Dann traf ihn die nächste Schmerzwelle. Er verlor das Bewusstsein.

34

Das Schlimmste war der schlechte Geschmack im Mund. Schal und seltsam modrig.

Dagegen war kaum etwas zu machen. Paul hatte sich schon so oft mühsam vorgebeugt, um an den Becher auf dem Nachttisch zu kommen und den Mund mit Wasser auszuspülen, aber der fahle Geschmack blieb.

Schon besser stand es um die Schmerzen. Sie drangen kaum noch bis in seinen Kopf vor. Das lag wohl an dem Medikamentencocktail, der durch einen Tropf in seine Unterarmvene geleitet wurde.

Paul dämmerte mit halb geschlossenen Augen vor sich hin, während er darüber nachsann, wie lange er bereits auf der Unfallstation des Nordklinikums lag. Waren es zwei Tage? Nein, wohl doch erst einer. Nach wie vor fühlte er sich benommen, darunter litt auch sein Zeitgefühl.

Jemand räusperte sich, wodurch Paul aus seinem Halbschlaf erwachte. Das grelle Tageslicht, das ins Krankenhauszimmer strömte, blendete ihn. Er musste blinzeln, bevor er klar genug sehen konnte, um zu erkennen, dass er Besuch hatte.

Sein Gast – ein weiblicher Gast – lächelte ihn fürsorglich an. Die Frau hatte einen Strauß Rosen in unterschiedlichen Rottönen in einer Vase auf die Fensterbank gestellt und sich dann rittlings auf einen Stuhl direkt neben dem Kopfende seines Krankenbettes gesetzt. Das Sonnenlicht, das durch die hohen Fenster des Zimmers fiel, ließ die Farbe ihrer Haare noch kräftiger wirken. Feuerrot.

»Im Vergleich zu dem armen Kerl im Nachbarbett bist du glimpflich davongekommen«, flüsterte Jasmin, wobei sie ganz und gar nicht ironisch klang.

Paul warf dem anderen Patienten, einem alten Herrn mit schwerem Prostataleiden, einen prüfenden Blick zu. Dann setzte er zu einer Antwort an, sprach sie aber nicht aus. Jasmin musste doch selbst erkennen, wie schwer es ihn getroffen hatte.

Als habe sie seine Gedanken gelesen, nahm sie sich das Krankenblatt vom Klemmbrett am Fußende von Pauls Bett und las auszugsweise vor: »Quetschungen, Schürfwunden, ein verstauchter Knöchel.« Dann sah sie ihn an. »Stationär behandelt wirst du aber eigentlich nur wegen deiner vorübergehenden Bewusstlosigkeit. Du bist zur Beobachtung hier, aber bald kannst du wieder hüpfen wie ein junger Gott.«

»Das glaube ich kaum«, sagte Paul und klang leidend. Er deutete auf sein bandagiertes Bein: »Das ist nicht einfach nur eine Verstauchung.«

»Nein?«, fragte Jasmin nun doch etwas spitz.

»Es ist eine schwere Verstauchung« stellte Paul richtig. »Das bedeutet, dass ich bis auf Weiteres auf Krücken gehen muss.«

»Du Ärmster«, sagte Jasmin. »Wenn ich dich irgendwo hinfahren oder Einkäufe für dich erledigen soll – ruf mich einfach an.« Sie zwinkerte ihm vieldeutig zu.

Paul fand es nicht besonders witzig, wie Jasmin mit seinem Leiden umging. Immerhin hätte der Tourenwagen ihn auch weit schwerer verletzen können – Paul hatte wahnsinniges Glück gehabt. Das Ganze war jedenfalls nichts, worüber man Späße machen sollte, fand er.

Glück gehabt ... das konnte man von Schumi nicht behaupten. Dem Wenigen zufolge, was Paul über das Schicksal des Mechanikers nach seiner Einlieferung in die Unfallstation des Nordklinikums erfahren hatte, war Schumi unter dem Wagen buchstäblich begraben worden.

Jasmin vergewisserte sich, dass der Prostatapatient fest schlief, bevor sie weiter redete: »Paul, es grenzt an ein Wunder, dass dich meine Kollegen wegen des Unfalls mit dem Mechaniker nicht stärker in die Mangel genommen und dich die Nacht über in Ruhe gelassen haben.«

»Das waren nicht die von der Mordkommission, sondern sehr anständige Ermittler aus einem anderen Dezernat.« Paul dachte mit Wohlwollen an den Vortag und die harmlose Befragung zurück.

»Mag sein. Aber auch die werden bei der Überprüfung deiner Daten feststellen, dass du auf Kaution draußen bist. Und dann dauert es nicht lang, bis sie misstrauisch werden und mit neuen, weniger anständigen Fragen bei dir aufkreuzen.«

»So wie du gerade«, sagte Paul schärfer als beabsichtigt.

Jasmin wirkte für einen Augenblick gekränkt, aber dieser Eindruck verflüchtigte sich schnell. »Paul, erzähl mir bitte alles, was ich noch nicht weiß und was du für wichtig hältst. Dir muss klar sein: Ich stehe auf deiner Seite.«

Paul hatte Zweifel daran, ob Jasmin das auch täte, wenn er nicht zufällig aussähe wie George Clooney oder wer weiß welche sonstigen Eigenschaften besäße, an denen sein rothaariger Fan aus unerfindlichen Gründen einen Narren gefressen hatte. Aber Jasmin war nun einmal zur Stelle, und ziemlich sympathisch war sie obendrein.

Also berichtete Paul über die jüngsten Vorfälle und versuchte, möglichst jedes Detail zu nennen.

Jasmin hörte aufmerksam zu. Dann versicherte sie Paul, dass sie ihm glaube, der Unfall in Strombergs Rennstall ihr aber ziemlich verdächtig vorkomme.

»Was verstehst du unter verdächtig?«, wollte Paul wissen. »Dieses Monstrum von Auto ist einfach heruntergesaust. Ohne Vorwarnung.«

»Und niemand sonst war in der Nähe?«

»Nein. Das habe ich schon deinen Kollegen gesagt. Zumindest habe ich niemanden gesehen.«

Jasmin kräuselte nachdenklich die Stirn. »Dann warst es entweder doch du selbst ...«

»Aber ...«, protestierte Paul.

Jasmin winkte ab. » ... oder jemand anderes, der verhindern wollte, dass der Mechaniker weiter auspackte.«

»Ohne Bargeld wäre aus Schumi sowieso keine Silbe mehr herauszukriegen gewesen«, wandte Paul ein.

»Vielleicht haben seine Andeutungen schon ausgereicht, um jemanden sehr nervös zu machen«, deutete sie an. Dann ging ein Ruck durch ihren drahtigen Körper: »Die Hebeanlage werde ich mir notfalls selbst vornehmen, um den Grund für den plötzlichen Druckabfall in der Hydraulik herauszufinden. Ich bin fast sicher, dass da jemand manipuliert hat«, sagte sie entschlossen.

»Ja, und nach Schumis deutlichen Hinweisen kann ich mir auch gut vorstellen, wer es war. Ist denn Stromberg als Rennstallbesitzer nicht ohnehin längst von deinen Kollegen vernommen worden?«, fragte Paul erstaunt. »Die hätten doch schon gestern ...«

»Die Staatsanwaltschaft hat schwere Bedenken«, erwiderte Jasmin bedauernd. »Deine Vorwürfe gegen Stromberg sind ja ziemlich gewagt.«

»Es sind nicht meine Vorwürfe, sondern Schumis!«

»Richtig. Aber du hast sie zu Protokoll gegeben, und Schumi ist tot, was bedeutet, dass es niemanden gibt, der deine Behauptungen bestätigt.«

Paul sah Jasmin bedrückt an. »Was können wir also tun?«

»Du hörst am besten nur zu«, sagte Jasmin ruhig und legte ihre Hand auf Pauls Arm. »Es gibt nämlich drei Dinge, die du wissen musst.«

»Da bin ich gespannt.«

»Erstens: Eine Befragung von Stromberg ist nur eine Frage der Zeit. Denn wie du schon sagtest, als Chef des Rennstalls ist er verantwortlich für die Technik. Und deine Aussage muss zumindest der Form halber überprüft werden, auch wenn sie noch so unwahrscheinlich klingt.«

»Das beruhigt mich«, sagte Paul etwas verschnupft.

»Zweitens: Ich habe die Zeit deiner Abwesenheit genutzt und einige Erkundigungen über Rubach eingezogen. Der gute Professor steht finanziell an der Wand. Er hatte weltweite Fernsehverträge über die Untersuchung der heiligen Lanze. Nun hat er die Vorschüsse schon ausgegeben, aber kann die versprochene Leistung nicht einbringen.«

»Das ist interessant«, sagte Paul und grübelte über mögliche Bezüge zum geplanten Einbruch im Ausstellungsraum nach. »Und drittens?«, fragte er dann.

»Drittens ...«, setzte Jasmin triumphierend an. »Drittens habe ich einen alten Schulfreund im Stadtplanungsamt, von dem ich weiß, dass Schrader dir wohl doch nicht jeden Winkel seines Hauses gezeigt hat.«

»Wie kommst du jetzt auf Schrader?«, fragte Paul verwundert.

»Weil Schrader meiner Meinung nach immer noch im Spiel ist: Er hat erst vor kurzem seinen privaten Kunstkeller erweitern lassen, und zwar um einen besonders geschützten Trakt. Vielleicht ist ja die Kopie in seinem Arbeitszimmer – und der neue Trakt für das Original reserviert?«

»Sprichst du von der Heiligen Lanze?«, fragte Paul und versuchte, sich in seinem Bett aufzusetzen.

Jasmin wirkte plötzlich wieder sehr viel cooler. »Beweisen lässt sich so etwas nicht. Ich habe keine Befugnis, in dieser Richtung weiter zu ermitteln. Außerdem wächst der Druck aus dem Rathaus, den Verlauf der Ausstellung nicht länger zu stören. Sie ist nämlich seit gestern wieder geöffnet.« Jasmin bückte sich und kramte eine zusammengerollte Zeitung aus ihrer Handtasche. »Hier, lies selbst. Das internationale Medienecho auf die Reichskleinodien ist noch stärker als erhofft. Ein enormer Kulturkick für die Metropolregion Nürnberg.«

Trotz des Ernstes der Lage konnte Paul nicht anders, als über Jasmins Ausführungen zu flachsen. »Nichts gegen gutes Stadtmarketing«, witzelte er, »aber Mord ist doch etwas zuviel des Guten. Oder wollen die hohen Herren gern in der internationalen Presse lesen, dass die Stadt in Kulturangelegenheiten über Leichen geht?«

»Wow, das wäre mal eine ganz andere Dimension des Ermittelns«, sagte sie lachend, »wenn ich dem Oberbürgermeister Handschellen anlegen dürfte.«

Ihre so liebevolle wie unbekümmerte Offenheit tat Paul gut. Er ertappte sich dabei, wie er ihr Gesicht mit Blicken streichelte. Ihn ergötzten ihre lebhafte Mimik, das Spiel ihrer Lachfältchen, ihre Sommersprossen. Er erfreute sich an ihrem schlanken Näschen, den leicht aufgeworfenen vollen Lippen und der schönen hohen Stirn, umrahmt von ihrem irischen Haar.

Am meisten aber hatten es ihm Jasmins Augen angetan. Sie hatten zwar keine besondere Farbe. Es war etwas Blau und Grau dabei, aber noch mehr Grün, und das Ganze sah ziemlich verwaschen aus. Aber diese Augen spiegelten eine Welt voller Gefühle wider. Paul las aus ihrem wechselnden Glanz je nach Stimmungslage gelöste Freude, Mitgefühl, Ärger und immer öfter große Zuneigung.

Jasmin schien sein minutenlanges Taxieren unangenehm zu sein, denn sie fing wieder munter an zu reden: »Was macht man denn mit einem wie dir, der eigentlich am liebsten sofort aufspringen und sich zurück ins Leben stürzen würde, aber noch mindestens einen Tag ans Krankenbett gefesselt ist?«

Da Paul nur die Achseln zuckte, fuhr Jasmin fort: »Am besten wohl Witze erzählen. Das heitert auf.« Sie ließ den Blick suchend durchs Zimmer gleiten. »Wie wäre es mit dem: Wird ein Nonnenkloster von Banditen überfallen. Die machen sich sofort über die Nonnen her. Sagt die eine: ›Herr, vergib ihnen, denn sie wissen nicht, was sie tun.‹ Darauf die andere: ›Sei still! Meiner weiß es genau.‹« Jasmin grinste ihn an.

»Witzig«, sagte Paul, der über diese derbe Zote aus Jasmins Mund etwas verwundert war.

Jasmin wartete wohl auf eine weitere Reaktion. Als diese ausblieb, begann sie, zärtlich seinen Arm zu streicheln.

Ihr Gesicht näherte sich Pauls. Als ihre Lippen nur noch wenige Zentimeter voneinander entfernt waren, hauchte Jasmin: »Weißt du, was ich jetzt gern tun würde?«

Paul konnte sich dazu einiges vorstellen. Banditin spielen? Aber es war müßig, weiter über Jasmins Andeutungen zu spekulieren – prompt klopfte es an der Tür, die im nächsten Moment aufgerissen wurde. Paul schreckte auf.

Eine resolut wirkende Krankenschwester mit einem riesigen, mit Cellophan umwickelten Blumenstrauß kam auf ihn zu. »Herr Flemming, für Sie«, sagte sie in barschem Ton, warf Jasmin einen abschätzigen Blick zu und riss eine angetackerte Begleitkarte von der Cellophanhülle ab. Sie reichte sie Paul und belehrte ihn: »So viele Blumen können Sie hier im Zimmer nicht behalten. Ich stelle den Strauß ins Schwesternzimmer. Sie können ihn dort abholen, wenn Sie entlassen werden.« Mit diesen unmissverständlichen Worten ging sie und schloss die Tür dermaßen lautstark hinter sich, dass Pauls Zimmernachbar aufwachte.

Neugierig schielte Jasmin auf die Karte. Paul hatte sie betont arglos aufs Bettlaken gelegt, so dass Jasmin den kurzen Gruß mitlesen konnte:

»Mein Lieber! Ein Genesungsgruß von mir leider nur vom Fleurop-Boten. Aber in Gedanken bin ich bei dir. Gute Besserung und die allerliebsten Grüße! Küsschen, Katinka.«

Paul schwieg, während Jasmin auf ihrer Unterlippe nagte. Als Paul Ansätze machte, die Karte beiseite zu legen, hielt Jasmin ihn davon ab.

»Wie ist das eigentlich mit eurer Beziehung?«, fragte sie dann frei heraus. »Ich meine: Seid ihr denn noch zusammen oder nicht?« Sie kratzte sich an der Stirn und setzte einen Schmollmund auf. »Alle Welt weiß, dass unsere hochdekorierte Staatsanwältin nach Berlin gegangen ist, du aber hier geblieben bist. Ich habe daraus meine Schlüsse gezogen. Waren die falsch?«

»Wie man's nimmt«, sagte Paul zögernd, denn er hatte gar keine Lust, seine verworrene Gefühlslage jetzt und hier vor Jasmin auszubreiten. Noch dazu, da sein prostatakranker Bettnachbar nun ziemlich interessiert die Ohren spitzte.

»Na toll«, sagte Jasmin sehr enttäuscht. »Bevor das mit uns beiden in die nächste Runde geht, solltest du mich vielleicht mal darüber aufklären, was Katinka will und was du.« Sie wartete kurz ab, zog die Stirn kraus und fragte weiter: »Oder weißt du selbst nicht, was du willst, und schaust einfach zu, wie sich die Dinge entwickeln? Das wäre dann eine typisch männliche Haltung.«

»Ja«, rang Paul sich endlich ab. »Du hast da einen wunden Punkt getroffen. Das mit Katinka und mir ist ein ...« Er suchte nach den richtigen Worten.

»Ein schwebendes Verfahren?«, bemühte Jasmin einen Begriff aus dem Juristendeutsch.

»So könnte man es wohl nennen«, bestätigte Paul, ohne weitere Erklärungen dazu abzugeben.

Jasmin lief rot an. Paul befürchtete, sie würde ihm eine Szene machen. Aber dafür gab es ja eigentlich keinen Grund. Denn mit Jasmin war er definitiv nur befreundet. Nicht mehr und nicht weniger – bisher jedenfalls.

Etwas kleinlaut fragte Jasmin: »Was bin ich dann für dich? Nur eine Seelentrösterin?«

Paul setzte ein schiefes Lächeln auf.

»Oder fängst du an, mich tatsächlich zu mögen?«, flüsterte Jasmin so leise, dass es der Nachbar ganz bestimmt nicht hören konnte.

»Ja«, antwortete Paul nach kurzem Nachdenken.

»Was ja?«, fragte Jasmin. »Auf Oder-Fragen kann man nicht einfach nur mit Ja antworten.«

»Raus jetzt!«, befahl Paul und blickte Jasmin dabei liebevoll an.

»Schon gut«, sagte Jasmin, während sie aufstand. »Ich lasse den Patienten jetzt in Ruhe, damit er morgen wieder laufen kann. Und denk mal darüber nach – du weißt schon ...« Sie warf ihm einen Luftkuss zu und verließ das Krankenzimmer.

»Weiber«, nuschelte der Prostatapatient und widmete sich einer Autozeitschrift.

Auch wenn es die bequemste Lösung gewesen wäre, konnte Paul dem nicht beipflichten. »Männer!«, hätte es stattdessen heißen müssen.

35

Die Nacht war grauenvoll. Paul war es nicht gewohnt, das Zimmer mit einem Fremden zu teilen. Vor allem nicht, wenn derjenige schnarchte. Müde, zermürbt vom stundenlangen Grübeln über seine Situation und mit Schmerzen im Bein ließ Paul am nächsten Morgen die Entlassungsuntersuchung über sich ergehen, schlüpfte in Zivilkleidung und checkte aus.

Auf Krücken verließ er das weit verzweigte Areal des Nordklinikums durch die Hauptpforte und wollte sich eben ein Taxi nehmen, da erblickte er eine wohlbekannte Gestalt, die er hier nicht erwartet hatte: eine schmächtige Erscheinung im Trenchcoat, ungepflegtes graues Haar, Zigarre im Mundwinkel.

»Blohfeld«, rief Paul dem Reporter im Näherkommen zu, »was treiben Sie denn hier?«

Blohfeld deutete auf seinen Wagen, der wenige Meter hinter ihm im absoluten Halteverbot stand. »Ich bin hier, um Sie abzuholen.«

»Das ist aber großzügig«, sagte Paul, den sogleich Misstrauen überfiel. »Gibt es einen besonderen Grund, warum Sie sich die Mühe machen?«

»Allerdings«, sagte Blohfeld und bedeutete Paul, in das Auto zu steigen. »Ich möchte Sie noch schnell für meine Zeitung interviewen, ehe Sie endgültig hinter Schloss und Riegel verschwinden.«

Paul, der gerade zur Beifahrertür gehumpelt war, hielt in der Bewegung inne: »Was soll denn das heißen?«

»Nach allem, was ich gehört habe, ist der Untersuchungsrichter drauf und dran, Ihre Kaution platzen zu lassen. Die Polizei ist im Mordfall Meinefeld kein einziges Stück weitergekommen. Es gibt zwar keine neuen Beweise gegen Sie, aber eben auch keine, die Sie entlasten.«

»Ich soll als Sündenbock herhalten, ist es das?«, fragte Paul aufgebracht.

»Beruhigen Sie sich«, sagte der Reporter lakonisch. »Sehen Sie es doch mal so: Alles sieht immer ganz düster aus – bevor es richtig schwarz wird.«

»Toller Trost«, knurrte Paul und ließ sich in den Autositz fallen. Blohfeld startete den Motor und fuhr los, wobei er einem Taxi dreist die Vorfahrt nahm. »Lassen Sie den Kopf nicht hängen. Mir ist es ja nach wie vor schleierhaft, was Sie und das Model bei Ihrem Rendezvous im Lochgefängnis wirklich getrieben haben, aber in der zweiten Mordsache haben Sie eine weiße Weste.«

»Gibt es etwa Neuigkeiten über Schumis Tod?«, fragte Paul aufgeregt.

»Schumi – was für ein alberner Spitzname für einen Mechaniker. Ich kann mich nicht daran gewöhnen«, kommentierte Blohfeld abfällig. »Aber ja, es gibt tatsächlich Neuigkeiten: Auch wenn Sie wieder einmal zur falschen Zeit am falschen

Ort waren, können Sie auf keinen Fall dafür verantwortlich gemacht werden, dass dem armen Mann Brustraum und Schädeldecke zermalmt worden sind.«

»Danke für die plastische Schilderung«, sagte Paul angeekelt. »Keine Ursache.« Blohfeld warf seinen Zigarrenstummel aus dem Fenster geradewegs in den Einkaufskorb einer Frau, die eben den Zebrastreifen überqueren wollte. »Upps«, kommentierte er und trat aufs Gas.

»Sie sprechen von Mord. Es war also wirklich kein Zufall, dass sich die Hebeanlage plötzlich gesenkt hat?«, wollte Paul wissen.

»Nein, war es nicht. Es sei denn, Sie würden es als Zufall bezeichnen, wenn jemand genau in dem Moment mehrere Schnitte in die hydraulischen Zuleitungen der Hebestempel macht, in dem zwei Menschen darunter liegen.«

»Sabotage?«, fragte Paul nachdenklich. »Aber wer kann ...« Er dachte wieder zurück an Schumis Worte und seine Anschuldigungen gegen Stromberg, seinen Boss.

Blohfeld bestätigte Pauls Ahnung: »Natürlich gibt es zum jetzigen Zeitpunkt noch kein offizielles Statement der Polizei. Aber auf dem Norisring spricht jeder darüber, dass Carl Stromberg seit dem Vorfall wie vom Erdboden verschluckt ist.«

»Stromberg – verschwunden?«, fragte Paul mit wachsender Unruhe.

»Ja. Das kommt meiner Meinung nach einem Schuldeingeständnis gleich. Stellt sich nur noch die Frage nach seinem Motiv.«

Paul entschied sich dafür, dem Reporter reinen Wein einzuschenken. Er berichtete haarklein über seine letzte Unterhaltung mit dem Monteur. Und er legte Blohfeld seine Theorie dar, dass Stromberg der Kopf einer Einbrecherbande war, die den Coup im Rathaus geplant hatte.

»Dazu würden die Überwachungskameras und all das andere Zeug im Versorgungsschacht passen«, nuschelte

Blohfeld und trieb seinen Wagen viel zu schnell über den Kirchenweg in Richtung Burgberg. »Aber meine Quellen sagen, dass Stromberg nicht der Kopf des Unternehmens ist. Er hat nicht das Grundkapital für einen Bruch in dieser Größenordnung. Nein, nein, Stromberg kann höchstens der Mittelsmann gewesen sein.«

»Mittelsmann«, wiederholte Paul. »Ja, Schumi hatte sich auch darüber gewundert, woher sein Chef plötzlich so viel Geld hatte. Aber – wer ist dann der eigentliche Auftraggeber?« Natürlich fiel ihm als erstes wieder der Name Schrader ein. Hatte nicht Jasmin gestern noch davon gesprochen, dass sich Schrader eine Art Geheimtresor hatte bauen lassen? Doch der Baumogul war im Moment tabu – er musste tabu sein, wenn sich Paul nicht um Kopf und Kragen bringen wollte. Sicherer wäre es, sich zunächst nicht weiter mit dem Hauptverdächtigen zu beschäftigen, sondern mit den anderen, kleineren Figuren im Spiel. Wie etwa Professor Rubach ...

»Vielleicht stecken ja ausländische Kunstsammler hinter dem Deal«, brachte Blohfeld ein. »Arabische Ölmilliardäre oder japanische Industriemultis. Dann kann man unseren rechtschaffenden fränkischen Kriminalbeamten allerdings nur viel Ausdauer und Glück wünschen. Oder ihnen den Rat geben, die SoKo Reichskleinodien mangels Erfolgsaussichten gleich aufzulösen.«

»Eine derart fatalistische Einstellung hätte ich Ihnen gar nicht zugetraut«, sagte Paul, hatte aber gerade selbst wenig Hoffnung auf eine baldige Lösung dieses vertrackten Falls.

Dann besann er sich wieder auf seine eigenen Gedanken und unterbreitete Blohfeld einen neuen Plan, für den er die Hilfe des Reporters brauchte.

Blohfeld hörte sich alles kommentarlos an, wog dann eine Weile das Für und Wider ab und stimmte schließlich mit einem angedeuteten Nicken zu.

36

»Guten Tag. Spreche ich mit Professor Rubach?«

»Ja, am Apparat.«

»Flemming hier. Paul Flemming, der Fotograf. Wir haben uns neulich auf Ihrem Kongress kennen gelernt ...«

»Ich erinnere mich: der Kriminalbeamte. Was kann ich für Sie tun?«

»Oh, nein, nein. Da ist bei Ihnen wohl ein falscher Eindruck entstanden. Meine Begleiterin war von der Polizei. Ich selbst bin Fotoreporter.«

»So? – Ja, ähem, warum also rufen Sie an?«

»Wie es aussieht, bleibt es ja leider beim Untersuchungsverbot für die Heilige Lanze«, gab sich Paul am Telefon betrübt. »Aber die Redaktion ist trotzdem überzeugt, dass wir eine große Story über Sie bringen sollten.«

»Ich bedaure sehr, aber ich werde in Kürze abreisen. Da bleibt leider keine Zeit mehr für die Lokalpresse.«

»Nein, nein, Sie verstehen mich falsch. Ich arbeite als freier Fotojournalist. Diesmal geht es um eine Story für ein Hamburger Magazin.«

»Oh – der *Stern*? Oder reden wir hier über den *Spiegel*?«

»Ja, da liegen Sie richtig. Wir wollen Sie deutschlandweit ganz groß rausbringen. Ich kann mir vorstellen, dass eine Positivstory auch Ihrem Forschungsetat zugute kommen würde.«

»Ja, ähem, sicherlich wäre das interessant. Rein wissenschaftlich betrachtet ...«

»Sie sind also dabei?«

»Nun ... – Ja, ich denke, ich kann mich einem Interview in dieser wichtigen Angelegenheit nicht entziehen. Wo wollen Sie mich treffen?«

»Am besten in der Hotellobby. Sie sind doch im Grand Hotel einquartiert, habe ich recht? Ich könnte in einer halben Stunde bei Ihnen sein.«

Rubach hatte sich für seine Verhältnisse fein herausgeputzt. Sein Haar war geordnet, und zu seinem nicht mehr ganz modernen Anzug trug er diesmal sogar eine Krawatte.

»Gehen wir an den Erkertisch«, schlug Rubach vor, nachdem sie sich im mondänen Foyer des Jugendstilgebäudes begrüßt hatten.

Im Erker der Hotelbar waren sie ungestört. Die Fenster zum betriebsamen Bahnhofsvorplatz waren schallgeschützt, und die Geräusche von den anderen Tischen klangen nur gedämpft herüber.

»Was möchten Sie also wissen?«, fragte der Professor und schielte bereits begierig auf die Kamera, die Paul neben sich auf dem runden Tisch platziert hatte.

Paul wartete zunächst ab, bis der Kellner ihre Bestellung aufgenommen und eine Etagere mit kunstvoll belegten Kräckern in ihre Mitte gestellt hatte.

»Wie ich schon am Telefon sagte: Die Hamburger sind von Ihrer Theorie überzeugt. Sie möchten die Meinungsbildung fördern und dazu beitragen, dass die Untersuchung doch noch zustande kommt.« Paul legte sich schwer ins Zeug, um überzeugend zu klingen. »Deshalb möchte ich soviel wie möglich über Ihre Forschungsarbeit erfahren.«

»Das ehrt mich«, sagte Rubach geschmeichelt. »Diese Untersuchung wäre unbedingt notwendig gewesen. Nur so hätten wir das Kerngeheimnis der Lanze endlich lösen können.« Er beugte sich vor und begann mit fester Stimme zu erzählen: »Der Aufbau ist ja in groben Zügen bekannt: Die goldene Manschette, die die Lanze umschließt, stammt aus dem 14. Jahrhundert. Die Silberhülle aus dem 11. Jahrhundert. Der Silberdraht zum Fixieren der seitlich angebrachten Flügel aus dem 7. Jahrhundert und die Klinge aus dem 7. oder 8. Jahrhundert, also nicht aus biblischer Zeit. Die Klinge wurde wahrscheinlich in karolingischer Zeit angefertigt«, vertiefte der Professor. »Aber nun zum eingeschlossenen Nagel: ein Eisennagel mit aufgeschmiedeten Messingkreuzen. Der gute Erhaltungszustand schließt im Grunde genommen schon aus, dass er alt ist. Er enthält jedoch einen unbekannten Einschluss.«

»Die rätselhafte Struktur, um die es Ihnen eigentlich geht«, folgerte Paul.

Rubach nickte. »Das eröffnet wirklich viele Möglichkeiten. Unter Theologen hält sich die Hypothese, dass im Inneren doch noch ein authentischer Nagelsplitter enthalten ist. Die Lanze ist ja nicht umsonst auch vom Vatikan als Reliquie anerkannt, als die sogenannte Deutsche Lanze. Nach meinen Erkenntnissen und Forschungen spricht aber viel dafür – wie Sie ja schon wissen –, dass wir es mit einem Metall nicht-irdischen Ursprungs zu tun haben ...«

»Entschuldigen Sie«, unterbrach Paul. »Könnten wir für das Foto vielleicht einige Ihrer Aufzeichnungen und Forschungsarbeiten auf dem Tisch ausbreiten? Das macht einfach mehr her.«

»Bitte?«, fragte Rubach verwirrt. Dann besann er sich auf die gewünschte Öffentlichkeitswirkung und sagte: »Ja, gern. Ich habe meine Akten allerdings nicht hier. Sie sind oben in meinem Zimmer. Soll ich schnell einige holen?«

Paul tat so, als würde er über diesen Vorschlag – den er geplant und vorhergesehen hatte – nachdenken, winkte dann aber ab: »Das wäre umständlich. Was halten Sie davon, wenn wir unser Gespräch oben im Zimmer fortsetzen?«

Rubach zögerte einen Moment. Dann willigte er ein: »Also gut. Warum nicht.«

Sie gingen durchs Foyer zu den Aufzügen. »Wir müssen ganz nach oben«, sagte der Professor.

»Wir wissen, welche Wirkungen radioaktive Strahlung auf den menschlichen Organismus haben kann«, sprach Rubach weiter, als sie das geräumige Hotelzimmer im Obergeschoss betraten. Der Professor hatte nahezu jede freie Fläche genutzt, um Schnellhefter, Bücher und Papierstöße darauf abzulegen. »Der Atomphysiker Louis Bulgarini stellte 1949 die Behauptung auf, die alten Ägypter hätten bereits die Gesetze des Atomzerfalls gekannt. Die Priester und Weisen nutzten angeblich die Kräfte des Uraniums, um ihre Heiligtümer zu schützen. Diese Strahlung wäre eine mögliche Erklärung für den berüchtigten Fluch der Pharaonen, dem ja etliche Archäologen zum Opfer gefallen sein sollen.« Rubach suchte einige Unterlagen zusammen. »Wie auch immer: Ein nicht-terrestrisches Element mit ähnlich starker, aber für den menschlichen Organismus förderlichen Strahlung könnte die sagenhafte Heilswirkung der Lanze erklären und ...«

Abermals wurde Rubach in seinen Ausführungen unterbrochen. Diesmal, weil es an der Zimmertür klopfte.

»Entschuldigen Sie«, bat der Professor.

Paul nickte höflich und blickte ihm nach.

Kaum hatte Rubach die Tür geöffnet, hörte Paul eine Männerstimme lautstark auf den Professor einreden:

»Stimmt es, dass Sie mit Ihren Forschungen vor dem Aus stehen? Ist es richtig, dass die Fachwelt Sie als Illusionisten gebrandmarkt hat und Sie aus den ernstzunehmenden Wissenschaftszirkeln ausschließen will?«

»Wer ... wer sind Sie?«, fragte Rubach ebenso überrumpelt wie verärgert.

Paul schmunzelte wissend, als er Blohfelds fortgesetzter Fragenattacke zuhörte:

»Die Öffentlichkeit hat ein Recht auf Information. Entspricht es der Wahrheit, dass Sie finanzielle Vorauszahlungen von Fernsehsendern für private Zwecke veruntreut haben? Sind Sie nach dem Fiasko der abgesagten Untersuchungen bankrott? Haben Sie ...«

»Warten Sie!«, herrschte Rubach Blohfeld an. »Wir reden draußen weiter.«

Sichtlich unangenehm berührt kehrte Rubach kurz ins Zimmer zurück. »Würden Sie mich bitte für einen Augenblick entschuldigen? Ich muss mich einem Ihrer Kollegen widmen, der offenbar einigen Desinformationen meiner Kontrahenten aufgesessen ist. Es wird nicht lange dauern.«

»Ein aufdringlicher Reporter, der lästige Fragen stellt«, sagte Paul jovial. »Ja, auch in meiner Branche gibt es leider schwarze Schafe. Lassen Sie sich ruhig Zeit.«

Paul wartete, bis Rubach die Tür hinter sich ins Schloss gezogen hatte, klatschte angesichts der gelungenen Finte erfreut in die Hände und machte sich auf die Suche.

Wonach genau er sich umsehen wollte, wusste Paul zu diesem Zeitpunkt selbst nicht. Er hoffte auf Hinweise gleich welcher Art auf den Reichskleinodien-Coup oder gar die Morde. So nahm er sich einen Aktenordner nach den nächsten vor.

In konzentrierter Eile durchwühlte er die vielen Computerausdrucke, die der Professor in dem Hotelzimmer verteilt hatte. Ohne Ergebnis.

Dann sah er sich die Inhalte etlicher Schnellhefter und sogar einige Notizen an, die er neben dem Telefon fand.

Paul blickte auf die Uhr. Zehn Minuten waren bereits vergangen, seit Rubach das Zimmer verlassen hatte. Wie lange würde Blohfeld ihn noch hinhalten können?

Paul hatte fast aufgegeben, als er in einem der zahllosen Aktenstapel auf Kopien alter Dokumente stieß. Es handelte sich ganz offensichtlich um behördliche Unterlagen: knapp ein Dutzend offizielle Schreiben mit Stempel und Dienstsiegel, alle datiert auf die Jahre 1944 und 1945.

Paul sah genauer hin. Offenbar hatte er es hier mit Bestandslisten zu tun. Rubach hatte einige Zeilen mit Textmarker hervorgehoben. Daneben hatte er große Fragezeichen gemalt. War Paul auf etwas Bedeutsames gestoßen?

Er entzifferte die schwer leserliche Schrift der alten Kopien und kam zu dem Schluss, dass es sich bei der Aufzählung einzelner Artikelnummern um Bestandteile der Reichsinsignien handelte. In den von Rubach markierten Zeilen wurde explizit die Heilige Lanze bezeichnet. Sie wurde im Zusammenhang mit einer sechsstelligen Nummer aufgelistet, die – so schlussfolgerte Paul – wohl der Kiste entsprach, in der sie während der Bombenangriffe im Nürnberger Kunstbunker gelagert worden war.

Das Erstaunliche: Die Lanze tauchte in Rubachs Liste gleich zweimal auf – und zwar unter zwei verschiedenen Registernummern. Gab es zwei Kisten für die Heilige Lanze? Aber was hatte das für einen Sinn?

Paul fühlte sich konfuser denn je, als Professor Rubach mit gestenreichen Entschuldigungen zurück ins Hotelzimmer kam.

37

Pauls Instinkt sagte ihm, dass er auf eine entscheidende Spur gestoßen war. Aber er wusste auch, dass er diese frische Spur sehr leicht verwischen konnte, wenn er ihr nicht sorgsam und mit Bedacht folgte. Die rabiaten Methoden eines Victor Blohfeld würden bei dem, was noch vor ihm lag, viel zu viel Flurschaden anrichten.

Also entschloss sich Paul dazu, dem Reporter – trotz seines unbestritten engagierten Einsatzes – seine neuesten Erkenntnisse vorzuenthalten. Er fertigte den neugierigen Blohfeld noch in der Hotellobby mit belanglosen Aussagen ab und eilte dann zum Straßenbahnknoten vor dem Bahnhof. Ehe Blohfeld ihm nachsetzen konnte, war Paul eingestiegen und brachte sich damit außer Reichweite des Reporters.

Fieberhaft dachte er über seine Entdeckung nach. Zwei Registriernummern für die Heilige Lanze. Und zwei Kisten für die Heilige Lanze. Was hatte das zu bedeuten?

Noch bevor er das letzte Stück bis zum Weinmarkt zu Fuß zurückgelegt hatte, in der Fachwerkidylle der Weißgerbergasse, griff er nach seinem Handy. Er rang einige Sekunden lang mit sich, ob er Katinkas oder Jasmins Nummer eintippen sollte. Dann war sein Entschluss gefasst.

»Stahl«, meldete sich Jasmin knapp.

»Ich bin's, Paul.« Er beeilte sich, ihr die Neuigkeiten der letzten Stunden zu berichten, und erntete dafür eine Schelte, die sich gewaschen hatte:

»Bist du verrückt? Schleichst dich unter Vorspiegelung falscher Tatsachen in ein Hotelzimmer ein!«, schimpfte Jasmin. »Hast du es immer noch nicht kapiert? In den Augen des Gesetzes bist du ohnehin schon ein Schwerverbrecher, auch ohne deine ständigen Eskapaden!«

Als Paul dann aber auf die doppelt verzeichnete Heilige Lanze zu sprechen kam, verstummte Jasmins Protest.

»Hör zu«, sagte sie schließlich, nachdem sie alles gehört hatte. »Ich bin gerade auf dem Weg zum Sport. Ich spiele Beachvolleyball auf dem Platz neben der Arena. Können wir uns da treffen?«

»Bei der Eisarena? Ja, warum nicht. Ich könnte in einer halben Stunde da sein.«

»Abgemacht. Du erkennst mich an meinem super Aufschlag und am knackigsten Hintern auf dem Spielfeld.«

»Sicher«, bestätigte Paul amüsiert.

Die Spielstätte, in unmittelbarer Nachbarschaft zum großen Arenagebäude und damit auch nahe dem Norisring, erwies sich als perfekt ausgestattetes Volleyballerparadies mit Strandfeeling. Paul war noch nie hier gewesen und bewunderte die Spielfelder, die tatsächlich mit feinstem, hellem Sand bedeckt waren. Junge Leute mit unverschämt guten Figuren gaben ihr Bestes, um den Ball übers Netz zu schlagen.

Jasmin hatte nicht übertrieben. Paul blies die Backen auf, als er die junge Polizistin im knappen Trikot auf dem Feld stehen sah und sein Blick unweigerlich auf ihren zur Hälfte textilfreien Po wanderte.

»Puh!« Jasmin stemmte hastig atmend die Arme auf die Knie, als sie Paul entdeckt und das Spiel vorzeitig beendet hatte. »Lass uns was trinken gehen.«

An der ebenfalls strandgerecht dekorierten Bar orderte Paul eine Cola mit Eis für sich und ein großes Mineralwasser für Jasmin.

Sie leerte das Glas in einem Zug. Dann bestand sie darauf, dass Paul ihr den kompletten Fall noch einmal ganz von vorn erzählen solle.

»Wie meinst du das: ganz von vorn?«, fragte er

»Wie ich es gesagt habe«, beharrte sie. »Von Anfang an. Beginnen wir an dem Morgen, als dich meine Kollegen aus dem Schlaf geklingelt haben.«

»Also gut ...«, willigte Paul ein und bemühte sich darum, kein Detail auszulassen.

Jasmin hörte aufmerksam zu. Ihr Gesichtsausdruck verriet, dass sie sich in Gedanken unablässig Notizen machte. Sie blieb die stumme Zuhörerin, bis Paul auf den Mechaniker Schumi zu sprechen kam.

»Stopp!«, unterbrach ihn Jasmin. »Wie war das noch? Auf welchen Film hat er dich hingewiesen?«

Paul konnte sich angesichts dieser belanglosen Frage ein Lächeln nicht verkneifen. »Auf *Ocean's Eleven*«, antwortete er belustigt. »Aber doch nur, weil er fand, dass ich George Clooney so ähnlich sehe.«

»Das glaube ich kaum«, sagte Jasmin, während sich ihre Wangen vor Aufregung rosa färbten. »Ich denke, dass dir Schumi mit der Erwähnung dieses Filmtitels einen ziemlich guten Tipp gegeben hat.«

»Was denn für einen Tipp?« Paul war ratlos, weil er die Hollywoodkomödie nur noch rudimentär in Erinnerung hatte.

Jasmin klärte ihn auf: »In diesem Film geht es um einen großartig inszenierten Überfall auf ein Spielcasino in Las Vegas. Ganz im klassischen *Rififi*-Stil.«

»Ja«, sagte Paul, der sich vage an einige Szenen entsinnen konnte, die die langwierige Vorbereitung dieses perfekten Coups zeigten.

»Aber«, betonte Jasmin und zog dabei ihre rechte Augenbraue in die Höhe, »dieser Überfall war nichts weiter als ein Bluff.«

»Ein Bluff …«, wiederholte Paul, der zu ahnen begann, worauf Jasmin hinaus wollte.

»Ja, der ganze Aufwand diente nur der Ablenkung«, klärte ihn Jasmin auf. »Es war eine spektakuläre Show, aber eben nur ein cleveres Täuschungsmanöver. In Wirklichkeit haben die Diebe ihre Beute auf ganz andere Art ergattert – viel schlichter! Sie sind im Chaos des Großalarms ganz einfach damit herausmarschiert.«

»Ich erinnere mich …«, sagte Paul, um gleich darauf beunruhigt zu fragen: »Aber wovon sollten dann die Kameras und Mikros im Rathaus ablenken? Der Coup hat ja nie stattgefunden. Die Reichskleinodien sind immer noch an Ort und Stelle.«

Jasmins Augen fixierten ihn. »Bist du sicher?«

Paul stockte der Atem. Ihm schossen irrwitzige Gedanken durch den Kopf. Keiner davon ergab auch nur ansatzweise Sinn. »Wenn die ganze elektronische Ausrüstung, die wir gefunden haben, die Flucht von Stromberg, vielleicht sogar der Mord an Bea Meinefeld nur zur Ablenkung gedient haben – wie sieht dann der eigentliche Plan aus?«, fragte Paul voll innerer Anspannung. »Wie um Himmels willen wollen diese Gangster an die Reichsinsignien herankommen?«

»Vielleicht haben wir es nicht mit einem simplen Diebstahl zu tun, sondern mit einem Austausch«, legte Jasmin ihre Gedankengänge offen. »In diese Richtung deuten doch Schumis Hinweise und auch die doppelte Registratur in Rubachs Unterlagen.«

»Stimmt – es klingt nach Original und Fälschung.« Paul kratzte sich am Kinn. »Aber wer kann oder konnte einen solchen Austausch vornehmen? Und wie und wann?«

Darauf wusste auch Jasmin keine Antwort.

Nachdem sie eine Weile nachdenklich geschwiegen hatten, schlug Paul vor: »Am besten wäre es, wenn wir uns über diese zweifache Registrierung während des Zweiten Weltkriegs schlau machen. Sie scheint mir der Schlüssel zur Auflösung dieses Falls zu sein.«

»Oder doch nur ein neuer Irrweg«, gab sich Jasmin skeptisch. »Aber irgendwo müssen wir ja anfangen.« Unvermittelt erhob sie sich von ihrem Barhocker.

»Wohin gehst du?«, fragte Paul.

»Ich hole mein Notebook aus dem Spind in der Umkleide. Wir müssen ins Internet, und ich hoffe inständig, dass die hier ein vernünftiges Wireless-LAN-Netz haben.«

Keine fünf Minuten später surften beide Seite an Seite im Netz. Auf die Unterbringung der Reichskleinodien im unterirdischen Bunker während der letzten Kriegsjahre kamen sie sehr schnell über zahlreiche Google-Einträge. Die Enzyklopädie *Wikipedia* verriet ihnen zudem die Namen jener, die versucht hatten, die Reichsinsignien vor den anrückenden Alliierten zu verbergen.

Die meisten dieser Namen waren Paul aus Geschichtsunterricht, Zeitungslektüre oder seinem Gespräch mit dem Zeitzeugen Heinrich Bartel vage vertraut und lösten daher keine besondere Reaktion mehr aus. Als ein weiterer Name fiel, horchte er allerdings auf:

»Wormser«, las Jasmin eher beiläufig vor.

»Moment«, bremste sie Paul. »Sagtest du Wormser?«

Jasmin saß tief über den Bildschirm gebeugt an der Theke. »Ja. Ein gewisser Johann Wormser war in Kriegszeiten einer der Verwalter des Kunstbunkers. Warum interessierst du dich gerade für den?«

Vor Pauls geistigem Auge riss plötzlich ein Vorhang aus dichtem Nebel auf. Er erinnerte sich an einen Artikel, den er über das Norisring-Rennen gelesen hatte. Und vor allem an die Namen von Prominenten, die sich als Besucher angekündigt hatten. »Bitte such bei Google mal nach Lambert Wormser«, bat Paul.

Jasmin blickte erstaunt auf. »Meinst du den skandinavischen Multimillionär? Was hat denn der mit …«

»Genau den«, unterbrach Paul sie.

Jasmin kam seiner Bitte nach. Keine halbe Minute später flackerte auf dem LCD-Schirm des Laptops die Bestätigung für Pauls Vermutung auf: Der schwedische Broker Lambert Wormser war der Sohn des Nürnberger Gralshüters Johann Wormser.

»Ich werde im Polizeiarchiv weitersuchen«, sagte Jasmin unaufgefordert, als sie ihren Laptop zuklappte. »Noch heute Abend!«

38

Paul goss sich ein schwarzes Pyraser Hefeweizen ein, während er auf seinem Schlafsofa saß – unfähig, sich dabei wirklich zu entspannen.

Die Stunden zogen sich wie zäher Teig in die Länge. Zweimal hatte er inzwischen versucht, Jasmin am Handy zu erreichen. Doch beide Male hatte sie ihn einfach weggedrückt.

Paul nahm einen tiefen Zug aus dem Glas. Das gut gekühlte Bier floss wohltuend durch seine Kehle. Dann sah er auf die Uhr. Es ging auf Mitternacht zu. Was trieb Jasmin bloß so lange? Wollte sie in dieser Nacht das ganze Polizeiarchiv auf den Kopf stellen?

Paul sinnierte weitgehend ziellos vor sich hin, trank sein Bier Schluck für Schluck aus und beschloss dann, sich hinzulegen. Er selbst konnte heute Nacht ganz bestimmt nichts mehr ausrichten. Und noch mehr Grübeln würde ihn auch nicht weiterbringen.

Er stellte sein Weizenglas kopfüber ins Spülbecken seiner Küchenzeile und wollte gerade ins Bad gehen, um sich die Zähne zu putzen, als das Telefon klingelte.

Mit wenigen großen Schritten hatte er den Schreibtisch erreicht und griff sich den Hörer:

»Ja?«, rief er erwartungsvoll.

»Paul, sitzt du gut?«, hörte er Jasmins aufgeregt klingende Stimme.

»Nein«, sagte Paul, »aber das lässt sich ändern.« Er ließ sich auf seinem Schreibtischstuhl nieder. »Also? Hast du etwas entdeckt?«

»Ja, das heißt: nein.«

»Was denn nun?«, fragte Paul verwirrt.

»Nein heißt, dass ich nichts über Lambert Wormsers Vater herausgefunden habe. Er hat – außer seinem legendären Einsatz im Kunstbunker – ein unauffälliges Leben geführt. Kriminalstatistisch war er bis zu seinem Tod ein unbeschriebenes Blatt.«

»Dann sag schon endlich, was du gefunden hast«, drängte Paul.

»Ich habe in den Akten aus den fraglichen Jahren gestöbert, also aus der Zeit des niedergehenden Dritten Reiches, und da bin ich auf allerlei ungelöste Kriminalfälle gestoßen. Die meisten davon stehen in einem völlig anderen Zusammenhang. Ich wollte schon aufhören, weiter zu suchen, da fiel mir eine Mordsache aus dem Frühjahr 1945 in die Hände.«

»Was denn nun schon wieder für eine Mordsache?«, fragte Paul, der völlig im Dunkeln tappte.

»Drei Männer wurden erschossen. Die Kugeln stammten aus SS-Pistolen, aber der Grund für diese Exekution – so kurz vor Kriegsende – war den Ermittlern damals völlig schleierhaft.«

»Das klingt ja beinahe, als würdest du den Grund kennen.«

»Ja«, sagte Jasmin ohne jedes Zögern. »Ja, ich denke, ich kenne den Grund.«

»Spann mich doch nicht so auf die Folter«, bat Paul.

»Ich erzähle dir alles«, sagte Jasmin hastig. »Aber nicht am Telefon. Ich mache rasch noch ein paar Kopien und dann treffen wir uns.«

»Jetzt? Mitten in der Nacht?«

»Willst du diesen Fall lösen oder nicht?«, fragte Jasmin tadelnd.

»Ja, sicher.«

»Dann treffen wir uns in einer Viertelstunde in meiner Wohnung in St. Johannis, Campestraße. Das sind von dir aus ja nur ein paar Minuten zu Fuß.«

»Du vergisst meinen verstauchten Fuß«, wandte Paul ein. »Ich brauche zwar keine Krücken mehr, aber …«

»Also gut. Dann eben in zwanzig Minuten.«

Paul erreichte den vierstöckigen Altbau in der Campestraße kurz nach der vereinbarten Zeit. Er spürte seine Müdigkeit, als er die alte Holztreppe bis in die oberste Etage hinaufstieg. Gleichzeitig hielt ihn aber die Neugier auf das, was Jasmin ihm gleich berichten würde, bei wachem und klarem Verstand. Und da war auch noch etwas anderes, unterschwellig Lauerndes, das ihn auf Trab hielt:

Als er im halbdunklen Hausflur nach der richtigen Wohnungstür suchte, dachte er über Jasmin nach. Darüber, wie sie vor einem halben Jahr in sein Leben getreten war und wie sie nun langsam, aber stetig eine immer größere Rolle darin einnahm. Eigentlich war sie ja überhaupt nicht die Art von Frau, für die er sich begeistern konnte: Jasmin, die Polizistin, war eher der praktische Typ. Technisch begabt, stets einen kühlen Kopf bewahrend, logisch denkend und kalkulierend. Und ihr Äußeres? Kurzes Haar, burschikoses Auftreten. Ja, Jasmin arbeitete in einer eher maskulinen Welt und stellte daher ihre weiblichen Attribute optisch zurück. In anderen Fällen aber kannte sie keine Scheu, ihre ohne Frage vorhandene Weiblichkeit einzusetzen – Paul wurde jetzt noch ganz schwummrig, wenn er daran dachte, wie sie ihn im Nordklinikum beinahe geküsst hatte, oder an ihren Auftritt als Volleyballspielerin.

Stop! Paul zwang sich selbst dazu, seine in dieser Situation völlig fehlplatzierten Überlegungen einzustellen, sobald er das Türschild mit dem Namen Stahl entdeckte. Er drückte den Klingelknopf und hörte kurz darauf aus der Wohnung das Knarren der Holzdielen.

Als Jasmin öffnete, musste Paul erst einmal tief Luft holen.

Sie stand barfuß im Türrahmen. Ihr kurzes rotes Haar war wie üblich zerzaust, die Sommersprossen leuchteten lebhaft in dem hübschen Gesicht, und ihre Augen waren freundlich und offen. Ansonsten aber hatte sie ihre zweckmäßige Berufskleidung beziehungsweise ihre Sportlerkluft von vorhin gegen einen leichten Pyjama eingetauscht, der Pauls vorausgegangene Betrachtungen samt und sonders Lügen strafte.

Die hellblauen Shorts schimmerten seidig und waren an den Seiten bis auf Hüfthöhe geschlitzt. Das Oberteil, mit gerade mal zwei Knöpfen oberhalb des Bauchnabels geschlossen, gewährte Paul Blicke auf weiße, geschmeidige Haut und viele weitere Sommersprossen.

Sie bemerkte Pauls Erstaunen und trat beiseite – mit einem Lächeln wie nach einem kleinen Sieg sagte sie: »Ich hab's mir schon mal bequem gemacht. Stört dich doch nicht, oder?« Sie drückte hinter ihm die Tür ins Schloss.

Die Wohnung war entgegen Pauls Erwartungen weder besonders ordentlich noch modern. Im Gegenteil: Es herrschte das sympathische Chaos einer Studentenwohnung, angereichert mit dekorativen Elementen, die der Einrichtung einen mediterranen Anstrich verliehen.

Zwischen prächtig gedeihenden Zimmerpflanzen, die aus Terrakottatöpfen wucherten, stand ein antiquiertes Sofa mit einem übergeworfenen Laken in Pastelltönen, auf dem sich Jasmin nun im Schneidersitz niederließ.

Sie klopfte auf den freien Platz neben sich: »Komm. Ich werde jetzt das Geheimnis lüften.« Sie griff nach einem Stapel Kopien.

Paul setzte sich neben sie, nicht ohne beiläufig ihre schlanken Beine zu bewundern.

»Ich sagte dir ja schon am Telefon: Es geht um drei Männer, die am 18. April 1945 erschossen wurden. Das war der Tag, an dem die US-Infanteristen ins Stadtinnere vordrangen. Eine Fortsetzung der Kampfhandlungen war also völlig aussichtslos und sinnlos.«

»Trotzdem mussten diese Männer sterben«, sagte Paul nachdenklich. »Warum?«

»Man hat die Leichen in einem Straßengraben an der Münchner Straße gefunden«, setzte Jasmin fort, ohne sofort auf Pauls Frage einzugehen. »Die drei Männer hießen Wilhelm Galster, Anton Schmidbauer und Franz Kleinlein. Alles Zivilisten.«

»Diese Namen sagen mir gar nichts«, bemerkte Paul nach kurzem Nachdenken.

»Mir auch nicht«, gab Jasmin mit dem Anflug eines wissenden Grinsens zurück. »Es waren auch nicht die Namen, die mich alarmiert haben, sondern die Berufe der Toten.«

»Was haben denn ihre Berufe mit ...« Paul stockte mitten im Satz, als er es zu ahnen begann.

Jasmin nickte sehr langsam, bevor sie zur Auflösung dieses über Jahrzehnte vergessenen Rätsels überging: »Der erste war Kunstschmied, der zweite Juwelier, und der dritte im Bunde hat sein Geld als Feinmechaniker verdient.« Sie lächelte vielsagend. »Alle drei waren nach den damaligen Kriterien wehrtauglich, mussten aber trotzdem nicht an die Front.«

»Denn sie hatten andere wichtige Aufgaben zu erfüllen. Für Führer und Vaterland«, stammelte Paul und konnte es kaum fassen.

»Ja. In solcher zeitlichen Nähe zu der Geschichte mit den Reichskleinodien – das kann kein Zufall sein. Diese drei Männer waren in die Sache involviert«, sagte Jasmin entschieden. »Entweder als Sachverständige ...« Sie sprach nicht weiter.

»Oder«, griff Paul den Faden auf, »sie waren Beteiligte an einem groß angelegten Täuschungsmanöver.«

»Genau«, sagte Jasmin. »Die Sache war so geheim, dass es am Schluss keine Zeugen geben durfte. Die alten Ägypter haben die Architekten der Pyramiden mitsamt den verstorbenen Pharaonen eingemauert. Genauso sind die Nazi-Schergen mit ihren Handlangern verfahren.«

»Du glaubst also, dass diese drei armen Teufel noch kurz vor Kriegsende daran gearbeitet hatten, die Reichskleinodien ...«

»Glauben heißt nicht wissen«, unterbrach ihn Jasmin und stand auf. »Es ist ein neues Puzzleteil im Bild, aber wir brauchen mehr Fakten und Beweise, um es einzubauen.« Sie streckte sich, fuhr sich mit gespreizten Fingern durchs Haar und sagte: »Puh, dieses Detektivspielen macht furchtbar hungrig, findest du nicht auch? Tagsüber habe ich ja die Kantine im Präsidium. Aber jetzt, um halb eins in der Nacht?« Sie schielte zu Paul hinüber.

Der blies ratlos die Backen auf. »Vielleicht hat ja noch irgendwo ein Schnellimbiss auf.«

»Wie unromantisch«, sagte Jasmin etwas eingeschnappt und verschwand durch eine Zimmertür.

Paul folgte ihr und fand sich in der Küche wieder, einem schlauchförmigen, gemütlichen Raum, der auf einen kleinen Balkon hinausging. Paul warf einen Blick nach draußen und sah vor einem rostigen schmiedeeisernen Geländer ein Ensemble, bestehend aus einem kleinen Bistrotisch mit zwei Stühlen und einem großen Kübel mit verwilderten Gartenkräutern. Selbst bei Nacht war der Blick auf den kleinen Innenhof sehr hübsch. Die rückwärtigen Ziegelsteinmauern der umstehenden Häuser mit ihren alten Rundbogenfenstern waren von Efeu überwuchert.

»Mal schauen, was ich noch da habe«, sagte Jasmin, als sie den Kopf ins Innere eines voluminösen alten Kühlschranks steckte. »Kloßteig, Crème Fraiche, ein paar Stangen Spargel – die sind noch von gestern übrig –, zwei Chicoree und das Übliche: Eier, Butter, ein Becher Sahne.«

»Willst du jetzt wirklich noch anfangen zu kochen?«, fragte Paul zweifelnd. »Also, für mich musst du nicht extra ...«

Jasmin fixierte ihn, während sie die erste Ladung Nahrungsmittel vor ihrer Brust bündelte. »Hey, du bist ja fränkischer, als ich dachte. Darf man in deinen Kreisen das Abendessen nicht nach 19 Uhr einnehmen?«, fragte sie spitz. »Ich werde uns was Feines zusammenbrutzeln. Pass mal auf: zum Aperitif Chicoree!«

Ehe Paul es sich versah, war Jasmin schon dabei, die Zutaten auf einer kleinen Arbeitsplatte auszulegen und äußerst behände zuzubereiten. »Chicoree ist bitter und regt den Kreislauf an«, sagte sie und fügte scherzhaft hinzu: »Das müsste selbst bei Schlafmützen wie dir wirken.« Sie wusch die Blätter und richtete sie mit einer Balsamico-Vinaigrette und in Butter gerösteten Schwarzbrotstreifen an.

»Trinken wir dazu ein Glas Sekt?«, fragte sie und hatte den Piccolo bereits in der Hand.

Paul öffnete die Balkontür. »Eine warme Nacht«, sagte er und schob einen der Bistrostühle zurück.

»Den hatte ich schon eine kleine Ewigkeit im Kühlschrank«, sagte Jasmin, während sie sich am Verschluss der kleinen Sektflasche zu schaffen machte, »aber nie war eine Gelegenheit da, ihn aufzumachen.«

»Lass mich mal machen.« Paul nahm ihr den Piccolo ab und knackte den störrischen Schraubverschluss mit einer energischen Bewegung aus dem Handgelenk.

Jasmin brachte die Vorspeisenteller nach draußen auf den Balkon, während Paul ihnen beiden einschenkte.

»Auf dein Wohl«, sagte er und erhob sein Glas.

»Auf unseres«, sagte Jasmin. Sie hüllte ihre nackten Beine in eine Wolldecke und trank dann den Sekt ohne abzusetzen aus.

Beide aßen, ohne dabei viele Worte zu verlieren. Aber ihre Blicke trafen sich fortwährend. Paul wusste nicht, worauf dieser späte Abend hinauslaufen würde. Er wusste auch nicht, ob er sich darüber Gedanken machen wollte.

»Du kannst hier draußen sitzen bleiben, während ich uns noch was Richtiges zum Essen zaubere«, schlug Jasmin vor.

»Ich schaue dir lieber über die Schultern und helfe mit, wenn ich darf«, sagte Paul.

In der kleinen Küche stand Paul dicht hinter Jasmin und schnupperte ihr leichtes Parfüm. Flink verrührte sie den Kloßsteig mit zwei Eiern und Milch, bis eine zähflüssige Masse entstand, die sie mit Pfeffer, frisch geriebener Muskatnuss und Salz würzte. In einer Pfanne briet sie gewürfelten Frühstücksspeck mit klein gehackten Schalotten an, bestäubte das ausgelassene Fett mit etwas Mehl und gab zum Ablöschen einen Schuss fränkischen Weißwein hinein.

»Das hier werde ich jetzt mit Spargelfond auffüllen und etwas köcheln lassen«, erklärte Jasmin. Paul ertappte sich dabei, dass er ihr unterdessen viel zu nahe gekommen war. Er spürte die Wärme ihrer Haut durch die dünne Pyjamaseide.

Jasmin rundete ihr Mahl mit Petersilie und Schnittlauch ab. Dann schüttete sie aus einer Frischhaltebox kleingehackten Löwenzahn und Brennnesseln dazu. »Keine Sorge«, sagte sie lächelnd. »Geschnittene Nesseln verlieren ihr Feuer.«

Mit einem großzügigen Klecks Crème Fraiche rundete sie die Soße ab. Der Spargel köchelte inzwischen in einem anderen Topf. Aus der Kloßteigmasse formte Jasmin Kartoffelpuffer, die sie in dünnen Scheiben ausbriet und zusammen mit dem Spargel und der Kräutersoße auf zwei großen, schlichten Porzellantellern drapierte.

»Ach ja, ein Radieschen habe ich auch noch gefunden«, sagte sie und schnitzte mit einem kleinen Küchenmesser geschickt aus jeder Hälfte eine Rose.

Paul fühlte sich kulinarisch verwöhnt wie sonst bloß bei Küchenchef Jan-Patrick – nur dass Jasmin als Köchin erheblich attraktiver war. Zurück auf dem Balkon genossen beide den Hauptgang. Bei einem Glas gut gekühlten Frankenwein setzten sie ihre nonverbale Kommunikation fort: Sie aßen, prosteten sich zu, lächelten sich an – und auf wundersame Weise waren Pauls Sorgen und Nöte in dieser späten Stunde plötzlich wie weggeblasen.

Paul hatte das Zeitgefühl verloren, als sie abermals in die Küche gingen, diesmal auf der Suche nach einer Nachspeise. Jasmin stand der Sinn nach einer Mousse oder einem Parfait.

Mangels jahreszeitlich passenderer Zutaten griff sie zu einem recht betagten Lebkuchen, den sie zwischen den Fingern zerbröselte und mit reichlich Rum beträufelte. Sie verrührte den Brei mit Eigelb und Zucker, brachte einen Topf Milch mit etwas Vanillezucker zum Kochen und nahm ihn von der Platte. Dann rührte sie die Eigelbzuckermasse unter und gab den gut eingeweichten Lebkuchen hinzu.

»Jetzt kommt noch steif geschlagene Sahne dazu und dann ab damit ins Gefrierfach«, sagte Jasmin. Sie hielt Paul den verheißungsvoll duftenden Topf unter die Nase, wobei ihr ein wenig Parfait über den Rand lief und auf den Boden tropfte.

Jasmin stellte den Topf beiseite und bückte sich, um das Malheur zu beseitigen. Paul, euphorisiert durch die späte Stunde, den Alkohol und die wohlige Stimmung, meinte erst jetzt so richtig zu bemerken, was für eine reizvolle Partnerin es war, mit der er heute Nacht eine Köstlichkeit nach der anderen verspeiste. Er half ihr auf und sah ihr dabei so tief in den Ausschnitt, dass es ihr nicht entgehen konnte.

Wie zufällig glitt sein rechter Zeigefinger an ihrem Oberschenkel entlang.

Jasmin seufzte. Sie blickte ihm tief in die Augen. Einige Sekunden lang geschah gar nichts. Dann legte sie ihren klebrig süßen Finger an Pauls Unterlippe. Er biss zärtlich zu.

Das Eis war gebrochen.

Jasmin knöpfte sein Hemd auf. Sie strich ihm das Parfait unter wilden Küssen auf die Brust. Sie löste sich von seinen Lippen, glitt mit ihrer Zunge an seinem Hals entlang und leckte das Parfait begierig auf.

Paul stöhnte leise. »Ich weiß nicht, wohin uns das führen wird. Aber ich kann dir nicht mehr widerstehen.«

»Kann?«

»Will! Ich will dir nicht mehr widerstehen!«

Dann hob er Jasmin in die Höhe. Sie war noch leichter, als er erwartet hatte. Er trug sie hinaus auf den Balkon. Bevor er sie vor sich auf dem Bistrotisch absetzte, streifte er ihr die Shorts herunter.

39

Es war bereits hell, als Paul aus einem kurzen, tiefen Schlaf erwachte. Geweckt hatten ihn die Geräusche, die Jasmin machte, als sie sich wusch und anzog.

Die Sonne schien durch modisch knittrige Gardinen in ein quadratisches Schlafzimmer mit orangegelben Wänden. »Wo willst du hin?«, fragte Paul und rieb sich die Augen. Er lag nackt in Jasmins Bett.

»Von Wollen kann gar keine Rede sein«, sagte Jasmin, während sie in ein Paar enge Röhrenjeans schlüpfte. »Aber anständige Leute müssen nun mal zur Arbeit gehen.«

Paul quittierte diese kleine Schelte mit einem Nicken. Er erwog, sich noch einmal zurückzulehnen und den Tag entspannt angehen zu lassen. Aber nach dem, was geschehen war, brannte ihm eine Frage zu sehr auf den Nägeln: »Was versprichst du dir eigentlich davon?«

Jasmin stutzte, wusste aber sofort, was gemeint war. »Was ist denn das für eine saublöde Frage? Aber wenn du's unbedingt wissen willst: nichts! Gib dich jedenfalls nicht der Illusion hin, du würdest der Vater meiner Kinder werden. Dafür bist du mir zu alt, und als treusorgenden Familienmenschen sehe ich dich eigentlich auch nicht.« Sie zog sich weiter an, dann hielt sie noch einmal inne und sah Paul mit beinahe entschuldigendem Ausdruck an. »Fühlst du dich jetzt von mir ausgenutzt? Das habe ich bestimmt nicht gewollt. Aber sieh mal: Ich bin jetzt siebenundzwanzig. Seit dem Abi habe ich nichts als gebüffelt und geschuftet. Ich will einfach noch ein bisschen Spaß haben, bevor es ernst wird. Ganz so laut tickt die biologische Uhr bei mir nämlich noch nicht.«

»Mit anderen Worten: Ich bin nichts Ernstes in deinem Leben«, folgerte Paul.

Jasmin sah ihn liebevoll an. »Natürlich bist du was Ernstes. Manchmal sogar viel zu ernst. Aber gestern, das war einfach nur ein netter Abend. Keiner von uns ist dem anderen etwas schuldig. Also zerbrich dir nicht den Kopf darüber.«

»Okay«, sagte Paul ein wenig gekränkt und fragte sich, ob er Jasmin glauben sollte. Er hatte doch schon längst so eine Ahnung, dass sie beide dabei waren, sich gewaltig zu verlieben. Und er war sich so gut wie sicher, dass bei Jasmin trotz ihrer demonstrativen Lässigkeit mehr Gefühle im Spiel waren, als sie zugeben wollte.

Vielleicht hatte sie Angst davor, verletzt zu werden. Sie vermutete wohl, dass bei einem Mann wie Paul diese Möglichkeit durchaus bestand. Diente die harte Schale zum Selbstschutz?

»Du grübelst ja immer noch!« Jasmin stieß ihn mit der Fußspitze an. »Ich mache dir jetzt mal einen Vorschlag: Du brühst dir einen Kaffee auf, isst Cornflakes mit Joghurt, machst dich in Ruhe fertig und stellst ein paar Nachforschungen über Lambert Wormser an. Finde heraus, was genau er in Nürnberg treibt, außer dass er das Norisring-Rennen verfolgt.«

»Okay«, willigte Paul wieder ein. »Und was tust du?«

»Erst einmal gibt es in Nürnberg noch ein paar andere Verbrechen, um die ich mich kümmern muss. Ansonsten suche ich nach Hinweisen, die uns dabei helfen, die Ereignisse vom April 1945 mit denen von heute in Verbindung zu bringen. Ich spüre, dass wir dicht dran sind – aber noch fehlt der unmittelbare Zusammenhang.«

Paul sparte sich das Frühstück, nachdem Jasmin gegangen war. Er wollte sich lieber gleich an seinen PC setzen und Erkundigungen über die Familie Wormser einholen.

Ein Multimillionär aus Skandinavien, dessen Vater einst zu den Hütern der Reichskleinodien gehörte, kehrte während der

Ausstellung der Insignien in seine Heimatstadt zurück. Das konnte alles heißen oder auch nichts, sinnierte Paul, als er Jasmins Wohnung verließ. Es kam ganz darauf an, mit welchen Geheimnissen über die Reichskleinodien Wormsers Vater am Ende der Nazidiktatur vertraut gewesen war. Vor allem wäre es wichtig zu erfahren, ob der alte Wormser seinen Sohn in sein Wissen eingeweiht hatte. Paul spürte bei diesem Gedanken einen kühlen Zug in seinem Nacken. Die feinen Härchen auf seiner Haut stellten sich auf. Er ahnte, dass es keine schönen Geheimnisse sein würden, die er lüften wollte.

40

Nun war es also tatsächlich soweit. Paul versuchte sich einzureden, dass es eigentlich gar kein besonderer Tag war. Sein Double in Hollywood hatte die Vierzig ja schon vor ein paar Jahren erreicht, und seiner Attraktivität und seinem Elan hatte das anscheinend keinen Schaden zugefügt. Jedenfalls musste man diesen Eindruck gewinnen, wenn man die Titelseiten der Frauenzeitschriften las.

Im Gegensatz zu George Clooney bekam Paul an seinem Geburtstag weder haufenweise Fanpost, noch klingelte ununterbrochen das Telefon. Immerhin: Seine Eltern riefen an, und gegen Mittag meldete sich eine Großtante aus Bad Windsheim. Im Briefkasten fand er ein Glückwunschschreiben der Sparkasse und einen Einkaufsgutschein vom Modehaus *Wöhrl*.

Er tröstete sich damit, dass er ja am Abend im *Goldenen Ritter* seine Freunde treffen würde. Trotz der laufenden Ermittlungen gegen ihn und trotz des nach wie vor ungelösten Falls um die Reichskleinodien hatte er sich am Ende doch noch dazu durchgerungen, in kleiner Runde zu feiern. Jan-Patrick hatte zugesagt, ein paar Köstlichkeiten aufzutischen. Na ja, und ein wenig Zuspruch konnte Paul an seinem Ehrentag allemal gebrauchen.

Wieder guter Dinge schlenderte er am frühen Abend in sein Lieblingsrestaurant. Die auf Eis gebetteten Fische in der Auslage gleich am Eingang des rustikalen Lokals sahen aus wie gerade aus dem Meer geholt. Und das waren sie auch, wusste Paul doch, dass Jan-Patrick seine Ware von seinem Großhändler über Nacht fangfrisch vom Mittelmeer beziehungsweise der Nordsee anfahren ließ.

Kellnerin Marlen winkte Paul von einem Ensemble aus drei zusammengeschobenen Tischen zu. Die zierliche Brünette stand auf einem Stuhl und war gerade damit beschäftigt, eine Girlande mit einer in kitschigem Gold gehaltenen »40« anzubringen. Als sie seinen skeptischen Blick bemerkte, zuckte sie bedauernd mit den Schultern. »Jan-Patrick hat darauf bestanden«, sagte sie mit ihrem leichten französischen Akzent.

Paul schmunzelte nun doch über den Gag des Küchenmeisters. Er würde sich wohl daran gewöhnen müssen, dass die noch anstehenden runden Geburtstage in seinem Leben immer mehr mit Jubilarfeiern und immer weniger mit den flippigen Partys von früher gemein haben würden.

»Na? Gefällt sie dir?«, fragte Jan-Patrick, der sich heimlich von hinten genähert hatte.

»Meinst du die schöne Marlen oder die scheußliche Girlande?«, gab Paul schlagfertig zurück.

Der kleine Koch stellte sich auf die Zehnspitzen und presste Paul mit ganzer Kraft an sich: »Lass dich drücken, du Halunke. Meine allerherzlichsten Glückwünsche!«

»Danke!«, brachte Paul hervor, als Jan-Patrick ihn aus seiner temperamentvollen Umarmung entlassen hatte und er wieder Luft bekam.

»Mein Geschenk liefere ich in Naturalien, wenn es recht ist«, sagte Jan-Patrick mit breitem Grinsen.

»Nichts lieber als das«, freute sich Paul.

»Dann setz dich doch einfach hin und lass dir den Aperitif schmecken«, schlug der Küchenmeister vor. »Die anderen müssten ja bald kommen.«

Das ließ sich Paul nicht zweimal sagen. Er nahm Platz und streckte die Beine unter dem Tisch aus. Während er an dem kühlen Getränk nippte, zwinkerte er Marlen vergnügt zu.

Er rechnete heute Abend mit seinem engsten Bekanntenkreis: Hannes Fink, Blohfeld, Hannah und Jasmin. Katinka würde nicht kommen. Das hatte sie schon vor ein paar Tagen am Telefon angekündigt: »Wichtige Termine in Berlin.« Mittlerweile fragte sich Paul, ob diese Termine nicht zufällig zwei Beine und einen männlichen Vornamen hatten.

Marlen verschwand kurz in der Küche und kehrte dann mit einigen gefalteten Kärtchen zurück, die sie vor den Tellern auf dem eingedeckten Tisch positionierte. Paul nahm sich eine der Speisekarten und las mit wachsendem Wohlgefühl die Menüfolge.

»Als Vorspeise hat er sich also fränkisches Flusskrebstörtchen an gefüllter Avocado und Spargelsalat einfallen lassen«, freute sich Paul. »Klingt lecker.«

Marlen lächelte. »Der Hauptgang ist auch ganz gut: gegrillter Dorsch auf caramelisierter Fruchtauswahl mit blanchierten Spargelspitzen.«

»Unser Jan-Patrick versteht nun mal sein Handwerk«, bestätigte Paul schwärmerisch.

Marlens Augen glänzten, als sie ihm beipflichtete: »Ja, er ist beinahe ein Genie.«

Blohfeld war der erste, der anrief: »Sorry, Flemming«, dröhnte er durchs Handy. Im Hintergrund war trotz der fortgeschrittenen Stunde die Hektik in der Redaktion zu hören. »Ich hänge noch voll drin. Wir sind spät dran heute mit unseren wichtigsten Storys. Wenn wir Pech haben, schmeißen wir den Andruck! Also, alter Junge, feiern Sie mal schön ohne mich. Nichts für ungut. Wäre gern dabei gewesen.«

»Oh«, sagte Paul. »Das ist aber schade.«

»Ja. Kann man leider nichts machen. Also dann ... – Ach ja: Glückwunsch natürlich! Bleiben Sie so, wie Sie sind.« Blohfeld legte auf.

Marlen, die Pauls enttäuschtes Gesicht sah, erkundigte sich höflich: »Soll ich ein Gedeck abräumen?«

Paul nickte. »Ja. Aber das macht ja nichts. Dann haben wir mehr Platz.«

Erneut machte sich sein Handy bemerkbar.

»Hallo? Flemming?« Hannah klang distanziert. »Ich wollte Ihnen zum Geburtstag gratulieren.«

»Ja, äh, danke. Aber warum denn am Telefon? Kommst du denn nicht selbst? Ich meine, äh, wir warten hier alle auf dich.«

»Nö. Feiert mal lieber ohne mich.«

»Bist du sauer oder beleidigt?«, wollte Paul wissen.

Hannah zögerte. »Kann sie mithören?«, zischte sie dann in den Hörer.

»Mithören? Wer?«

»Na, sie!«

»Von wem sprichst du?«

»Von Ihrer Neuen! Dieser Jasmin Dingsbums.«

»Jasmin Stahl?«, fragte Paul erstaunt. »Nein, sie ist noch nicht hier. Wieso ...«

»Das heißt also, dass sie noch kommen wird.«

»Davon gehe ich aus. Aber was hat das denn mit dir zu tun?«

»Mit mir hat es nichts zu tun. Aber ich bin die Tochter meiner Mutter. Und ich habe keine Lust dazu, Ihnen dabei zuzusehen, wie Sie sie betrügen.«

»Moment mal: Hier geht es um eine Geburtstagsrunde. Wir treffen uns, um miteinander anzustoßen und zu essen und zu quatschen. Und ich würde mich sehr freuen, wenn du dabei wärst«, sagte Paul aufgebracht.

»Tut mir leid. Aber das kann ich Mama nicht antun.« Damit legte sie auf.

Abermals kam Marlen wie zufällig vorbei. Diesmal fragte sie dezent nach, ob sie die Vorspeise vielleicht schon servieren dürfe.

»Ja«, sagte Paul geladen. »Und ein weiteres Gedeck kann weg.«

Marlen räumte den Teller und das Besteck so beiläufig wie möglich ab.

Den köstlich duftenden Starter servierte Jan-Patrick dann selbst.

»Ich darf mich doch dazusetzen?«, fragte er und ließ sich an Pauls Seite nieder. »Probier einfach mal. Ich denke, das dürfte deinen Geschmack treffen.«

Paul piekste zunächst in den Spargelsalat. Bevor er die erste Gabel zum Mund führen konnte, spürte er die Vibration seines Handys, das er inzwischen in seiner Hosentasche hatte verschwinden lassen. Er holte es notgedrungen wieder heraus.

»Ja?«, fragte er mit unguter Vorahnung.

»Hallo, Paul. Ich bin's, Jasmin.«

Pauls Züge entspannten sich: »Jasmin! Fein, dass du anrufst. Wann kommst du?«

»Deswegen rufe ich ja an«, sagte sie mit gequälter Stimme. »Ich wünsche dir alles Gute, viel Liebe und Gesundheit. Aber für heute Abend möchte ich absagen.«

Paul war für einen Moment sprachlos. Dann fragte er nur: »Warum?«

»Das musst du verstehen: Ich mag nicht im Kreise deiner alten Freunde mit dir feiern. Ich gehöre zu dieser eingeschworenen Clique nun mal nicht dazu.«

»Aber das sind alles nette Menschen. Die freuen sich auf dich«, appellierte Paul und verschwieg dabei aus Stolz die Absagen, die er schon bekommen hatte.

»Das mag ja sein. Aber trotzdem. Ich würde mich da unwohl fühlen. Lass uns das lieber ein andermal nachholen. Ich werde dir dann schon noch gebührend gratulieren, keine Sorge.«

»Du kommst also nicht«, stellte Paul niedergeschlagen fest.

»Nein«, sagte Jasmin. »Sei nicht böse.«

»Schlechte Nachrichten?«, erkundigte sich Jan-Patrick, als Paul das Handy wieder wegsteckte.

»So kann man es nennen. Schon wieder eine Absage.«

Jan-Patrick klopfte ihm auf die Schulter. »Dann müssen wir eben die doppelte Portion essen. Das soll unser Schaden nicht sein!«

Paul nickte und bemühte sich, keinen allzu deprimierten Eindruck zu machen.

Jan-Patrick gab Marlen einen dezenten Wink, und kurz darauf fuhr sie den nächsten Gang auf. Das Essen sah wie immer köstlich aus, und der Duft war einfach unwiderstehlich. Dennoch blieben Paul die Bissen beinahe im Halse stecken. Er fühlte sich im Stich gelassen, gekränkt und verletzt.

Jan-Patrick unternahm einen ziemlich ungeschickten Versuch, Paul aufzumuntern. Zumindest empfand Paul es nicht gerade als anspornend, vom Küchenmeister mit der Nase auf sein Alter gestoßen zu werden:

»Wenn man mal von den ersten grauen Haaren und ein paar Lachfältchen absieht, hast du dich ja ganz gut gehalten«, sagte der Koch mit bemühtem Lächeln. »Die Vierzig merkt man dir nicht an.«

»Na ja«, ging Paul ziemlich lustlos auf diesen Konversationsversuch ein. »Zumindest habe ich nicht die typischen Probleme der Leute in meinem Alter, die plötzlich alles in Frage stellen, was sie bisher erreicht haben. Also, ob es richtig war, zu heiraten, eine Familie zu gründen, um dann die nächsten fünfundzwanzig Jahre der Rente entgegenzuarbeiten. Darüber brauche ich mir nicht den Kopf zu zerbrechen, denn ich habe ja nichts von alledem erreicht.«

»Dann müsstest du aber erst recht anfällig für die Midlifecrisis sein«, mischte sich plötzlich Marlen ein, die neue Getränke servierte.

Jan-Patrick versuchte sie wegzuscheuchen, doch Paul wollte es wissen: »Worauf spielst du an?«

Sanft, aber sachlich sagte die Kellnerin: »Du musst dich fragen, ob es nicht höchste Zeit wird, das Versäumte nachzuholen. Oder ob du dein Leben lang vor allen Verpflichtungen davonlaufen willst und am Ende einsam bleibst.«

»Marlen!«, rief Jan-Patrick tadelnd.

»Nein, nein, lass nur«, sagte Paul gedämpft. »Marlen spricht wenigstens offen aus, was all meine Freunde sowieso schon lange denken.«

»So kannst du das nicht sagen«, protestierte Jan-Patrick, klang aber wenig überzeugend. »Es steht jedem frei, sein Leben zu leben, wie es ihm am besten gefällt. Das Single-Dasein ist ja nicht das Schlechteste.«

»Deswegen schaltest du auch laufend Kontaktanzeigen«, sagte Paul schärfer als beabsichtigt.

Marlen zog kichernd ab.

Beleidigt piekste Jan-Patrick den nächsten Happen auf.

Paul wollte sich gerade bei seinem Freund entschuldigen, als das Handy erneut vibrierte.

Besorgt sah Jan-Patrick von seinem Teller auf.

Paul zögerte einen Moment lang, bevor er aufs Display blickte, um die Nummer des Anrufers abzulesen. Dann biss er die Zähne zusammen und nahm den Anruf an.

»Meine Glückwünsche«, meldete sich die tiefe Stimme von Pfarrer Hannes Fink. »Ich möchte eure Feier nicht stören, aber du musst ja Bescheid wissen: Ich werde nicht zu euch stoßen.«

Paul ersparte sich die Frage nach dem Warum. Er hatte heute schon genug Enttäuschungen erlebt.

Fink redete auch unaufgefordert weiter: »Angesichts der Tatsache, dass es einen nach wie vor ungeklärten Mordfall gibt, in den du auf irgendeine Art verwickelt bist, finde ich eine Geburtstagsfeier jetzt schlicht und einfach nicht angebracht.«

»Verstanden«, sagte Paul knapp.

»Das ist meine ganz persönliche Meinung«, schränkte der Pfarrer ein. »Ich will eure Freude damit nicht schmälern. Und du weißt: Bei mir bist du jederzeit willkommen. Ich habe ein offenes Ohr für dich – egal, was du mir vielleicht noch zu sagen hast.«

Wenn er katholisch wäre, hätte Fink statt »sagen« das Wort »beichten« verwendet, mutmaßte Paul. Er bedankte sich ziemlich kühl für den Anruf und schob das Handy an den äußersten Rand der Tischplatte.

»So«, platzte es aus ihm heraus. »Jetzt langt es. Ich will endlich feiern. Lass uns den Champagner köpfen!«

Jan-Patrick zuckte zurück, von Pauls plötzlicher Agilität ganz offensichtlich erschreckt. »In Ordnung«, sagte er dann. »Ich habe genug Flaschen kalt gestellt. Marlen soll uns gleich eine Magnumflasche bringen …«

Er kam nicht mehr dazu, die Bestellung aufzugeben, denn beide starrten jetzt wie gebannt auf das Handy. Durch das Rütteln des Vibrationsalarms setzte es sich langsam in Bewegung und rutschte kurz darauf über den Rand des Tisches.

Paul fing es mit einer hastigen Bewegung auf.

»Wer ist denn das schon wieder?«, fragte Jan-Patrick. »Sagen deine Eltern wohl auch ab?«

Paul schüttelte den Kopf. »Die sind gar nicht eingeladen.«

Die Nummer auf dem Display sagte ihm nichts. Vielleicht ein Verwähler? Er drückte die grüne Taste und meldete sich.

Während er dem Anrufer lauschte, sah er seinen Freund erstaunt und überrascht an. Er bestätigte kurz, dass er alles verstanden hatte, und legte dann auf.

»Und?«, fragte Jan-Patrick. »Wer war das?«

Paul war noch immer überrascht. »Eine Krankenschwester«, sagte er dann.

»Eine Krankenschwester?« Nun wirkte auch der Küchenmeister verblüfft. »Schon wieder eine neue Flamme von dir?«

Paul erhob sich und schaute sich nach seiner Garderobe um. »Nein, ich kenne die junge Dame gar nicht«, klärte er

Jan-Patrick auf. »Ich habe sie vor ein paar Tagen im Theresien-Krankenhaus zufällig am Apparat gehabt.«

»Theresien-Krankenhaus? Jetzt verstehe ich gar nichts mehr«, sagte der Koch verwirrt.

»Während der Eröffnung der Ausstellung im Rathaussaal hatte jemand einen Zusammenbruch erlitten. Ich hatte mich beim Krankenhaus erkundigt, wie es ihm ging.«

»Verstehe. Aber warum ruft sie dich heute Abend an? Hast du ihr verraten, wann dein Geburtstag ist?«

»Nein. Ich hatte sie gebeten, mich zu informieren, sobald es dem altem Mann besser ginge. Das darf sie zwar eigentlich nicht – aber sie hat es getan.«

»Okay«, gab Jan-Patrick die Fragerei auf. »Ich will dir nicht jedes Wort aus der Nase ziehen. Da hinten hängt deine Jacke. Wenn du aufbrechen willst, dann geh. Für die Nachspeise werde ich andere dankbare Abnehmer finden.«

»Danke«, sagte Paul und zog sich die Jacke über. »Danke für alles.«

Er hatte den *Goldenen Ritter* schon fast verlassen, als er sich im Eingangsbereich noch einmal umwandte.

Paul stolperte fast über seine eigenen Füße, als er sah, wie Jan-Patrick die aus der Küche tretende Marlen sanft umarmte und ihr im Vorbeigehen einen Kuss gab. Einen Kuss auf den Mund.

Paul konnte nicht anders: Er kehrte noch einmal um und sprach seinen Freund darauf an.

Jan-Patrick spitzte die Lippen, so wie er es immer tat, wenn er über seine geliebten Lebensmittel, Kräuter, Weine und Rezepte sprach. Diesmal aber ging es um die Liebe selbst: »Ich habe endlich gefunden, wonach ich so lange vergebens gesucht hatte. Und das Glück war die ganze Zeit so nah ...«

41

Paul nahm den direkten Weg in die Unfallaufnahme der Klinik: über die Rampe für die Krankenwagen. Er passierte Tragen, auf denen Patienten auf ihre Behandlung warteten. Eine Stuhlreihe war mit Angehörigen gefüllt, die einen leidenderen Eindruck machten als die Kranken selbst. An einem Schalter drängelte er sich kurzerhand vor und bekam auch tatsächlich die gewünschte Auskunft:

»Zimmer 3.24. Aber die Besuchszeiten sind vorbei«, sagte ein überarbeitet wirkender junger Mann im Kittel eines Krankenpflegers.

»Das passt schon. Ich will meinem Onkel nur seine Lesebrille reinreichen, die er zu Hause vergessen hat«, log Paul und ging schnell weiter.

Heinrich Bartel lag allein in einem Dreibettzimmer. Er hatte die Augen geschlossen, als Paul eintrat. Darum klopfte dieser kräftig an den Türrahmen.

»Wer? Wie ... was ist denn los?«

Der alte Herr rappelte sich hoch.

Paul setzte sich auf die Bettkante. »Guten Abend, Herr Bartel. Sie kennen mich vielleicht nicht mehr. Mein Name ist Flemming, Paul Flemming. Ich war als Fotograf bei der Ausstellungseröffnung im Rathaus dabei.«

Bartels Augenlider begannen zu flattern. »Die Ausstellungseröffnung. Ja, natürlich. Die Reichskleinodien – o mein Gott.« Er fasste sich an die Brust.

Paul beugte sich erschrocken vor. »Ist alles in Ordnung mit Ihnen? Soll ich nach der Schwester klingeln?«

»Nein, nein, nicht nötig«, sagte Bartel kurzatmig. »Mir geht es gut.« Dann sah er Paul aufmerksam an. »Ja, ich erinnere mich natürlich an Sie. Sie waren ein aufmerksamer Zuhörer.«

»Das freut mich«, sagte Paul. »Inzwischen ist einiges passiert, wie Sie vielleicht wissen.«

Der Alte nickte langsam. Sein Gesicht wirkte mit einem Mal wie versteinert.

»Ich weiß, was Sie bei der Ausstellung so sehr erschreckt hat, dass Sie ins Krankenhaus eingeliefert werden mussten«, kam Paul auf den Punkt. »Es war ein Teil der Reichskleinodien. Genauer gesagt: die Heilige Lanze.«

Bartel wirkte verängstigt. Als könnte er es nicht ertragen, das eigene Wissen von einem Fremden bestätigt zu sehen.

Dennoch fuhr Paul fort: »Sie haben in der Heiligen Lanze eine Fälschung erkannt. Ein sehr gut gemachtes Replikat zwar, aber eben nicht das Original.«

Bartel nickte zaghaft. »Ja«, sagte er schließlich. »Ich war nicht darauf gefasst – nach all den Jahren. Das hätte ich nicht für möglich gehalten.«

Paul zwang sich zur Geduld und sagte ruhig: »Ich denke, es ist an der Zeit, dass Sie Ihre Geschichte erzählen. Was ist im Frühjahr 1945 wirklich geschehen?«

Bartel zögerte. Er ließ eine Minute verstreichen, dann noch eine.

Endlich begann er zu sprechen: »Im April sind drei Männer ...«, er räusperte sich, »... erschossen worden.«

»Im April 1945«, vergewisserte sich Paul.

»Ja«, bestätigte Bartel und nannte die Namen der Ermordeten: Galster, Schmidbauer und Kleinlein. Paul hörte zu – und allmählich fügten sich die letzten Teile des Puzzles zusammen:

»Die drei waren Experten«, berichtete Bartel. »Jeder auf seinem Gebiet ein Perfektionist. Man hatte damals lange nach geeigneten Kräften wie ihnen gesucht. Als sich abzeichnete, dass der Feind bis nach Nürnberg vordringen würde, bekamen sie von der SS den Auftrag, die Reichskleinodien zu fälschen. Das war das Herzstück eines Täuschungsmanövers, um zu verhindern, dass die Alliierten die Originale in die Hände bekämen.«

Bartel atmete mehrmals tief durch, bevor er weitersprach: »Die drei Handwerker konnten in der knappen Zeit aber unmöglich die ganze schwierige Aufgabe bewältigen. Sie waren gerade mit der Kopie der Heiligen Lanze fertig, da standen die Amerikaner fast schon vor der Tür.«

»Was ist dann geschehen?«, fragte Paul.

Bartel wich nun seinem Blick aus. »Ganz genau kann ich Ihnen das nicht sagen. Aber nach allem, was ich damals mitbekommen hatte, wollten sich die drei Fälscher den amerikanischen Truppen stellen und ihr Geheimnis preisgeben.«

»Das war ein fataler Fehler«, führte Paul den Gedanken zu Ende: »Die drei Männer wurden geschnappt und kurzerhand liquidiert.«

»Wissen Sie«, sprach Bartel ihn nun wieder direkt an, »ich bin immer davon ausgegangen, dass die gefälschte Lanze damals in den Kriegswirren verschwunden ist oder zerstört wurde. Denn das Reich war geschlagen – es hatte keinen Sinn, länger Widerstand zu leisten.«

»Aber dann erkannten Sie vor ein paar Tagen das Replikat von damals wieder«, folgerte Paul.

»Ja. Ich hatte die Heilige Lanze bei der Umquartierung in den Kunstbunker oft genug in den Händen gehalten und studiert, um neulich im Rathaus zu wissen, dass ich eine Fälschung vor mir hatte.«

»Warum haben Sie damals niemanden darüber informiert, dass eine Kopie der Lanze im Umlauf sein könnte?«

Bartel stockte. »Wie gesagt: Ich bin davon ausgegangen, dass das Replikat nicht mehr existierte. Geschwiegen habe ich aber auch aus Angst vor Racheakten der alten SS-Seilschaften. Die haben den Krieg nämlich noch um dreißig Jahre und länger überdauert. Ich könnte Ihnen da Namen nennen …«

Paul sah den alten Mann lange nachdenklich an. Dann stand er auf und sagte: »Diese Namen sparen Sie sich besser für die Polizei auf – falls die Betreffenden überhaupt noch leben. Ich werde mich erst einmal auf die Suche nach der echten Heiligen Lanze machen, denn für mich hängt eine Menge daran, sie wiederzufinden.«

»Die Magie der Heiligen Lanze kann viel bewirken«, sagte Bartel mit einem seltsamen Glanz in den Augen. »Letztlich wird sie der Gerechtigkeit zum Sieg verhelfen. Ich wünsche Ihnen viel Glück bei Ihrer Mission.«

Glück ist es nicht, was ich brauche, dachte Paul. Eher Mut und jemanden, der mir dabei hilft, den letzten Schritt zu wagen und den eigentlichen Profiteur dieses Dramas zu stellen.

42

Ein feiner Dunst lag über dem Areal. Es war noch kühl so früh am Morgen des letzten Renntages. Paul und Jasmin waren die Einzigen, die durch die Boxengasse gingen. Der Norisring würde erst später zum Leben erwachen. Morgens um acht schliefen sich die meisten Beteiligten in ihren Wohnwagen oder Hotelzimmern aus, denn die Feiern und Partys nach den Rennen waren legendär und hatten es in sich. Das wusste Paul, und trotzdem konnte er es kaum abwarten, gemeinsam mit Jasmin endlich das letzte Kapitel dieses Dramas aufzuschlagen.

»Dir ist klar, dass ich dich nur als Privatperson begleite«, sagte Jasmin, die kaum mit Pauls schnellen Schritten mithalten konnte.

Als Paul nicht antwortete, redete sie einfach weiter: »Wir haben – außer einigen sehr kühnen Verdachtsmomenten – immer noch nichts in der Hand.«

Das brauchte sie Paul nicht zu sagen, der seine schwache Position selbst nur zu gut kannte. Aber nun passte endlich alles zusammen und ergab einen Sinn. Heinrich Bartel hatte den letzten entscheidenden Hinweis gegeben. Paul konnte nicht anders: Er musste Lambert Wormser mit seiner Vermutung konfrontieren.

»Hast du denn das mit dem Personenschutz für Bartel noch hingekriegt?«, erkundigte sich Paul, als sie bei Strombergs Rennstall ankamen.

»Na, du bist gut! Rufst mich mitten in der Nacht an, erzählst, dass du jetzt und sofort einem der reichsten Männer Skandinaviens an den Kragen willst und dass ich einen Opa in der Klinik beschützen soll, damit nicht seinerseits Wormser ihm an den Kragen geht. Glaubst du allen Ernstes, dass mein Chef da mitspielt?«

»Bartel ist also unbewacht?«, fragte Paul besorgt.

»Nein«, gab Jasmin pampig zurück. »Ich habe einen jungen Kollegen gebeten, nach Bartel zu sehen. Er steht auf mich, ist aber ziemlich schüchtern. Vor allem ist er einer, der nicht zu viele Fragen stellt.«

»Danke«, sagte Paul erleichtert.

Strombergs Kleinbus war – nicht überraschend – verwaist.

»Was hast du anderes erwartet?«, fragte ihn Jasmin, nachdem sie erfolglos versucht hatten, sich bemerkbar zu machen.

Während Paul noch mehrmals an die Schiebetür klopfte, schaute sich Jasmin bereits vor dem Werkstattzelt um.

»Hier ist auch noch alles dicht«, rief sie Paul zu. »Keine Menschenseele. Ich sagte doch, dass wir viel zu früh dran sind.«

»Länger hätte ich die Warterei aber nicht ertragen«, rechtfertigte sich Paul und trat voller Frust gegen einen Stapel Reifen.

»Wie kommst du eigentlich darauf, dass wir Wormser hier treffen könnten?« Jasmin blieb skeptisch.

»Weil er erstens Rennsportfan ist, zweitens Sponsor des Stromberg-Teams und drittens Frühaufsteher«, belehrte Paul sie.

»Das mit dem Frühaufsteher hast du dir eben ausgedacht, oder?«

»Na ja, zugegeben ...«

Paul wollte sich gerade daran machen, auch die anderen Campingbusse und Transporter abzuklappern, als ihn ein grimmiges Knurren innehalten ließ.

»Oh – Mist«, hörte er Jasmin von hinten sagen. »Beweg dich jetzt besser nicht.«

Paul tat es trotzdem, indem er langsam seinen Kopf drehte. Keinen Meter von ihm entfernt stand ein pechschwarzer Hund mit beeindruckendem Brustraum und noch beeindruckenderen Zähnen. Das Tier stemmte sich gegen den Zug der Leine und gab ein beängstigendes Geräusch von sich, halb Knurren, halb Bellen.

»Ruhig, Roberto, ruhig«, sagte eine ebenfalls kräftige Frau in der Uniform eines privaten Wachdienstes. Zwei entschlossen wirkende Augen unter einem wasserstoffblonden Bürstenhaarschnitt blitzten Paul an. »Was haben Sie hier zu suchen?«, wollte die Wachfrau wissen. »Zutritt nur für Berechtigte.«

Paul wagte nicht, auch nur einen Schritt zur Seite zu gehen. Wie hypnotisiert sah er auf das geifernde Maul des Hundes, der sein Frauchen Zentimeter um Zentimeter in seine Richtung zerrte.

Paul konnte sich ausmalen, was passieren würde, wenn sie einen Fluchtversuch unternehmen würden. Der Hund würde sie in Nullkommanichts einholen und sich in Arme oder Beine verbeißen. Mal abgesehen davon, dass Paul mit seinem angeschlagenen Fuß ohnehin nur humpelnd vorankäme. Die Chancen, heil aus dieser Situation herauszukommen, standen gleich null. Inständig hoffte er darauf, dass Jasmin ihren einzigen Trumpf ausspielen würde.

Und sie tat es wirklich. »Okay«, sagte sie ruhig und zog mit einer langsamen, weit ausholenden und deutlich sichtbaren Bewegung die Brieftasche aus ihren Jeans. »Sie können Ihren Roberto zurückpfeifen. Sehen Sie? Hier ist meine Dienstmarke!«

Die Wachfrau wirkte noch immer angespannt und misstrauisch. Doch dann stieß sie ein zackiges »Sitz!« aus, woraufhin sich ihre schwarze Bestie ohne jedes Zögern auf den Hinterpfoten niederließ und das Knurren einstellte. Dann kam die Frau vorsichtig näher und besah sich Jasmins Marke.

»Entschuldigung«, sagte die Wachfrau und lief rot an. »Ich konnte ja nicht wissen, dass Sie von der Polizei sind. Ich hoffe, Sie machen mir keinen Ärger deswegen.«

»Schon gut«, winkte Jasmin ab. »Aber Sie können uns helfen: Wir müssen einen der Rennsponsoren sprechen. Wormser ist der Name, Lambert Wormser. Er hat das Stromberg-Team unterstützt und soll auch öfter selbst hier am Ring vorbeischauen.«

Die Frau fuhr sich mit der Linken über ihren blonden Kurzhaarschnitt. Mit der Rechten hielt sie immer noch Roberto fest, der inzwischen brav hechelte und sein Frauchen treuherzig ansah. »Ja, da kann ich helfen«, sagte sie deutlich gelöster. »Es ist ja eher eine Ausnahme, dass die Funktionäre hier mal selbst aktiv werden. Ich meine: Natürlich interessieren sie sich für die Teams und die Wagen. Aber dass sich einer von denen selbst hinters Steuer setzt, ist doch ziemlich ungewöhnlich.«

Paul und Jasmin warfen sich einen erstaunten Blick zu. »Wollen Sie sagen, dass Wormser selbst fährt?«, fragte Jasmin.

Die Wachfrau nickte eifrig. »Aber ja! Natürlich nicht auf Wertung. Dazu ist er ja viel zu alt. Aber er kennt die Wagen aus dem Effeff, mit denen er seine Jungs auf die Piste schickt.«

»Wann fährt Wormser denn?«, fragte Paul voll erwartungsfroher Nervosität.

»Hier am Norisring geht das nur außerhalb der Trainings- und Turnierzeiten. Aber Herr Wormser hat wohl gar nichts gegen die frühen Stunden – den großen Rummel und die Medien schätzt er ohnehin nicht.«

»Er fährt morgens?«, wollte es Paul genau wissen.

»Ja«, nickte die Wachfrau. »Sobald die Sonne aufgeht, ist der alte Herr auf dem Rundkurs.«

»Auch heute?« Jasmin wirkte jetzt ebenfalls elektrisiert. Denn sie beide kannten zwar das Gerücht, dass Wormser sich des öfteren persönlich am Norisring aufhalten würde, hatten aber nicht wirklich mit so viel Glück gerechnet.

»Gehen Sie nach vorn zur Rennleitung. Fragen Sie dort nach ihm.«

Paul und Jasmin bedankten sich bei der Wachfrau, die ihrem Roberto einen Hundekeks zuwarf, den sich das Tier mit blitzschneller Bewegung schnappte.

Nachdem sie sich einige Meter entfernt hatten, stupste Jasmin Paul an. »Jetzt hänge ich richtig mit drin.«

»Du begleitest mich also nicht mehr nur als Privatperson?«

»Wohl kaum. Nachdem ich meinen Ausweis vorgezeigt habe, wird es sich bald herumsprechen, dass die Polizei hier ist.«

»Dann sollten wir uns beeilen, Wormser zu finden.«

»Meinst du denn wirklich, dass er heute fährt?«, fragte Jasmin skeptisch. »Nach allem, was geschehen ist?«

»Das werden wir ja sehen«, sagte Paul und machte sich auf den Weg in Richtung Rennleitung.

43

Es war ein seltsamer Anblick, fand Paul: Der Norisring stand für ihn normalerweise für Geschwindigkeit, Lärm und Menschenmassen. Heute morgen aber waren die Tribünen leer. Keine grölenden Fans, keine leicht bekleideten Nummerngirls und keine Spur von dem typischen Duft nach verbranntem Motorenöl und Nürnberger Bratwürsten. Es war so still, dass man die Vögel zwitschern hörte. Und doch schien alles darauf hinzudeuten, dass sich Großes anbahnte: Eine eigentümliche Atmosphäre der Erwartung lag über der verwaisten Rennbahn.

»Dort drüben!« Jasmin wies ihn auf einen nahe der Leitplanke parkenden silbernen Tourenwagen hin. Zwei Männer in Overalls standen über den geöffneten Motorraum gebeugt und debattierten. Offenbar hatten die beiden es mit einem technischen Problem zu tun.

Als die Männer sie bemerkten, richteten sie sich auf. Dem Jüngeren von beiden schenkte Paul keine Beachtung. Wohl aber dem anderen: Er war groß gewachsen, hatte leicht gewelltes graues Haar und ein kantiges, gepflegtes Gesicht.

»Stimmt etwas nicht mit Ihrem Wagen?«, fragte Jasmin, als sie angekommen waren. Schneller, als Paul erwartet hatte, zog sie wieder ihre Marke hervor. »Wir möchten uns kurz mit Herrn Wormser unterhalten«, sagte sie ebenso höflich wie fordernd. Dann blickte sie den Älteren an: »Lambert Wormser?«

Wormser sah sie mit einem Blick an, den man ebenso gut als überheblich deuten konnte wie als gleichgültig. Er nickte dem anderen Mann zu, der daraufhin die Motorhaube schloss. »Sie können Pause machen, Frank«, sagte er mit einer warmen, tiefen Stimme, die sehr gefestigt klang.

Der junge Mann zog für einen Moment die Brauen hoch, verschwand dann aber, ohne Fragen zu stellen.

Das übernahm dafür Jasmin, die anscheinend gleich zum Auftakt alles auf eine Karte setzen wollte. Paul konnte sich zwar denken, dass sie unbedingt einen Erfolg brauchte, um ihre eigenmächtige Aktion an seiner Seite ihren Vorgesetzten gegenüber rechtfertigen zu können. Aber dass ein Mann wie Wormser sich von ihr einschüchtern lassen würde, bezweifelte er stark.

»Herr Wormser«, legte sie los, »ich muss Ihnen einige Fragen in Bezug auf einen Mordfall im Nürnberger Lochgefängnis stellen.« Jasmin klang in Pauls Ohren längst nicht so selbstbewusst wie sonst. »Außerdem habe ich weitere Fragen zu einem zweiten Fall im Werkstattzelt des Rennstalls, den Sie protegieren.«

O nein, dachte Paul. Das war zu schnell, zu plump – aussichtslos! Was war denn bloß in Jasmin gefahren? Nichts überstürzen, versuchte er ihr wortlos zu kommunizieren.

Er musterte Wormser angestrengt. Doch an dem schien Jasmins Vorstoß abzuprallen. Die Morgensonne umschmeichelte sein in sich ruhendes, in Zufriedenheit gereiftes Gesicht, aus dem eine für sein Alter ungeheure Vitalität sprach.

Jasmin schien selbst zu merken, dass sie nicht allzu forsch vorgehen durfte. Sie hielt inne und versuchte einen anderen Ansatz, um mit Wormser ins Gespräch zu kommen: »Ist es richtig, dass Ihr Vater die Reichskleinodien während des Zweiten Weltkriegs vor den Bombenangriffen in Sicherheit brachte und dass Ihre Familie seitdem eine besondere Affinität zu den Reichsinsignien entwickelt hat?« Jasmin wirkte noch immer aufgeregt und dadurch wenig überzeugend. Wenn sie so weitermachte, dachte Paul, brachte sie sich noch um ihren Job.

Wormser wirkte völlig unbeeindruckt. Er lehnte sich an den Kotflügel des Wagens und legte ganz ruhig seine Hand auf den Fensterholm. »Wissen Sie eigentlich«, sagte er mit seiner Bassstimme, »dass ich nur einen einzigen Anruf tätigen müsste, um Sie los zu sein? Es ist ein Hobby meines Anwalts, junge Heißsporne wie Sie zur Räson zu bringen. Für so etwas berechnet er mir nicht einmal ein Honorar.«

Jasmin schnappte nach Luft. Noch immer hielt sie ihre Polizeimarke in der Hand. Mit geröteten Wangen nahm sie einen neuen Anlauf: »Wir haben Zeugenaussagen, die bestätigen, dass Stromberg einen großen Coup geplant hatte – und zwar in Ihrem Auftrag.«

»Von welchen Zeugen sprechen Sie?«, fragte Wormser wenig gerührt.

»Ein Mechaniker aus dem Rennstall hat …«

»Der Mechaniker, der bedauerlicherweise bei einem Arbeitsunfall ums Leben gekommen ist?«, unterbrach Wormser sie. »Soviel ich weiß, akzeptieren auch deutsche Gerichte nur lebende Zeugen.«

Jasmin setzte abermals zu einem Vorstoß an, doch die Stimme versagte ihr.

Wormser öffnete die Fahrertür des DTM-Wagens. »Wenn Sie mich jetzt bitte entschuldigen würden.« Er bückte sich, um in das tiefergelegte Auto einsteigen zu können. »Wie heißt es so schön? Nur der frühe Vogel fängt den Wurm. Ich möchte heute morgen noch ein paar Runden auf der Rennstrecke genießen, bevor der Rummel hier losgeht.«

»Der Mechaniker hatte bereits ausgesagt, bevor das Unglück passiert ist. Ich meine, der Mord«, schob Jasmin hastig hinterher. Sie wurde immer unsicherer.

Wormser ließ sich in den Schalensitz fallen. »Wem gegenüber hat er ausgesagt? Hat er konkrete Anhaltspunkte gegeben? Wenn Sie mir ein Protokoll dieser Aussage zuschicken können, lasse ich es gern einmal von meiner juristischen Abteilung durchsehen. Ich hoffe nur, es gibt keine Ungereimtheiten, denn wie gesagt, ein Toter kann ja schwerlich als Zeuge ...«

»Es gibt auch einen lebenden Zeugen«, unterbrach ihn Paul. Jasmin warf ihm bei dieser Einmischung einen hektischen Blick zu. Doch Paul ließ sich nicht beirren. Seine Augen ruhten auf Wormsers undurchsichtiger Miene.

»So?« Wormser machte sich an einigen Schaltern des Armaturenbretts zu schaffen, das in seiner nackten Funktionalität nur wenig mit dem eines normalen Straßenautos gemein hatte.

»Ja«, bestätigte Paul. Er wusste, er würde nur diese eine Chance haben, Wormser zu beeindrucken. Andernfalls konnte er sich gleich selbst am Gefängnistor an der Mannertstraße melden. »Heinrich Bartel. Er war damals an der Aktion mit den Reichskleinodien beteiligt und kannte Ihren Vater.«

»Aber Bartel hat ein schwaches Herz. Ich dachte, er sei ...« Für einen winzigen Moment schien Wormsers Fassade zu bröckeln. Doch der Putz war schnell wiederhergestellt. »Bartel ist ein alter Mann. Es ist bedauerlich, aber wussten Sie, dass er schon seit längerem wegen fortgeschrittener Demenz behandelt wird?«

Bei diesen Worten ließ Wormser seinen Wagen langsam anrollen. Paul machte erschrocken einen Satz nach hinten.

Sofort stieß Jasmin ihn an und bedeutete ihm, Wormser nachzulaufen. Zum Glück konnte der DTM-Bolide auf dem schmalen Zufahrtsweg zur Rennstrecke kein Tempo aufnehmen. Pauls verstauchter Fuß tat noch immer höllisch weh. Doch er unterdrückte den Schmerz und konnte, mehr humpelnd als laufend, kurz darauf wieder zu Wormser aufschließen.

»Die Geschichte der drei Toten von der Münchner Straße kennt Bartel noch sehr genau!«, rief Paul. Es war ein weiterer Versuch, Wormser zu verunsichern.

Dieser schien sich an dem Brocken tatsächlich zu verschlucken. Abrupt stoppte er den Wagen. »Bartel weiß gar nichts«, sagte Wormser und wirkte zumindest ansatzweise erzürnt. »Auf was für Hirngespinste haben Sie sich da bloß eingelassen? Ich hätte die deutsche Polizei wahrlich für intelligenter gehalten.«

Paul beschloss, jetzt aufs Ganze zu gehen. Entweder er würde anschließend ausgelacht und verhöhnt, oder aber er würde Wormser an der einzigen Schwachstelle treffen, die er womöglich hatte: »Ich will Ihnen mal die ganze Geschichte erzählen, wie wir sie sehen«, sagte Paul und sah Wormser fest in die Augen. »Ihr Vater hatte damals nicht nur direkten Zugriff auf die Reichskleinodien, sondern auch auf ihre Replikate. Ja, wir wissen, dass es Kopien gab, zumindest aber eine Kopie: nämlich die der Heiligen Lanze. Sie wurde von drei bedauernswerten Männern angefertigt, die im April 1945 von der SS erschossen wurden, weil sie ihr Geheimnis mit ins Grab nehmen sollten. Ihr Vater hat in dem allgemeinen Chaos seine Chance erkannt, die echte Lanze gegen die Fälschung auszutauschen. Und die hat er dann den Amerikanern zusammen mit den übrigen Reichinsignien, den authentischen, untergeschoben.«

»Daraus folgt«, schaltete sich Jasmin wieder ein, »dass das Original seit 1945 im Besitz Ihres Vaters geblieben ist ...«

»... um anschließend im Sinne der Erbfolge bei Ihnen anzukommen«, endete Paul.

Wormser presste die Lippen zusammen. »Sie haben eine blühende Fantasie«, sagte er dann. »Aber abgesehen davon, dass ich unbestreitbar der Sohn meines Vaters bin, wozu ich auch gern stehe, können Sie wohl kaum die Tatsache leugnen, dass sich die Heilige Lanze in diesem Moment im Alten Rathaus befindet, gemeinsam mit dem restlichen Kronschatz.«

Wieder ließ Wormser das Auto anrollen. Und wieder liefen – oder humpelten – Paul und Jasmin hinterher. Mit besorgtem Blick nach vorn stellte Paul fest, dass es nicht mehr weit bis zur Start- und Ziellinie war, wo Wormser richtig Gas geben konnte. Sie mussten sich beeilen, wenn sie noch etwas erreichen wollten.

Paul hielt sich im Laufen am Fensterrahmen des Wagens fest und rief: »Sie ist eben nicht im Rathaus! Die Heilige Lanze ist seit 1945 im Besitz Ihrer Familie.«

»Ach, das ist ja interessant«, sagte Wormser lauter werdend. »Und Sie meinen allen Ernstes, dass das in all den Jahren niemandem aufgefallen wäre, junger Mann?«

»Ganz genau«, antwortete Paul. »Denn die Heilige Lanze durfte ja bisher nie eingehend untersucht werden.«

»Das ist doch blanker Unsinn!«, wetterte Wormser. »Sie wurde mehrmals analysiert. Von verschiedenen Wissenschaftlern.«

»Aber nie gingen die Untersuchungen so weit, wie es beim Nürnberger Metallurgenkongress der Fall gewesen wäre! Dieses Mal wären modernste wissenschaftliche Methoden angewandt worden. Vor allem wäre endlich auch der Kern der Lanze durchleuchtet worden.« Paul rang nach Atem, denn er konnte mit dem allmählich schneller fahrenden Auto kaum noch mithalten.

»Der Einbruch ins Alte Rathaus war nur fingiert«, nahm Jasmin den Faden auf. Auch sie atmete heftig wie nach einem Sprint. »Er sollte Panik bei den Sicherheitsverantwortlichen auslösen und dafür sorgen, dass die Untersuchungen abgebrochen werden. Was ja auch geschehen ist.«

»Schön und gut«, sagte Wormser und blickte starr geradeaus. »Trotzdem ergibt das, was Sie da erzählen, keinen Sinn.«

»Doch, es ergibt sehr wohl einen Sinn: Der Abbruch der wissenschaftlichen Untersuchungen hat dazu beigetragen, den Mythos um die Heilige Lanze länger aufrechtzuerhalten«, erklärte Paul. »Ihr Plan hat also funktioniert. Die falsche Lanze wurde nicht untersucht. Sie gilt weiterhin als echt und Sie können Ihr Original behalten.«

»Nur ist leider dieses Missgeschick mit der Toten im Lochgefängnis dazwischen gekommen«, keuchte Jasmin. »Beate Meinefeld, das Fotomodell. Wir gehen davon aus, dass sie sich mit ihrem Freund Ken Adam in den unterirdischen Gewölben amüsiert hat, ausgerechnet zu dem Zeitpunkt, als Ihre Männer die Vorbereitungen für den vorgetäuschten Einbruch trafen. Die Geräusche schreckten das Paar auf, beide wollten flüchten, wobei das Mädchen wahrscheinlich unglücklich stürzte. Vielleicht hat aber auch einer der Einbrecher nachgeholfen.«

»Die Polizei wollte mir die Sache anhängen, worauf ich zu recherchieren begann«, führte der inzwischen völlig atemlose Paul aus.

»Ach!« Wormser trat unvermittelt auf die Bremse. »Sie sind das? Sie sind Paul Flemming?«

»Ja!« Paul stemmte seine Hände auf die Knie und japste nach Luft. »Und ich kann Ihnen sagen, dass ich Ihretwegen eine ziemlich miese Zeit hinter mir habe.«

»Ich werde eine neuerliche Untersuchung der Lanze beantragen«, sagte Jasmin mit neu gefundener Autorität.

»Dafür wünsche ich Ihnen viel Glück und einen langen Atem«, sagte Wormser mit beißender Ironie. Er machte erneut Anstalten loszufahren. »Bei den Österreichern werden Sie mit solchen Wünschen auf Granit beißen.«

Paul befürchtete, dass Wormser ihnen nun doch noch durch die Lappen gehen würde. Er musste ihn hier und jetzt festnageln. Denn wenn erst einmal seine Anwälte im Spiel waren, würde es aussichtslos sein, ihn zu überführen.

Also versuchte Paul, sich in seinen Kontrahenten hineinzuversetzen. »Fahren Sie noch nicht los, Herr Wormser«, sagte er sehr ruhig und legte seine Hände auf den Rahmen der Fahrertür. Er beugte sich tiefer, bis er wieder auf Augenhöhe mit Wormser war. »Sie sind in einem Alter, in dem andere längst in den Ruhestand gehen. Sie haben viel erreicht und müssen sich um Ihr Auskommen ganz bestimmt nicht sorgen. Aber Sie sind auch ein Mann mit einem festen Glauben und Weltbild.« Nun holte Paul zum eigentlichen Schlag aus, mit dem er Wormser aus der Reserve locken wollte: »Ich bin davon überzeugt, dass der wirtschaftliche und gesellschaftliche Erfolg der Wormsers eng verknüpft ist mit der Kraft Ihres Familienheiligtums, das Sie mit allen Mitteln verteidigen wollen.«

Wormsers Augen verengten sich. Er gab aber keinen Laut von sich.

»Es ist nur allzu verständlich«, redete Paul sich in Fahrt. »Sie können es unmöglich zulassen, dass diesem Familienerbstück Gefahr droht. Die Heilige Lanze stellt für Sie ja einen unschätzbaren materiellen und ideellen Wert dar. Einen Wert, den Sie mit niemandem teilen möchten.« Paul sah sein Gegenüber erwartungsvoll an.

»Netter Versuch«, sagte Wormser trocken. »Aber Sie halten mich irrigerweise für sentimental.« Er trat aufs Gaspedal. Noch allerdings im Leerlauf.

Paul wechselte einen schnellen Blick mit Jasmin. Diese reagierte sofort und kam ihm zu Hilfe:

»Interpol durchsucht bereits Ihre Villen in Schweden«, bluffte sie.

Paul hatte Mühe, sich zu beherrschen und seine Partnerin nicht voller Erstaunen anzustarren. Ob Wormser diese dreiste Lüge schlucken würde?

Wormser reagierte erst einmal überhaupt nicht. Er saß einfach nur schweigend in dem Rennwagen und zeigte keinerlei Emotionen. Er ließ sich viel Zeit mit einer Antwort. Paul dachte fieberhaft darüber nach, wie er Jasmins Bluff unterstützen konnte. Während er sich noch das Hirn zermarterte, ließ Wormser endlich erkennen, dass die Botschaft bei ihm angekommen war. Seine Reaktion allerdings fegte bei Paul jede Hoffnung auf einen schnellen Sieg hinweg: Wormser lächelte!

Erst war es nur ein angedeutetes Schmunzeln, dann ein offenes Lachen. Fehlte nur noch, dass er sich auf die Schenkel klopfte, dachte Paul. Für ihn schien damit bestätigt, dass sie zu weit gegangen waren und Wormser sie durchschaut hatte. Nie im Leben würde er ihnen jetzt noch weitere Auskünfte geben.

Dann aber – zu Pauls grenzenloser Überraschung – wandte sich Wormser ihnen wieder zu und sagte: »Ich hätte nicht gedacht, dass Sie das wagen würden. Sie hätten mich oder meine Anwälte informieren müssen, bevor Sie in meine Immobilien eindringen. Sie ahnen ja gar nicht, was Sie alle für einen Ärger bekommen werden.«

»Uns interessieren nur die Fakten«, entgegnete Jasmin, ohne weiter auf die fingierten Hausdurchsuchungen einzugehen. »Liegen wir im Fall Beate Meinefeld mit unseren Vermutungen richtig?«

Wormser gab einen grunzenden Laut von sich. »Ich werde die deutsche Polizei verklagen, und Interpol wird sich vor dem europäischen Gerichtshof rechtfertigen müssen«, sagte er, wobei seine vorgetäuschte Heiterkeit einem zunehmend verbissenen Gesichtsausdruck wich.

Paul, der jetzt neue Chancen erkannte, redete Wormser ins Gewissen: »Beate Meinefeld und ihr Freund – sie waren zur falschen Zeit am falschen Ort. Aber niemand aus Ihrem Team hätte ihnen etwas angetan. Das waren Profis, die sich zurückzogen, sobald sie eine Gefahr witterten, sehe ich das richtig?«

Wormser verfiel wieder in Schweigen.

»Doch dieses verrückte Pärchen geriet in Panik«, redete Paul weiter. »Wahrscheinlich ist die Frau gestürzt. Ihr Liebhaber ist in heller Aufregung geflüchtet, ohne sich noch um seine Begleiterin zu kümmern. Sie hatten sicher zunächst Sorge, dass der Mann womöglich zuviel von Ihren Aktivitäten mitbekommen hatte und bei der Polizei aussagen würde. Doch dann ergab sich durch einen glücklichen Zufall der Verdacht gegen mich, und der Liebhaber bedeutete vorläufig keine Gefahr mehr. Später konnte es Ihnen gleichgültig sein, denn die Einbruchsausrüstung sollte ja ohnehin gefunden werden.«

»Genau«, pflichtete Jasmin Paul bei. »Es war ja Teil des Plans, dass Ihre Wanzen und Kameras entdeckt werden. Bea und ihr Freund haben Ihnen im Grunde einen Gefallen getan!«

»Nein«, sagte Wormser energisch. In seinen Augen stand gekränkte Eitelkeit: »Die beiden haben uns viel zu früh dazwischengefunkt. Wir wollten die komplette Anlage vernetzen, und mitten im Presserummel der Ausstellungseröffnung sollte sie dann entdeckt werden. Das wäre der große Knall gewesen, den wir geplant hatten.«

»Aber es hat auch so hingehauen«, bemerkte Paul, maßlos erleichtert über Wormsers Einlenken.

»Ja, aber seit diesem Vorfall ging alles schief«, sagte Wormser und starrte dabei wieder stur auf das Lenkrad.

Da er nicht weitersprach, übernahm Paul noch einmal die Rekonstruktion der Ereignisse: »Einer von Strombergs Mechanikern hatte dummerweise von der Sache Wind bekommen und drohte, alles auffliegen zu lassen. Aber das Projekt war eine Herzensangelegenheit von Ihnen und schon so weit vorangeschritten. Da sahen Sie sich leider gezwungen, den Wagenheber ein wenig zu manipulieren, damit der arme Kerl keinen Schaden mehr anrichten konnte.«

Wormser wirkte inzwischen trotz seines anfangs so unerschütterlichen Auftretens, als wäre er bald am Ende. Statt Pauls Mutmaßungen zu bestätigen, sagte er mit schwächer werdender Stimme: »Wie konnten Sie es nur wagen, in meine Häuser einzudringen? Wenn die Heilige Lanze beschädigt wird, werden Sie keinen glücklichen Tag mehr in Ihrem Leben haben. Das verspreche ich Ihnen.«

Paul und Jasmin sahen sich ratsuchend an. »Was halten Sie davon, wenn wir unser Gespräch im Präsidium fortsetzen, Herr Wormser?«, fragte Jasmin schließlich.

»Nichts«, entgegnete dieser schroff. »Sie wissen ganz genau, dass meine Aussagen für Ihre Protokolle nichts wert sind. Denn ich werde Ihnen ganz sicher keine Zeile unterschreiben, die mich belasten könnte.«

»Aber Sie haben gerade ein Geständnis abgelegt«, mahnte ihn Jasmin.

Wormser stieß ein gekünsteltes Lachen aus. »Gar nichts habe ich«, sagte er mit neu gewonnener Stärke. »Sie haben mir die Worte in den Mund gelegt. Erpresste Aussagen haben keinen Bestand vor dem Untersuchungsrichter. Ein Anruf bei meinem Anwalt genügt, um ...«

»Das sagten Sie bereits«, stellte Paul mit eisiger Stimme fest. »Warum tun Sie es dann nicht?«

Wormser sah ihn seltsam melancholisch an. »Weil es nichts an der Tatsache ändern würde, dass Sie mein Leben zerstört haben.«

»Was meinen Sie damit, ›mein Leben zerstört‹?«, fragte Jasmin nun sehr eindringlich.

»Ich bin – wie Herr Flemming so trefflich formulierte – fest davon überzeugt, dass meine Karriere, mein Status und sogar meine Gesundheit auf der Kraft der Heiligen Lanze beruhen. Ich glaube an ihre metaphysischen Eigenschaften. Mein persönliches Schicksal ist untrennbar mit dem der Reliquie verbunden.«

»Das heißt?«, wollte es Paul genauer wissen.

Doch Jasmin fiel ihm ins Wort, indem sie Wormser anherrschte: »Sie können doch nicht ernsthaft Ihren beruflichen Erfolg, Ihr Glück, Ihr ganzes Leben von einem Stück Metall abhängig machen! Sie als Geschäftsmann! Sie verdienen Ihr Geld auf der Basis von Zahlen und Fakten. Sie müssen kühl und nüchtern kalkulieren, Tag für Tag. Wie können Sie sich solche Hirngespinste leisten?«

Wormser zuckte zusammen. Er wirkte gekränkt und waidwund. »Da unterliegen Sie einem Irrglauben«, sagte er mit kaum noch unterdrückter Anspannung. »Gerade in meinem

Geschäft ist Intuition entscheidend – ein gutes Gespür. Ich bin auf meinen sicheren Instinkt angewiesen. Und vor allem auf seine sprudelnde Quelle der Kraft.« Ein seltsamer Glanz schlich sich in seine Augen, als er weiterredete: »Meine ganze Kreativität und Schaffenskraft gewinne ich aus den Energieströmen der Heiligen Lanze. Ich brauche sie nur anzusehen, sie kurz zu berühren – und schon fühle ich mich zu ungeheuren Leistungen fähig.«

»Zu diesen ungeheuren Leistungen gehören wohl auch die zwei Todesopfer?«, fragte Paul bitter.

Wormser sah ihn verständnislos an. »Es lag nie in meiner Absicht, jemanden zu verletzten oder gar zu töten. Aber diese beiden Opfer mussten offenbar gebracht werden. Sehen Sie es als den Willen einer höheren Macht an.«

»Die höchste Macht, mit der Sie in nächster Zeit zu tun bekommen, ist das Schwurgericht!«, fuhr ihn Jasmin wütend an.

Der Glanz verschwand aus Wormsers Augen. Er blickte Jasmin und dann Paul abschätzig an, als wollte er sagen: Ihr habt ja keine Ahnung.

Dann schien Wormser sich gesammelt zu haben und sagte sehr ruhig: »Ich habe versucht, Ihnen meinen Standpunkt sachlich darzulegen. Aber niemand sollte meine Höflichkeit mit Schwäche verwechseln.«

Bevor sich Paul einen Reim darauf machen konnte, trat Wormser unvermittelt aufs Gaspedal.

Der starke Motor des DTM-Wagens heulte auf. Paul und Jasmin schafften es gerade noch, einen Schritt zurückzuspringen, als sich der Bolide wie ein Geschoss entfernte.

Paul war angesichts der veränderten Lage ratlos. Nun war genau das eingetreten, was er unter allen Umständen vermeiden wollte. Er sah dem schnittigen Fahrzeug nach, das ganz schnell kleiner wurde und dann hinter der Grundig-Kehre verschwand.

»Wir müssen hinterher!«, war das einzige, was ihm dazu einfiel. Sein Instinkt befahl ihm, an Wormser dranzubleiben, ihn keinesfalls aus den Augen zu lassen. »Schnappen wir uns auch so einen Tourenwagen.«

»Vergiss es!«, schnauzte ihn Jasmin an. »Die haben ein völlig anderes Cockpit als normale Straßenautos. Sequentielles Getriebe und eine andere Zündung. Bis wir damit zurechtkommen, ist Wormser längst über alle Berge.« Sie sah sich hektisch um, griff Paul dann am Ärmel und zog ihn hinter sich her.

Paul hatte Mühe, ihr mit seinem angeschlagenen Fuß schnell genug folgen zu können. »Wohin willst du?«

»Siehst du das Auto da drüben hinter der Absperrung?«

»Das so lackiert ist wie ein Follow Me vom Flughafen?«, fragte Paul wenig begeistert.

»Ja! Das ist ein Pace-Car der Rennleitung. Die lassen meistens die Schlüssel stecken, damit sie schnell losfahren können.«

Keine dreißig Sekunden später saßen sie in dem Pace-Car. Der Schlüssel steckte tatsächlich. Jasmin, die auf dem Fahrersitz Platz genommen hatte, beschleunigte, noch ehe sich Paul anschnallen konnte.

»Wow! Nicht so schnell«, sagte Paul und sah besorgt auf den Tacho.

»Ich habe mal am freien Fahren auf dem Hockenheimring teilgenommen«, sagte Jasmin und wirkte trotz der dramatischen Lage, als würde ihr die Situation gefallen. »Leg den Gurt an! Den wirst du brauchen.«

Mit für Pauls Empfinden viel zu hohem Tempo fuhren sie in die Kehre ein. Paul wurde zur Seite gedrückt und stützte sich nach Kräften an der Armlehne der Beifahrertür ab. »Alle Achtung!«, sagte er gepresst. »Der Wagen zieht gut an. Aber mit Wormsers Rennmaschine werden wir trotzdem nicht mithalten können.«

Jasmin lachte spitz auf, ohne den Blick von der Fahrbahn zu nehmen. »Du sitzt hier in einem AMG-Modell von Mercedes: ein CLS mit 5,5 Liter Hubraum und fünfhundert PS.

Pace-Cars sollen das Feld anführen können und nicht hinterherkriechen.« Jasmin erhöhte das Tempo gnadenlos weiter.

Sie fuhren die lange Gerade an der Schöllertribüne entlang, drosselten vor der S-Kurven-Tribüne die Geschwindigkeit, um dann abermals zu beschleunigen. »Ich sehe ihn nicht«, rief Jasmin gegen den Motorlärm an. Trotz ihres vollen Einsatzes fand sie noch Gelegenheit, ihr Handy aus der Hosentasche zu ziehen. »Fang!« Sie warf es Paul zu. »Ruf Verstärkung! Die Nummer vom Präsidium ist eingespeichert.«

»Geht klar!« Paul drückte die Taste und schilderte in kurzen, präzisen Sätzen ihre Lage. »Beeilen Sie sich!«, brüllte er noch.

Knapp vor der nächsten Wende sah Paul das in der Sonne glänzende Heck von Wormsers Tourenwagen. Jasmin holte aus dem Pace-Car nun die letzten Reserven heraus.

Doch kurz darauf hatten sie Wormser schon wieder aus ihrem Blickfeld verloren.

»Verflucht!«, schimpfte Jasmin. »Der Mistkerl treibt ein Spielchen mit uns und fährt den ganzen Rundkurs ab!«

»Was hat er bloß vor?«, fragte Paul. »Er kann doch nicht die ganze Zeit im Kreis fahren.«

»Was soll er denn sonst tun?«, entgegnete Jasmin.

»Aus dem Rundkurs ausbrechen und dann so schnell wie möglich auf die Autobahn«, mutmaßte Paul. »Das ist seine einzige Chance für eine Flucht.«

»Vergiss es!« Auf Jasmins Schläfen zeichneten sich vor Anspannung pochende Adern ab. »Vor dem Rennen werden jedes Jahr sieben Kilometer Leitplanken montiert. Der Rennzirkus ist ringsherum dicht. Raus kann er nur am Boxenstopp. Aber dafür müsste er sein Tempo drosseln.«

»Das will er aber nicht, weil wir ihn uns bei dieser Gelegenheit schnappen könnten«, folgerte Paul.

»Genau!«, schrie Jasmin gegen das Dröhnen des Motors an.

»Dann können wir uns an den Boxen auf die Lauer legen«, schlug Paul vor. Die beängstigend hohe Geschwindigkeit ihrer Verfolgungsfahrt zehrte an seinen Nerven.

»Das Risiko ist mir zu hoch«, lehnte Jasmin ab. »Sobald Wormser merkt, dass wir ihn nicht mehr verfolgen, fährt er irgendwo an den Rand und haut zu Fuß ab.«

»Aber wir haben keine Chance, ihn einzuholen«, meinte Paul. »Er ist auf dieser Strecke einfach der geübtere Fahrer.«

»Das werden wir ja sehen.« Energisch lenkte Jasmin den Mercedes weiter über den Asphalt. »Die Norisring-Piste ist ziemlich breit im Vergleich mit dem Stadtkurs von Monaco. Den nennt man den monegassischen Lindwurm. Dagegen ist die Strecke hier fast simpel: lange Gerade, Spitzkehre, ein paar Ecken und das war's. Wir bleiben hart an ihm dran, bis die Verstärkung da ist!«

Paul nickte anerkennend zu Jasmins Hartnäckigkeit.

Mit laut röhrendem Motor steuerten sie auf die Steintribüne zu: dreihundert Meter lang, hoch aufragend, grau und klotzig. In diesem Abschnitt hatten sie die längste Gerade der Strecke vor sich. Jasmin wusste das genau, denn sie trat das Gaspedal so stark durch, dass ihr rechtes Bein zu zittern begann.

Wormsers Wagen tauchte wieder vor ihnen auf. Er beschleunigte ebenfalls. Wormser schaltete offenbar sehr schnell hintereinander, das folgerte Paul aus mehreren kurzen Feuerstößen, die aus dem Auspuff des hochgetrimmten Fahrzeugs schossen.

Kurz bevor sie ein zweites Mal die Grundig-Kehre erreichten, bemerkte Paul schwarzen Qualm: Er folgte nach jedem weiteren Feuerblitz aus Wormsers doppelläufigen Auspuff. Auch wenn Paul kein Experte war, konnte er sich denken, dass dies kein gutes Zeichen für den Zustand des vor ihnen fahrenden DTM-Wagens war.

Jasmin behielt das hohe Tempo bei. Wieder kamen sie zur S-Kurve. Geschwindigkeit runter, dann kurz beschleunigen und wieder drosseln. Danach die Gerade bis zur Wende. Sie trieb den Wagen wie besessen über den Asphalt.

Der Abstand zu Wormsers Wagen verringerte sich nun rapide. Paul beobachtete mit gemischten Gefühlen, wie das

Heck des Tourenwagens von mehr und mehr dichtem schwarzem Qualm eingehüllt wurde.

Die Steintribüne lag jetzt erneut in Sichtweite. Trotz seiner offensichtlichen Probleme versuchte Wormser, die Geschwindigkeit zu halten. Abermals blitzten Feuerstöße an seinem Auspuff auf. Der Rauch verdichtete sich zu einer einzigen großen Wolke.

Der Abstand zwischen beiden Wagen lag jetzt unter fünfzig Metern. Paul krallte sich in den Rahmen des Schalensitzes. Jeden Moment würden sie Wormser einholen! Jasmin setzte zum Überholen an.

Doch dann, plötzlich, brach das Heck von Wormsers Fahrzeug aus, schleuderte mehrmals unkontrolliert hin und her.

»Oh, verflucht!«, schrie Jasmin. »Wormser hat falsch angebremst. Er verliert die Kontrolle!«

Wormsers Auto änderte abrupt die Fahrtrichtung. Paul stockte der Atem: Mitten in der langen Geraden kam der knapp vor ihnen fahrende Wagen bei vollem Tempo um geschätzte fünfundvierzig Grad vom Kurs ab. Der Tourenwagen legte sich gefährlich in die Kurve – beängstigend stark ...

Paul beobachtete fassungslos, wie sich der Bolide auf zwei Räder stellte, um nur eine Sekunde später wieder herunterzukrachen. Das Auto preschte nun direkt auf die Steintribüne zu! Paul konnte es kaum glauben. Blieb Wormser keine Gelegenheit mehr zum Bremsen? Oder behielt er mit voller Absicht das halsbrecherische Tempo bei? Er hielt geradewegs auf die Rednertribüne im Zentrum des steinernen Monumentalbaus zu!

Dann ging alles ganz schnell. Jasmin trat mit aller Kraft auf die Bremse. Paul wurde hart in den Gurt gedrückt, während er mitansah, wie Wormsers Wagen auf die Leitplanken vor der Tribüne raste. Das hatte den Effekt einer Sprungschanze: Das Auto wurde wie ein Spielzeug in die Luft gehoben. Reifen knallten. Die Scheiben zerbarsten.

Der Wagen flog mehrere Meter durch die Luft. Dann prallte er mit ungeheurer Kraft gegen die Steintribüne. Die Karosserie zerknautschte wie ein Stück Pappe. Das Fahrzeugwrack federte einem Tennisball gleich von der Wand zurück, überschlug sich mehrfach und blieb auf dem Dach liegen.

Für kurze Zeit passierte gar nichts. Überall lagen zerfetzte Teile der Kunststoffverkleidung herum. Darunter war ein Käfig aus verbogenen Rohren zum Vorschein gekommen, in dem kopfüber zwei Schalensitze mit offenen herunterbaumelnden Gurten hingen, davor der dampfende Motor.

Paul und Jasmin stiegen nahezu zeitgleich aus ihrem Mercedes. »Du meine Güte!«, rief Paul. »Wir brauchen einen Feuerlöscher. Der Wagen kann jeden Moment explodieren!«

»Nein«, sagte Jasmin um Atem ringend. »Diese Autos haben Selbstlöschanlangen. Und außerdem einen Sicherheitstank, in dem der Sprit wie in einem Schwamm aufgesaugt wird. Der kann nicht auslaufen.«

»Wusste ich nicht«, sagte Paul etwas erleichtert. Dennoch ahnte er mit jedem Schritt, den er auf das Wrack zu tat, dass für Wormser jede Hilfe zu spät kommen würde.

Jasmin umrundete das Unfallauto schneller als Paul, der sich den Anblick ersparen wollte. »Die Sicherheitszelle des Wagens hat den Crash erstaunlich gut überstanden«, hörte Paul sie sagen. »Aber sie ist leer.«

Paul hob automatisch den Blick, um das weitere Umfeld des Unglücksortes zu erfassen. Keine zehn Meter entfernt wurde er fündig. Er sah einen entstellten Körper auf den Stufen der Steintribüne liegen. Die Gliedmaßen waren grotesk verbogen.

Jasmins Blick folgte dem seinen. Sie stellte sich dicht an Pauls Seite und analysierte sachlich: »Er hatte es bei seiner Flucht so eilig, dass er nicht mehr dazu kam, den Sechs-Punkt-Gurt anzulegen oder gar einen Helm aufzusetzen. Die ganze Energie des Aufpralls ist auf seinen Körper übertragen worden. Er ist wie eine Rakete aus dem Wagen geschleudert worden – Wormser hatte keine Chance.«

Ergriffen starrte Paul auf die zerstörte Gestalt des Mannes, der ihm in den vergangenen Tagen das Leben zur Hölle gemacht hatte. Zwar war es ihm zuletzt gelungen, den Spieß umzudrehen; er hatte seinen Kontrahenten zu Tode gehetzt. Erleichterung oder gar Genugtuung konnte er jedoch nicht empfinden.

Epilog

»Na, waren deine Eltern froh, dass sie ihre Kaution zurückbekommen haben?«

Jasmin grinste ihn fröhlich an, wobei sich ihre Nase lustig kräuselte. Sie trug eine lässige, sommerlich leichte Bluse über eng sitzenden ausgewaschenen Jeans. An ihren schmalen Handgelenken baumelten mehrere Modeschmuckarmbänder.

Paul schob den Stuhl neben sich zurück, damit sie sich zu ihm unter den schattenspendenden Sonnenschirm vorm *Café Sebald* setzen konnte.

»Sicher«, antwortete er, »sie haben sich gefreut. Obwohl ich den leisen Verdacht hege, dass mein Vater ein paar Tage Gefängnis für mich befürwortet hätte – eine gute Therapie gegen Anzeichen von Dekadenz und Verweichlichung. Aber Scherz beiseite: Ich bin den beiden sehr dankbar und übernehme als Wiedergutmachung nicht nur die Reparatur ihres Pools, sondern werde auch noch dem Zaun einen neuen Anstrich verpassen.«

»Fleißig, fleißig«, lobte Jasmin, »ein wahrer Musterknabe.« Dann beugte sie sich hinunter, um eine Einkaufstüte aus dem Weg zu räumen. »Die ist aber schwer. Was ist denn da drin?«

»Brote, Brezen, Käsestangen, süße Teilchen und ein Dutzend Quarkbällchen«, zählte Paul auf.

»So viel?« Jasmin warf einen Blick hinein. »Das reicht ja für eine Großfamilie! Wofür hast du das ganze Zeug bloß gekauft?«

»Das habe ich nicht gekauft«, antwortete Paul amüsiert. »Das ist eine Art Wiedergutmachung.«

»Ich verstehe nur Bahnhof.«

»Macht nichts.« Er wollte die Geschichte von seinem Bäcker, den er heute früh besucht und dem er ins Gewissen geredet hatte, lieber für sich behalten. Also fragte er möglichst arglos: »Wo waren wir stehengeblieben?«

»Beim Musterknaben Paul Flemming«, sagte Jasmin.

»Ach, ja. Apropos Knabe: Hat Ken Adam denn inzwischen ein vollständiges Geständnis abgelegt? Ihr habt ihn ja schon seit über einer Woche in der Mangel.«

»Ja«, nickte Jasmin und winkte gleichzeitig der Kellnerin, um einen Latte Macchiato zu bestellen. »Zuerst hat er uns den abgebrühten Typen vorgespielt, dem keiner etwas anhaben kann. Aber dann haben ihm meine beiden Kollegen, mit denen du ja auch schon das Vergnügen hattest, auf den Zahn gefühlt. Schließlich hat er mehr oder weniger freiwillig die Wahrheit ausgespuckt, der gute Ken.« Sie lächelte etwas sadistisch. »Beate Meinefeld hatte sich nach eurem Wetttrinken tatsächlich noch bei ihm gemeldet. Weil sie in der Jackentasche deines Trenchcoats, den sie ja noch trug, den Schlüssel zum Lochgefängnis gefunden hatte, war sie spontan auf die Idee gekommen, sich mit ihrem Freund im Kerkerambiente zu amüsieren. Das taten die beiden dann auch, bis sie durch Strombergs Meisterdiebe von Nürnberg gestört wurden. Sie gerieten in Panik, behinderten sich in den engen Gängen gegenseitig bei der Flucht. Ken stieß Beate grob beiseite, wodurch sie unglücklich stürzte und mit dem Kopf auf die Steinplatten prallte. Den Rest der Geschichte kennst du.«

»Fahrlässige Tötung also«, folgerte Paul, nicht so recht zufrieden mit dem zu erwartenden milden Urteil gegen Ken Adam.

»Auf etwas in der Art wird es hinauslaufen.«

»Und Stromberg? Gibt es von dem inzwischen ein Lebenszeichen?«

Jasmin lachte und zeigte dabei ihre makellosen weißen Zähne. »Lebenszeichen ist der richtige Ausdruck! Stromberg ist zu Motorsportkumpanen nach Monaco geflüchtet und hat es sich an der Côte d'Azur gut gehen lassen. Mit der Tarnung hat er es dabei allerdings nicht allzu genau genommen. Die Polizei des Fürstentums hat ihn vor zwei Tagen geschnappt, und die Chancen für eine Auslieferung stehen gut.«

»Viel werdet ihr auch ihm nicht anhängen können«, sagte Paul nachdenklich. »Außer einem Einbruch, der gar kein richtiger war.«

»Nur keine Sorge: Dazu kommen noch Beihilfe zum Mord im Fall des Mechanikers Schumi, zum versuchten Mord an dir sowie Widerstand gegen die Staatsgewalt durch Flucht. Und wir finden bestimmt noch ein paar andere nette Delikte, mit denen wir Stromberg für eine Weile aus dem Verkehr ziehen können.«

»Ja«, schmunzelte Paul, »da traue ich euch die nötige Kreativität durchaus zu.« Dann sah er sie forschend an: »Bleibt das Geheimnis um die Heilige Lanze. Konntet ihr sie sicherstellen? Ich habe noch nichts darüber in der Zeitung gelesen.«

Jasmin lächelte erneut. »Ja und nein. Die schwedische Polizei hat in einer von Wormsers Villen bei Göteborg einen Tresorraum geknackt, in dem tatsächlich die Heilige Lanze gefunden wurde. Sie wurde unter strengster Geheimhaltung unverzüglich nach Stockholm überführt und dort von einer Expertenkommission untersucht – Professor Rubach war übrigens auch dabei.«

»Und?«, fragte Paul erwartungsvoll.

»Was auch immer sich Wormser all die Jahre eingebildet haben mag – seinen Erfolg und seine Millionen hatte er ganz bestimmt nicht dieser Lanze zu verdanken. Es sei denn, wir hätten es hier mit einem Placebo-Effekt zu tun.«

»Das verstehe ich nicht.«

»Nun – er hat sich getäuscht. Die Untersuchungen haben ergeben, dass Wormsers Lanze ein Replikat ist. Eine hervorragend gearbeitete Kopie, aber eben nicht das Original.«

»Ja, aber dann ...« Paul geriet ins Stottern. »Wo ... wo um Himmels willen ist die echte Lanze?«

»Wer weiß«, gab sich Jasmin vieldeutig. »Vielleicht steht sie ja doch im Rathaus. Wir werden es nicht so schnell herausfinden, denn das Untersuchungsverbot für die offiziellen Ausstellungsstücke bleibt bestehen. Und Wien drängt schon auf die baldige Rückkehr der Leihgaben.«

Die Lanze schützt sich selbst, kam es Paul in den Sinn. Dann aber musste er angesichts dieser Neuigkeiten in Jasmins Heiterkeit einstimmen. Denn was blieb ihm schon anderes übrig, als sich dieser Laune des Schicksals zu ergeben? »Was für eine Ironie der Geschichte!«, sagte er.

Unvermittelt griff er nach Jasmins Hand. »Und was wird nun aus uns?« Er suchte in ihren unruhigen Augen nach einer Antwort. »Freunde?«

Jasmin verzog den Mund: »Du weißt doch: Es gibt keine wahre Freundschaft zwischen Frau und Mann, weil ihnen dauernd der Sex dazwischen kommt.«

Mit diesen Worten löste sie sich aus seinem Griff und fasste in ihre Handtasche. Sie zog eine Illustrierte hervor und legte sie auf den Tisch. »Du hast jetzt sowieso andere Probleme, um die du dich kümmern solltest.«

Paul sah sie fragend an.

»Hier!«, sagte Jasmin, nachdem sie die Zeitschrift aufgeblättert hatte. Zu sehen waren Fotos von einer großen Benefizgala in Berlin. Eine der Aufnahmen zeigte Katinka im schwarzen, tief ausgeschnittenen Abendkleid. Sie trug ihr blondes Haar kunstvoll hochgesteckt und sah umwerfend aus.

Pauls Herz machte einen Hüpfer, um gleich danach auszusetzen – denn Katinka war auf dem Bild nicht allein: Sie hatte sich bei einem Mann im Smoking untergehakt und wirkte dabei mehr als nur glücklich. Die Bildunterschrift verriet Paul, dass Katinkas Begleiter ein Staatssekretär des Justizministeriums war.

»Wenn du sie zurückhaben willst, musst du dich gewaltig anstrengen«, sagte Jasmin mit leisem Spott. »Du magst ja eine gewisse Ähnlichkeit mit George Clooney haben – aber der Kerl auf diesem Foto sieht aus wie Brad Pitt!«

Dieses Buch ist – wie die Vorgängerbände der Paul-Flemming-Reihe – ein Roman. Alle beschriebenen Charaktere entspringen der Fantasie des Autors und sind nicht mit real existierenden Personen zu verwechseln. Die geschilderten historischen Ereignisse beruhen weitestgehend auf Tatsachen; real sind auch die meisten der beschriebenen Lokalitäten. Der Rahmen des Norisring-Rennens wurde der Dramaturgie zuliebe leicht abgewandelt.

Dass es Paul Flemming nun bereits auf vier Fälle gebracht hat, ist vor allem Ihnen zu verdanken: den Lesern. Herzlichen Dank für Ihre Treue!

Ebenfalls danken möchte ich meinen langjährigen treuen Beratern Dr. Uwe Meier, Astrid Seichter, Sabine Gräwe, Kerstin Hasewinkel und Hannes Henn. Dank für wertvolle Tipps und Unterstützung auch an Reto Manitz, Ralf Lang, Dr. Dieter Johannes, Frank Stünckel und fürs Modellstehen im Lochgefängnis an Kim Herzig.

Dr. Hanna Stegbauer danke ich für ihr sorgsames Lektorat – in der Hoffnung auf weitere gemeinsame Projekte.

Last, but not least möchte ich meiner Familie danken, insbesondere Susanna, meinen Eltern und Schwiegereltern. Und nicht zuletzt Philip, dem dieser Roman gewidmet ist.

Jan Beinßen

Thomas Raab

Der Metzger sieht rot

Kriminalroman. 320 Seiten. Piper Taschenbuch

Was tut man nicht alles aus Liebe? Willibald Adrian Metzger zum Beispiel, der feinsinnige Restaurator, überwindet seine Abneigung gegen Massenveranstaltungen und begleitet seine heiß verehrte Danjela zu einem Heimspiel ihrer Lieblingsmannschaft – mit tragischem Ende. Denn auch der Tod löst diesmal seine Eintrittskarte und zeigt auf dem Spielfeld die finale Rote Karte. Als tags darauf überdies Danjela ihrer Neugierde zum Opfer fällt, ist es vorbei mit der Gelassenheit des Willibald Adrian Metzger. Mit einer ordentlichen Portion Wut im Bauch macht er sich auf die Suche nach der Wahrheit und findet dabei etwas erschreckend anderes.

»Thomas Raab ist ein großartiger Erzähler, sein Krimi ein milieustarkes Stück, atmosphärisch dicht und bevölkert mit glänzend charakterisierten Figuren – Wiener Schmäh inklusive. Ein Krimi, der mächtig Spaß macht – auch ohne atemlose Action.«

Münchner Merkur

05/2644/01/L

Dirk Kruse

Tod im Augustinerhof

Frank Beauforts erster Fall. 336 Seiten. Piper Taschenbuch

Im baufälligen Augustinerhof wird die Leiche von Hubert Pelzig gefunden, der sich zu Lebzeiten für den Erhalt der Nürnberger Altstadt eingesetzt hatte. Ist er skrupellosen Immobilienspekulanten zum Opfer gefallen oder wurde er wegen zwielichtiger Geschäfte ermordet? Der bibliophile Millionenerbe Frank Beaufort macht sich gemeinsam mit der energischen BR-Journalistin Anne Kamlin trotz aller Warnungen der Polizei an seine eigenen Ermittlungen – und gerät bald selbst in Lebensgefahr.

»Frank Beaufort ist ein Gelegenheitsdetektiv mit Eleganz-Repertoire.«

Norddeutscher Rundfunk

05/2642/01/R